우진 현대 판타지 장편소설

WISHBOOKS MODERN FANTASY STORY

다시 태어난

베토벤

다시 태어난 베토벤 15

우진 현대 판타지 장편소설

초판 1쇄 찍은 날 | 2020년 8월 19일
초판 1쇄 펴낸 날 | 2020년 8월 26일

지은이 | 우진
펴낸이 | 예경원

기획 | 위시북스
편집책임 | 이은송
편집 | 위시북스

펴낸곳 | 예원북스
등록번호 | 제396-2012-000132호
등록일자 | 2012. 7. 25
KFN | 제1-552호

주소 | 경기도 고양시 일산동구 호수로 646-24 위너스21II빌딩 206A호 (우)10401
전화 | 031-819-9431 팩스 | 031-817-9432
E-mail | yewonbooks@naver.com

ⓒ우진, 2019

ISBN 979-11-365-3729-4 04810
      979-11-6424-234-4 (set)

우진 현대 판타지 장편소설

WISHBOOKS MODERN FANTASY STORY

다시 태어난 베토벤

15

Wish Books

CONTENTS

· 86악장 ·
금지

'독한 놈.'

강유징 특별 보좌관은 널브러져 있는 가우왕을 보며 혀를 찼다.

전 세계 수백만 명의 팬을 거느린 이 피아니스트는 음악계 최고의 티켓 파워를 자랑하는 거물 중의 거물이었다.

제아무리 강유징 특별 보좌관이라 해도 그에게 상해를 입히기엔 부담스러웠다.

해서 구금해 두고는 스스로 지쳐 떨어질 때까지 음식과 물을 주지 않았거늘.

말라붙은 입술.

깊게 파인 볼과 그늘진 눈두덩이.

숨조차 가쁘게 쉴 정도로 다 죽어가면서도 표독스러운 눈빛만은 여전했다.

"이봐요, 왕가우 씨."

강유징이 쪼그려 앉아 가우왕과 눈을 마주했다.

"당신 이런다고 달라지는 거 없어. 왜 사서 고생을 해?"

"……."

"애국하자는 게 나쁜 말이 아니잖아. 그 고집만 꺾으면 당신이 누리던 거 계속해서 가져갈 수 있어. 혹시 알아? 더 예뻐해 줄지."

강유징이 가우왕의 양 볼을 잡아 힘을 주었다. 강제로 벌려진 입에 물을 부었다.

"잘 생각해 봐. 당신 구할 사람은 당신뿐이야."

푸웃!

강유징이 그를 회유하려 했으나, 손을 떼자마자 가우왕은 보란 듯이 물을 뿜었다.

강유징이 멈칫하더니 이내 안경을 벗어 가슴 주머니에 넣었다. 젖은 머리를 쓸어넘긴 그의 얼굴이 뒤틀렸다.

가우왕의 멱살을 잡아끌었다.

"그렇게 소원인가?"

죽고 싶냐는 질문에 가우왕이 피식 웃었다.

"그런 무대에 설 바에야 죽는 게 낫지."

강유징은 다 죽어가는 주제에 알량한 자존심을 내세우는

그를 보며 입술을 떨었다.

"네가 뭐라도 되는 줄 아나 본데."

그는 분노를 애써 삭이며 경고했다.

"죽이는 건 꺼려지지만 작은 사고라면 이야기가 달라지는 걸 알아야지. 음?"

강유징이 가우왕의 손을 움켜쥐었다.

"그 알량한 자존심 지키려다가 소중한 손을 영영 잃어버릴 수도 있지 않겠어?"

가우왕이 눈썹을 꿈틀거렸다.

피아니스트의 손을 앗아가겠다고 협박한 강유징은 이제 곧 찾아올 승리감에 도취해 있었다.

그는 가우왕이 무엇을 소중히 여기는지 잘 알고 있었다.

자신을 가장 높은 곳으로 이끈 손.

수십 년을 단련해 온 그것을 포기할 수 있을 리 없었다. 여태 잘도 버텼지만 그도 어쩔 수 없이 무릎을 꿇으리라 여겼다.

침묵.

그 끝에 가우왕이 웃기 시작했다.

"흐. 흐하하하. 쿰. 흐하하하하하! 쿨럭. 쿨럭."

쇠약해진 몸이 버거워할 정도로 크게 웃은 가우왕이 강유징을 비웃었다.

기괴하게 비틀린 그 얼굴을 보니 웃음이 터져 나왔다.

"멍청한 티를 내도 정도껏 해야지."

"뭐?"

"뭐라도 되는 줄 아냐고?"

가우왕은 자꾸만 웃었다.

"너야말로 날 뭐라 생각하냐."

피식피식 웃던 그의 눈빛에 다시금 독기가 피어올랐다.

"피아니스트라고. 피아니스트."

가우왕이 외쳤다.

바짝 마른 목 때문에 갈라졌지만 그 긍지만은 정확히 전달되었다.

"세상 예쁜 것을 연주하는 사람이라고. 기쁨을 더하고, 슬픈 이를 위로하는 게 피아니스트야."

가우왕이 한쪽 입꼬리를 올렸다.

"그런 내가 그딴 추잡한 일에 어울릴 것 같으냐."

쉰 목소리를 토해내며.

강유정을 꾸짖었다.

"나 왕가우가 그딴 짓에 놀아난다면 팬들은 무엇에 기대란 말이냐. 앞으로 피아노 앞에 앉을 아이들은 대체 무엇을 보고 자라라는 말이야!"

가우왕의 눈은 실핏줄이 다 터져 있었다. 목에는 핏대가 서 있었다.

"내가 누구라고?"

강유징이 눈썹을 좁혔고.

"피아니스트지."

가우왕은 이빨을 드러냈다.

가우왕이 구금되어 있는 동안, 베를린 필하모닉을 시작으로 전 세계 음악인들의 탄원서가 연일 빗발쳤다.

대한민국에서는 차명운 지휘자와 박건호 피아니스트를 중심으로 가우왕의 안전을 보장하라는 집회가 이루어졌고.

미국에서도 제르바 루빈스타인과 프란츠 미스트와 같은 거장들이 성명을 발표했다.

유럽에서는 특하나 그 여론이 매우 뜨거웠는데, 가우왕을 사랑하는 팬들이 유럽 전역에서 한마음 한뜻으로 중국 정부를 규탄하였다.

배도빈과 빌헬름 푸르트벵글러를 시작으로 사카모토 료이치, 마리 얀스, 브루노 발터, 예카테리나 베제노바, 칼 에케르트, 엘리아후 인손, 아르투로 토스카니니, 예르반 퓌셔, 글렌 골드, 크리스틴 지메르만, 그레고리 소콜라브 등 내로라하는 거장과 그 악단, 또는 솔로 음악가들이 힘을 보탰다.

그러한 상황은 세계 클래식 음악 협회에도 영향을 주어, 그들이 중국 정부를 향해 가우왕의 신변 보호를 보장하길 요청하는 데 이르렀다.

각국 언론에서도 중국 정부의 비민주적인 행위를 국가 간 정치적 문제로 번질 가능성이 있다며 소극적으로 비판하였다.

ㄴ진짜 너무 무서운데.

ㄴ난 가우왕 이미 죽은 건 아닌지 걱정된다.

ㄴ모르지. 전 세계가 이렇게 난리를 치는데 아직 살아 있는 모습이 나오질 않았잖아.

ㄴㄴ 죽이진 않을 거임. 다른 사람도 아니고 가우왕인데 쉽게 그럴 리가 없음.

ㄴ그건 모를 일이지.

ㄴ그나마 다행인 게 가우왕만 한 사람이니 이렇게 이슈라도 되었지. 덜 유명한 사람이었으면 어쩔 뻔했어?

ㄴ무슨 일인지는 몰라도 그냥 살아남는 거만 생각했으면 좋겠다 ㅠ 죽으면 그게 다 무슨 소용이야.

ㄴ그 아저씨가 한번 마음먹은 건 무슨 일이 있어도 하는 사람이라 더 걱정됨.

ㄴ소소랑 가족들 계속 실신한대. 일어나면 쓰러지고.

ㄴ가족인데 오죽하겠냐.

지난 20년간 웃음과 아름다움을 전해주었던 피아니스트 가우왕에 대한 걱정과 사랑이 깊어지는 가운데.

어렸을 적부터 가우왕을 목표로 삼았던 최지훈도 가만있을 수는 없었다.

스승과 함께 있으면서 가우왕의 소식을 전해 들은 그는 아버지 최우철이라면 분명 방법이 있을 거라 믿었다.

"아버지, 그 사람 구해야 해요."

"너무 걱정 마라. 죽진 않을 테니."

"아버지!"

최우철도 아들의 부탁을 받곤 가우왕을 구출해낼 방법을 모색했었다.

아들이 가우왕을 얼마나 따르는지 알고 있었기에 음성적인 방법이든 공식 루트를 통한 일이든 여러 방안을 구상해 보았다.

그러나 어느 쪽이든 상황을 명쾌하게 풀어내진 못했다.

"압박할 방법이 있긴 하지."

아버지의 말에 최지훈이 반색했다.

"AIIB. 중국이 주도해서 만든 아시아 인프라 투자 은행이다. 미국과 일본에 대항하기 위해 만들었다고 생각하면 되는데."

어려운 이야기였지만 영민한 최지훈은 최우철의 말을 귀담아들었다.

"지분율은 중국이 1위지만, 독일과 대한민국이 4, 5위. 9위 영국도 상당 지분을 소유하고 있어."

최우철이 눈을 감고 한숨을 내쉬었다.

"만약 만에 하나라도 유장혁 회장님이 작정한다면 대한민국 여론은 바꿀 수 있을 거다. 네 친구 도빈이라면 독일 여론에도 어느 정도 영향을 주겠지. 애비가 정말 노력한다면 어쩌면 영국을 움직일 수 있을지도 모르겠다."

그렇게 말한 최우철은 눈을 뜨고 아들의 손을 잡았다.

"그렇게 압박을 가할 순 있을 거다. 하지만 지훈아, 그렇게 되면 정말 전쟁이야. 돌이킬 수 없는 사태에 이를 거다. 그에 따라 얼마나 많은 사람이 무슨 일을 어떻게 겪게 될지는 아무도 몰라."

"……."

최우철은 멍하니 있다가 눈물을 뚝뚝 흘리는 아들을 다독일 수밖에 없었다.

한편.

배도빈은 분노를 주체할 수 없었다.

유장혁 회장의 지시로 가우왕 구금 사건을 조사한 김재식 실장은 현재 가우왕이 살아 있음을 파악했으나 외부에서 그를 구해낼 방법은 없다고 판단했다.

"그게 무슨 말이에요?"

"자국 내 집권 유지를 위해서라도 그들이 물러나진 않을 거라 말씀드렸습니다."

"무슨 일이든 상관없어요. 뭘 바라는지 알아봐 주세요."

"접선이야 언제든 가능하지만 가우왕 씨 이야기가 성립되진 않을 겁니다. 그 순간 가우왕을 구금, 협박했다고 스스로 인정하게 되니까요. ……아주 방법이 없는 것은 아니지만."

김재식 실장의 말에 배도빈이 벌떡 일어났다.

"그로 인해 WH와 중국 사이에서 생계를 이어가는 수만 명이 피해를 받을 겁니다."

"……."

"현재로서는 가우왕 씨가 베를린 필하모닉 소속이 되어 있는 것만이 유일한 루트입니다. 그들도 언제까지고 가우왕 씨를 구속하고 있을 수만은 없을 테니 너무 심려치 마십시오. 도련님께서는 이 상황에서 할 수 있는 최선을 판단하셨습니다."

김재식 실장의 설명에 배도빈은 다시 태어난 이후 처음으로 무력감을 느꼈다.

친구 한 명 구해주지 못한다는 데에서 오는 지독한 패배감이 그를 잠식하고 있었다.

'빌어먹을.'

시간이 꽤 흘러 밤이 깊었음에도 배도빈은 불조차 켜지 않은 채 홀로 번뇌했다.

어디로 향해야 할지 모를 분노는 중요치 않았다.

단지 가우왕이 무사하기만 하면 되었다.

그가 무사하기만 하다면 무슨 일이든 할 수 있을 것만 같았다.

그때 핸드폰이 울렸다.

애써 무시하던 배도빈이 문득 액정에 나타난 히무라 쇼우의 이름을 확인하곤 힘없이 손을 뻗었다.

"네."

-목소리에 왜 이렇게 힘이 없어.

"……."

말하고 싶지 않았다.

그에게는 그럴 기력조차 남아 있지 않았다. 그저 눈을 감고 한숨을 내쉴 뿐이었다.

배도빈이 굳이 대답하지 않더라도 가우왕과의 첫 만남부터 지켜봐 왔던 히무라는 그가 어떤 심경일지 이해하고 있었다.

-지금 중국인데, 그쪽 사람 만날 예정이야.

배도빈이 눈을 떴다.

"히무라."

-너무 기대하지는 마. 몇 번 안면을 튼 사이일 뿐이니까. 그쪽도 자기들 과시하려고 가우왕 씨만 한 거물이 필요할 테니 함부로 대하진 않을 거야. 여론도 마냥 무시할 순 없을 테고.

히무라의 말에.

배도빈이 김재식이 떠난 뒤로 줄곧 생각했던 이야기를 꺼냈다.

-도빈아, 정신 차려. 너 그러다 무슨 일을 당하려고. 안 돼. 난 그렇게 못 해.

"부탁해요."

-아니. 못 한다고. 지금 제정신으로 하는 말이야?

"제발."

-내가 괜한 이야길 꺼냈네. 그만 잊어. 난 그런 짓 절대 못 하니까 너도 잊어. 말이 되는 소리를 해!

"그 방법밖에 없어요."

-배도빈!

"도와줘요."

배도빈이 무겁고 단호히 말했다.

"그를 잃을 수 없어요."

'일 났네. 일 났어.'

중국을 방문한 히무라 쇼우는 방대한 인맥을 동원해 강유 징 특별 보좌관의 비서장과 저녁 식사를 함께할 수 있었다.

'입 잘못 놀렸다간 죽도 밥도 안 될 텐데.'

그런 생각을 할수록 자꾸만 목이 탔다.

히무라는 벌써 찬물만 석 잔째 들이켜고 있었다.

상대는 중국 내 고위 간부.

몇 해 전 작은 교류가 있어 자리를 함께할 순 있었지만, 가우왕에 관련한 일을 어떻게 풀어야 좋을지는 미지수였다.

"오오, 히무라 대인. 오랜만이오."

"하하. 못 뵌 새에 얼굴이 더 좋아지셨습니다."

반갑게 인사를 나눈 두 사람 앞으로 음식이 차려졌다.

"그래, 혹시 왕가우에 대한 일로 찾으신 건 아닐 테지요?"

"하하하하! 그럴 리가요."

"아아, 실례했소. 워낙 뜬 소문으로 사람을 괴롭혀야 말이지. 휴가 간 사람을 우리가 대체 어찌 알겠소? 안 그렇소? 하하하하!"

'너구리 같은 놈.'

히무라 쇼우는 속으로 이를 갈았다.

적당히 분위기가 무르익으면 슬며시 물어보고자 했거늘.

늙은 너구리 같은 놈이 처음부터 가우왕에 대해 언급지 말라고 으름장을 놓았다.

히무라 쇼우는 식사 내내 적당한 농담과 시사 거리를 던지면서 필사적으로 머리를 굴렸다.

그렇게 얼마간.

마음을 굳힌 히무라가 운을 띄웠다.

"그나저나 비서장님, 며칠 뒤에 아주 중요한 행사가 있다고 들었습니다만."

"그렇소만."

비서장은 불쾌하다는 듯 히무라를 노려보았다. 본인이 앞서 경고했음에도 히무라가 왕가우에 대한 이야기를 꺼낼 것 같았기 때문이었다.

그러나 히무라는 화제를 교묘히 피해갔다.

"그렇게 큰 행사라면 축하 공연도 신경 쓰셨을 텐데, 연락을 안 주셔서 섭섭했습니다."

히무라 쇼우의 말을 들은 비서장이 놀랐다.

"어이쿠. 이런, 이런. 이거 히무라 대인이 이렇게 생각해 주실 줄은 몰랐소. 하하하하!"

"하하하하. 연락만 주셨다면 좋은 연주자를 소개해 드렸을 텐데 말이지요."

"흐음."

비서장이 잠시 고민하더니 운을 띄웠다.

"사실 사안이 사안인 만큼 특별한 사람이어야 했소. 너무 서운해하지 마시오. 샛별 엔터테인먼트의 역량은 내 익히 알고 있으니."

'그렇겠지.'

히무라 쇼우가 빙그레 웃었다.

"그런 점에서 가우왕 씨는 정말 멋진 후보일 텐데. 어찌, 연락은 해보셨습니까?"

히무라의 능청스러운 질문에 비서장이 눈을 깜빡였다.

'이 왜놈이 뭐라는 거야.'

그는 히무라 쇼우가 자신을 떠본다는 것을 눈치채곤 불쾌한 기색을 비쳤다.

"뭐, 내 소관이 아니라 모르겠소."

"이런. 아쉽습니다."

"거, 뭐가 아쉽다는 말이오."

"실은 그렇게 중요한 무대라면 함께할 의사가 있다는 사람이 있어서 말이지요. 조건이 까다로워서 조심스레 여쭤볼 생각이었습니다만, 괜한 이야기를 꺼낸 것 같습니다."

"함께할 사람?"

히무라의 말에 비서장이 관심을 보였다.

가우왕의 고집스러운 태도에 공연 걱정이 이만저만이 아니었던 그는 히무라 쇼우가 무슨 말을 꺼낼지 들어나 볼 요량이었다.

"세계 최고의 음악가가 함께한다면 더욱 멋진 무대가 되지 않겠습니까?"

"답답하게 굴지 말고. 대체 그게 누구요?"

"배도빈입니다."

"……뭐라고요?"

비서장의 눈이 몹시 흔들렸다.

"누구 앞이라고 허튼소리를 하겠습니까. 배도빈입니다."

"그 말이 참이오?"

비서장이 반색했다.

히무라 쇼우의 말대로 배도빈이라면 어느 누구도 세계 최고라는 수식어를 부정할 수 없었다.

그런 배도빈이 행사 무대에 참가한다면 가우왕 일이 불발되더라도 상관없었다.

도리어 타국의 음악가가 인정하는 자리가 될 테니, 그들이 바라는 것 이상의 훌륭한 무대가 될 터였다.

"그래, 그 조건이라는 것이 대체 무엇이오?"

"가우왕과 듀엣을 하고 싶다고 합니다. 하지만 원, 대체 뭘 하고 있는지 연락이 안 되니."

히무라 쇼우가 아쉽다는 듯 한숨을 내쉬었다.

"왕가우와?"

"네. 두 사람이 워낙 사이가 좋지 않습니까. 다만 양쪽 모두 여러 일 때문에 바쁘다 보니 이런 기회가 흔치 않아서 말이지요."

"잠깐."

"예?"

"잠깐만 기다리시오. 어디 가지 말고!"

당황스럽게 고개를 끄덕인 히무라는 비서장이 자리를 옮기자 한숨을 내쉬었다.

'도빈아, 정말 이래야만 하니?'

[홍콩 기념식 축하 무대에 배도빈 특별 공연!]

[배도빈의 속뜻은?]

[충격 속보! 북미 투어를 마친 배도빈, 곧장 홍콩으로!]

홍콩 행사 하루 전, 기습적으로 알려진 소식에 전 세계가 기함했다.

피아니스트 가우왕이 거절했다가 행방불명 되었다는 루머가 퍼진 행사에 그와 가장 가까운 사람이자 세계 최고의 음악가 배도빈이 나선다는 이야기는 여론과 팬덤을 분열시키기에 충분했다.

ㄴ배도빈 제정신이냐? 가우왕이 뭐 때문에 그 지경이 되었는데 저길 나가?

ㄴ돈독이 올라도 단단히 올랐구만.

└아……. 이게 무슨 일이야. 도빈이가 왜 ㅠㅠ

└이거 암만 봐도 이상하지 않냐? 그 배도빈이 저런 데 나간다는 거 자체가 이상하잖아.

└단순히 욕할 문제가 아닌 거 같은데. 가우왕 풀어 주는 걸로 뭐 거래 같은 거 한 거 아니야?

└할 게 따로 있지. 저기가 어떤 무대인데. 배도빈이 지금까지 쌓아 왔던 이미지 한순간에 개판될걸?

└그만큼 가우왕이 소중하다는 거 아닐까.

└그럼 지금까지 배도빈 응원했던 사람들은 대체 뭐가 됨?

└암만 봐도 이번에는 아님. 배도빈이 너무 성급하게 판단했음.

└배도빈 입장에서도 생각해야 함. 만약 저걸로 가우왕을 살릴 수 있으면 어떻게 가만있겠냐. 자기 선택으로 사람 한 명이 죽을 수도, 살 수도 있는데.

└난 아닌 거 같음. 저렇게 해서 풀려난다고 해도 가우왕은 무슨 생각을 하겠어. 자기가 가장 아끼는 음악가가 자기 때문에 신념을 굽힌 거잖아.

└그래. 가우왕 성격이면 무슨 짓을 저지를지 모르지…….

└아아, 진짜 제발 이러지 마ㅠㅠ 나 심장 약하단 말이야.

배도빈의 행보를 옹호하는 입장과 성급한 행동이었다며 비난하는 쪽, 아직은 상황을 지켜봐야 한다는 신중론이 얽히는 와중. 음악계도 크게 다르지 않았다.

런던 심포니 오케스트라의 지휘자이자 빌헬름 푸르트뱅글러와는 동문수학한 살아 있는 전설, 브루노 발터는 전에 없이 흥분해 있었다.

"자네라도 말렸어야지!"

브루노 발터의 일갈에 푸르트뱅글러는 이마를 짚고 있을 뿐이었다.

"거기가 어디라도 보내! 자네 정말 제정신인가! 그 아이가 무슨 일이라도 당하면! 설사 무사히 돌아온다 해도 그 아이의 발목에 족쇄가 채워질 걸세! 자유롭게 날아도 부족할 아이를, 그런 아이를 대체 어쩌자고 보낸 것이야!"

"진정하게, 브루노."

함께 있던 사카모토 료이치가 브루노 발터를 말렸다.

참담한 심경은 모두가 마찬가지.

그중에서도 배도빈을 가장 아꼈던 빌헬름 푸르트뱅글러와 사카모토 료이치가 어떠할지 모르는 사람은 없었다.

깍지를 낀 채 침묵하고 있던 마리 얀스가 입을 열었다.

"어쩔 텐가."

브루노 발터와 마리 얀스의 말에 푸르트뱅글러는 입을 열지 못했다.

무거운 공기만이 어깨를 짓누르던 중 사카모토 료이치가 소파에 주저앉았다.

"빌은 내일 아침에 홍콩으로 가네."

빌헬름 푸르트벵글러마저 홍콩으로 간다는 말에 마리 얀스, 브루노 발터가 눈을 크게 떴다.

"나도 함께할걸세."

"자네까지?"

마리 얀스가 황망한 마음에 되물었다.

"가서 어쩌려고! 그놈들이 어떤 놈들인지 뻔히 알면서 그래!"

"그러니 가야지."

빌헬름 푸르트벵글러가 마침내 고개를 들었다.

브루노 발터는 선뜻 그를 이해할 수 없었다.

"자네까지 대체 왜 그러나! 가서 무슨 말을 들으려고. 그전에 무슨 행사인지 알긴 하는가!"

"닥쳐!"

푸르트벵글러가 눈을 부라렸다.

"수많은 사람이 목숨을 버리면서 막으려던 일이었다! 그게 뭐!"

"……자네."

"그런 곳에서 축하연을 하는데 그 원성과 한이 어떻게 돌아올지 모를 것 같나! 그 비난을 녀석 혼자 감당하게 두라고?"

푸르트벵글러는 다짐하듯 말했다.

"난 그리 못 해."

악다문 입술이 씰룩였다.

그의 비통함을 아는 사카모토 료이치와 마리 얀스는 차마 그를 말릴 수 없었다.

푸르트뱅글러와 눈을 마주하고 있던 브루노 발터는 눈시울이 붉어진 그 모습에 당황했다.

"난 걔 스승이야! 녀석이 여섯 살 때부터 봐왔다고! 자식이 있었어도 그 애보다 사랑할 자신은 없어!"

"빌."

"자식보다 소중한 녀석이 간다는데! 어떻게 혼자 보내. 지휘를 하라면 차라리 내가 나서지. 그 치욕 차라리 내가 안고 가는 게 낫지!"

브루노 발터는 비참한 각오를 다진 벗에게서 진실됨을 느꼈다.

생각해 보면 당연한 일.

너무도 참담한 마음에 그의 마음을 헤아리지 못했던 그는 천천히 벗에게 다가갔다.

그가 용기를 낼 수 있도록.

잔뜩 떠는 그의 손을 쥐었다.

홍콩 행사 하루 전, 배도빈이 중국을 방문했다.

"마에스트로! 여기 한 번만 봐주세요!"

"마에스트로 배! 무슨 목적으로 참가하신 겁니까!"

"지금 심경은 어떠십니까!"

"상황 설명 부탁드립니다!"

2024년 최고의 특종을 노리고자 전 세계 모든 언론사가 홍콩에 집결했다.

그들은 배도빈이 공항에 도착한 순간부터 끈질기게 쫓아다니며, 이번 공연의 의미를 캐물었다.

그러나 상황은 점점 더 이해할 수 없이 흘러갔다.

배도빈이 도착한 뒤 세계 클래식 음악 협회에 등록된 음악가들이 속속들이 홍콩으로 모여들었다.

그 수가 1만에 달했다.

그들 모두 언론과의 인터뷰를 최소화하였다.

빌헬름 푸르트뱅글러와 같은 거장 중의 거장들이 모두 검은 옷을 입고 있던지라 그 광경이 사뭇 엄숙하였다.

그리고 당일.

홍콩 거리를 가득 메운 인파 사이로 배도빈이 탑승한 리무진이 이동하였다.

그 광경은 전 세계에 생중계되고 있었다.

배도빈이 행사장에 이르자 강유징 특별 보좌관이 그를 맞이하였다.

“이거 만나 뵙게 되어 영광입니다, 마에스트로.”

배도빈은 강유징이 내민 손을 거들떠보지도 않고 차갑게
물었다.

“가우왕은 어디 있죠.”

“하하. 그보다 먼저 인사 나눌 분들이.”

“어디 있죠.”

배도빈이 당장에라도 달려들 듯한 기세로 다시 물었다.

“……데려와.”

강유징이 손짓했다.

곧 그의 비서들이 가우왕을 데리고 응접실에 들어섰다.

짙은 화장으로 가리려 했으나 가우왕은 누가 보아도 상태
가 좋아 보이지 못했다.

당장 쓰러지더라도 이상하지 않았다.

“…….”

배도빈이 이를 악다물었다.

그때 슬며시 고개를 든 가우왕이 배도빈을 보고선 눈을 크
게 떴다.

“너…….”

자신을 부축하고 있던 팔을 뿌리쳤다.

“네가 왜 여기 있어!”

“이야기는 나중에 해요.”

배도빈이 눈짓을 보내자 그를 수행하고 있던 WH그룹의 사설 경비원과 의료진이 가우왕에게 다가갔다.

배도빈이 분노로 가득 찬 가우왕의 얼굴과 몸 손을 쓰다듬었다.

살아 있다는 것을 직접 확인하기라도 하듯 그 행위는 조심스럽고 간절했다.

"말해. 왜 왔어."

"오랜만에 연주나 같이할까 해서 왔죠."

배도빈의 대답에 가우왕의 얼굴이 뒤틀릴 대로 뒤틀려, 강유징 특별 보좌관을 향했다.

"너. 너어어어!"

가우왕이 강유징에게 달려들려고 했으나 WH그룹의 경비원과 의료진에 의해 저지되었다.

"이거 오해 말게, 가우. 이 일은 여기 마에스트로 배가 직접 제안한 일이니 말이야."

그 순간 가우왕이 행동을 멈췄다.

고장이라도 난 듯 삐걱거리며, 망설이며 고개를 돌린 가우왕의 눈에 배도빈의 얼굴이 들어왔다.

"내가."

슬픔으로 가득 찬 그의 입은 쉽게 움직이지 못했다.

"내가, 널 잘못 봤구나."

자신 때문에 가장 아끼는 음악가가 타락했다는 사실이 본인의 죽음보다 괴로웠다.

"내가 널 잘못 봤어!"

"잘못 본 거 같네요."

화가 나기는 배도빈도 마찬가지였다.

두 사람은 한동안 서로를 노려보았다. 그러다 가우왕이 발버둥 쳤다.

"이거 놔. 이거 놔!"

"도련님, 쇠약해졌을 뿐 큰 이상은 없습니다."

"수고했어요."

"누구 멋대로 오랬어! 배도빈! 이게 정말 날 위한 일이라고 생각했냐! 어!"

가우왕의 발악에 배도빈이 고개를 돌렸다.

가우왕은 그가 눈물을 보인 것을 처음 보았다. 깊은 눈망울은 당장에라도 슬픔을 쏟아낼 것만 같았다.

"닥쳐요."

"……."

가우왕은 그제야 배도빈이 어떤 마음으로 이곳에 왔는지 짐작할 수 있었다.

배도빈이 모를 리 없다.

가우왕 본인만큼이나.

어쩌면 그 이상으로 자신의 음악에 자긍심을 가진 건방진 꼬맹이는 베토벤의 음악이 나치에 의해 활용되었다는 사실에 분개했었다.

그런 배도빈이 정치적 목적을 띄고 있는 이 행사에 스스로 찾아왔다는 말은, 그 말은.

그 누구의 설득도 아닌, 죽기보다 싫은 일을 해야만 한다고 스스로 판단했단 뜻이었다.

가우왕 본인을 구하는 게 더 우선이라 판단했다는 말이었다.

가우왕은 더는 아무 말도 할 수 없었다.

"자, 두 분 모두 재회하였으니 슬슬 무대로 향하시죠."

가우왕이 주먹을 쥐었다.

배도빈이 그 주먹에 손을 얹었고 가우왕은 체념했다.

전 세계 모든 언론이 생중계하고.

6억 명의 시청자가 지켜보고 있었다.

분노에 찬 수십만 명의 홍콩 시민과 검은 옷을 입고 온 1만 명의 음악가들이 감싸고 있는 무대로.

'황제'와 '희망'이 모습을 드러냈다.

무대 위에는 두 대의 피아노가 마주 보고 있었다.

마치 10년 전, 그때 그 모습처럼.

피아노 앞에 앉은 두 사람은 서로를 보다가 이내 시선을 피했다.

가우왕은 건반에 손을 올리지 않았고 배도빈은 그러든 말든 상관없이 손을 높이 들었다.

그러고 몇 초간.

숨을 크게 들이마시고.

홍콩이라는 천 위에 섬세히 수를 놓기 시작했다.

베토벤 피아노 소나타 12번 A플랫장조.

부드럽게 그 작은 소리들이 모여 이루는 소중한 기억.

활기차게 뛰어노는 여러 구두.

소중한 사람과의 오래된 추억을 상기하는 듯한 배도빈의 연주는 처연히 한 폭의 그림을 그려나갔다.

그 순간.

가우왕이 슬그머니 웃었다.

배도빈이 무슨 생각을 했는지 이해했기에 그는 기꺼이 건반에 손을 얹었다.

배도빈의 연주에 맞춰 즉흥적으로 연주되는 그의 피아노는 지난 몇 주간 가혹한 환경에 처했던 사람의 연주라고 믿을 수 없을 정도로 완벽했다.

연주가 이어지자, 사람들도 조금씩 배도빈과 가우왕이 무슨 곡을 연주하는지 이해할 수 있었다.

ㄴ배도빈 지금 뭐 하는 거야?

ㄴ소름 돋네;;;

ㄴ베토벤 A플랫장조 소나타잖아. 저기서 저걸 연주한다고?

ㄴ그게 뭔데.

ㄴ저 곡 3악장 제목이 장송 행진곡임. 베토벤 장례식 때도 연주되었음.

ㄴ어?

ㄴ저 한복판에서 추모곡을 연주한다고? 제정신이야?

희생자를 애도하기 위한 배도빈과 가우왕의 연주에, 전 세계가 술렁거렸다.

강유징 특별 보좌관이 지켜보는 가운데, 홍콩 안에서 희생자를 추모하는 배도빈과 가우왕.

두 사람은 대담하게도 조금의 망설임도 없이, 그들이 할 수 있는 한 가장 아름다운 연주를 이어나갔다.

상황을 뒤늦게 파악한 강유징 특별 보좌관이 팔걸이를 부술 듯 쥐었다.

"……당장 끌어내. 당장!"

그가 외쳤을 때.

"그만."

강유징 특별 보좌관을 제어할 수 있는 유일한 남자가 입을 열었다.

"내버려 두게."

"하지만!"

"쓰읍."

"……."

"저 친구, 음악은 나도 즐겨 들었지만 이렇게 대담한 줄은 몰랐군. 어린 나이에 대단해."

그가 강유징을 한심하게 보며 말했다.

"아직도 모르겠나? 저 두 사람이 아직도 자네 손에 들어 있는 것 같은가? 홍콩 사람들과 만 명의 음악가가 저 둘을 보호하고 있지 않은가."

"……."

그의 말대로.

홍콩 시민들과 1만 명의 음악가들이 무대를 감싸고 있었다.

폭군 빌헬름 푸르트벵글러.

교수 사카모토 료이치.

백작 마리 얀스.

구도자 브루노 발터.

마술사 아르투로 토스카니니를 비롯한 이름 높은 음악가들이 스스로 방패가 되어 '희망'과 '황제'를 지키고 있었다.

홍콩 시민들이 그들을 다시 감싸고 있는 모양새였다.

그 어떤 압력에도 반드시 지켜내겠다는 결의가 전해졌다.

"전 세계에 생중계되고 있다지?"

강유징이 이를 바득 갈았다.

"자네의 멍청한 일처리로 상황이 이렇게 되었네. 책임을 물어야 할 것이야."

"그것이!"

"시끄럽네."

강유징 특별 보좌관이 무너졌고.

동시에 18분의 짧은 연주가 마무리되었다.

배도빈은 당당히 무대를 빠져나왔고 1만 명의 음악가와 홍콩 시민들은 그에 호응하듯 양옆으로 서서, 세상에서 가장 안전한 길을 이뤄주었다.

배도빈과 가우왕이 탑승한 리무진은 곧장 공항으로 향했다.

"위험하게 무슨 짓이야?"

가우왕이 투덜거리자 어이가 없어진 배도빈은 한숨을 내쉬었다.

기가 차서 말을 말자는 생각이었지만 가우왕의 불평은 계속되었다.

"꼬맹이 주제에. 네 부모님이 얼마나 걱정하시겠어? 너 말도 없이 왔지? 어?"

"닥쳐요."

"투어는 어쨌어? 제대로 하긴 했어? 네가 없으면 지휘는 누가 해?"

배도빈이 가우왕을 노려봤다.

몸만 성했다면 당장 걷어차 버릴 셈이었지만 그가 무척 여위어 그러지도 못했다.

두 사람은 애써 시선을 피해 창문 밖을 바라볼 뿐이었다.

어색한 침묵이 흐르고.

가우왕이 슬며시 입을 열었다.

"고맙다."

그는 더러운 연주를 할 바에야 차라리 영영 연주를 하지 않겠다고 마음먹었다.

그 각오를 하기까지 고민이 없을 리 없었다.

평생을 갈고닦고 아름다움을 탐하여 보낸 세월과 노력.

이제 곧 원하는 경지가 눈에 아른거리는 상황에서 차마 자신의 음악이 더러운 일에 이용되는 걸 용납할 수 없었다.

그러면서도 미를 향한 갈증이 자꾸만 그를 망설이게 했다. 그럴수록 가우왕은 마음을 굳게 먹었다.

이제 피아노를 못 치게 될 수도 있다고. 그러니 각오해야 한다고.

식음을 전폐당한 혹독한 상황에서도 그는 피아노를 잃는 것이 더욱 두려웠다.

그런데 자신을 구하기 위해 홍콩까지 찾아온 배도빈과 거리의 익숙한 얼굴들.

그 마음을 차마 말로 표현할 수 있을까.

가우왕은 감히 그러지 않았다.

"됐어요."

배도빈이 무심하게 답했다.

그는 본인이 그 입장에 놓였어도 가우왕과 크게 다르지 않았을 거라 여겼다.

나치가 자신의 교향곡을 선전용으로 사용했다는 것을 알았을 때 눈이 뒤집혔던 탓.

희망의 찬가였던 9번 교향곡, 합창.

그것이 비열하고 잔인한 나치의 선전 음악으로 사용되어, 그들의 정당함을 알렸다는 사실에 배도빈은 치를 떨었다.

그렇기에 가우왕의 소식을 듣는 순간 그가 죽음을 각오했을지도 모른다고 생각했다.

'음악'이 그렇게 이용될 것을 그가 용납할 리 없다고 생각했다.

다만.

다만 그 마음을 충분히 이해하면서도 소중한 친구를 잃을 수도 있겠다는 생각에 두려웠다.

서로를 깊게 이해하고 있는 두 음악가는 대화를 필요로 하지 않았다.

고맙다는 인사와 됐다는 짧은 답만으로도 충분했다.

차량 내부가 다시금 조용해졌고.

WH 그룹의 격납고에 도착할 무렵 가우왕이 깜짝 놀랐다.

"뭐야, 이게!"

배도빈이 깜짝 놀라 고개를 돌리니, 가우왕이 머리카락을 한 움큼 쥐고 있었다.

반나절 뒤.

"가우야!"

"내 새끼, 내 새끼!"

배도빈의 전용기를 타고 곧장 베를린으로 향한 가우왕은 공항에서 뒤따라온 소소, 애태우고 있던 가족들과 재회할 수 있었다.

"이 녀석아, 이 녀석아!"

"왜 이렇게 말랐니. 얼굴이 아주 반쪽이 됐네! 그놈들이 무슨 짓을 저지른 거야! 응?"

"아픈 데는? 아픈 데는 없어?"

60세가 넘은 가우왕의 부모와 고모들은 오열하며 아들, 조카를 살폈다.

앙상한 팔과 여윈 얼굴을 보곤 어찌나 고생했을지, 속이 타

들어 가는 것만 같았다.

가우왕도 다시는 못 볼 거라 생각했던 가족들을 본 순간 눈시울을 붉혔다.

"기껏 여행 보내줬더니 여기서 뭐 하고 있어?"

그는 애써 눈물을 참아내고 아무렇지 않은 척했다.

동생 왕소소는 닭똥 같은 눈물을 뚝뚝 떨어뜨리며 몸을 떨었다.

나윤희가 소소의 등을 밀어주었고 오빠 앞으로 다가간 그녀는 차마 어떤 말도 꺼내지 못했다.

얼마나 걱정했을까.

가우왕이 나이 차이가 많은 동생을 달래주기 위해 양팔을 벌렸다.

2주 뒤.

독일 정부는 가우왕 일가의 망명 신청을 이례적인 속도로 승인하였다.

독일 국민들은 긍지를 지켜낸 피아니스트와 그 가족을 환영하였고 관련 내용은 대대적으로 보도되었다.

그에 따라 여러 사람이 중국에서 어떤 반응을 보일지 우려했으나, 중국에서는 관련 사안을 한 사람의 과잉 충성으로 규정하였다.

"조사 결과, 강유징 전 특별 보좌관과 그 비서들이 왕가우

씨를 구금, 협박했음이 밝혀졌습니다."

관련자에 강력한 처벌이 있을 거라 약속한 중국 정부는 '가우왕'이 망명을 선택할 수밖에 없었던 일에 유감을 표명하면서 사안을 인정하였다.

동시에 '왕씨 일족'에 대한 어떠한 보복도 없을 거라 발표하여, 사건을 마무리 지으려 했다.

미심쩍은 구석이 남아 있었지만 중국 정부의 신속하고 상식적인 대응은 여러 사람으로부터 중국의 이미지를 지키는 데 성공하였고.

모든 비난은 강유징 전 특별 보좌관과 그 무리로 향했다.

2024년 세계를 들썩이게 했던 스캔들은 그렇게 마무리되는 듯했다.

"내 머리. 내 머리는 어떻게 되는 건데!"

"하하. 너무 걱정 마십시오. 영양실조와 과도한 스트레스로 인한 일시적인 증상인 것 같으니."

그러나 긴 시간 유폐되어 있던 가우왕은 극심한 스트레스와 영양 부족으로 탈모라는 후유증을 겪고 있었다.

"강아지 아저씨, 걱정 마. 내가 대머리 꼭 고쳐줄게."

"대머리 아니야! 쉬면 낫는다고!"

"강아지 아저씨는 복슬복슬한 게 좋아."

"이 빌어먹을 꼬맹이가 누구 보고 개래? 어? 내가 개처럼 생겼냐?"

"왕왕. 키힝."

♪

요양을 마친 가우왕은 배도빈과 그가 넘겨준 악보를 번갈아 보았다.

"야."

"고맙죠?"

"고맙긴 개뿔. 이걸 지금 치라고 만든 거냐?"

제목부터 '세 개의 손을 위한 소나타'였는데 가우왕은 배도빈이 자신에게 엿을 먹이는 것으로 생각했다.

기교에 있어서는 스승 크리스틴 지메르만 이상으로, 세계 최고로 알려진 가우왕조차도 그렇게 받아들일 수밖에 없는 악보였다.

"불새 같은 곡 만들어 달라면서요."

"연주할 수 있는 수준에서 해야지! 이거 대체 노트가 몇 개야?"

가우왕은 빼곡하다 못해 제대로 알아볼 수조차 없이 채워진 악보를 배도빈의 눈앞에 들이밀었다.

"그래서. 못 해요?"

"누가 못 친대!"

신경질적으로 문을 닫고 나간 가우왕은 곧장 본인의 자택으로 돌아가 피아노 앞에 앉았다.

페트루슈카, 스카르보 등 그 어떤 난곡이라도 정확하고 빠르게 연주했던 가우왕은 배도빈의 도전을 받아주리라 마음먹었다.

"흥. 이런 곡을 만들면 누가 못 할 줄 알고?"

'내가 연주하지 못할 곡이 있을 리 없다.'

배도빈과의 경연 이후 깨달음을 얻은 가우왕은 지난 10년간 기교와 표현력의 한계에 이르렀다.

그의 자부심과 긍지는 모두 본인의 실력과 노력에 의한 것이었다.

가우왕은 호기롭게 첫 음을 눌렀고.

그렇게 2024년이 지날 때까지 피아노 앞에서 벗어날 수 없었다.

다시 머리카락이 풍성해진 가우왕은 피아노 앞에서 처음으로 좌절감을 맛보고 있었다.

'뭐야, 이게.'

연습을 시작한 지 6주가 흘렀음에도 만족스럽게 연주할 수 없었다.

가우왕은 조금씩 '애초에 연주 가능한 곡인가?'라는 근본적인 질문을 던지게 되었다.

베를린 필하모닉은 〈피델리오〉 아시아 투어를 마무리 지어가고 있었다.

배도빈이 베를린으로 돌아오면 보란 듯이 완벽히 연주해서 자신의 실력을 증명하려 했던 가우왕은 조금씩 초조해졌다.

그의 핸드폰이 울렸다.

배도빈이었다.

"뭐야."

-연습은 잘하고 있어요?

"다, 당연하지! 아주 쉽더만!"

-그럴 리가 없는데.

배도빈의 도발에 가우왕이 바들바들 떨었다.

피아노에 있어서는 글렌 골드, 크리스틴 지메르만, 사카모토 료이치 등 그 어떤 거장 앞에서도 당당했던 가우왕으로서는 참을 수 없는 상황이었다.

"그럴 리가 없다니! 너 나를 뭐라 생각하는 거야!"

-자기가 옷 잘 입고 다닌다고 생각하는 멍청이요.

가우왕은 감금되어 있을 때 이상으로 분개했다. 걷잡을 수 없이 요동치는 화가 잠시 좌절했던 그를 채찍질했다.

"끊어!"

가우왕이 신경질적으로 전화를 끊고 다시 건반을 치기 시작했다.

한편.

가우왕과 통화하던 배도빈은 그가 전화를 끊자 그답지 않게 싱글벙글 웃었다.

곁에 있던 프란츠 페터가 눈을 깜빡였다.

"가우왕 님이에요?"

"어. 보아하니 아직 연습 중인가 봐."

"대체 어떤 곡인데 가우왕 님이 어려워하시는 거예요?"

"볼래?"

배도빈이 파일철에서 가우왕에게 헌정한 '세 개의 손을 위한 소나타'를 꺼내 주었다.

그것을 받아 든 프란츠는 악보를 보자마자 숨이 턱 막히는 것 같았다.

변변한 교육조차 받지 못한 상태로 크리크 국제 피아노 콩쿠르에서 우승할 만큼 뛰어난 재능의 프란츠 페터로서도 엄두조차 나지 않았다.

시작부터 도약이 극단적으로 컸는데.

이후 곧장 양손이 서로 반대 방향으로 아르페지오를 이어나가야만 했다.

더군다나 왼손이 27개 음, 오른손이 22개 음으로 짝이 맞지 않았다.

"하아아."

시작부터 이러한데 곡이 진행될수록 가관이었다. 프란츠 페터는 이걸 사람이 칠 수 있는 건가 싶었다.

"혀, 형은 이거 칠 수 있으세요?"

"아니."

"……."

배도빈의 단호한 태도에 프란츠가 순간 멍청해졌다.

"그게 뭐예요!"

다시 정신을 차린 프란츠가 배도빈을 탓했지만 그는 무척 즐거워 보였다.

다시 악보를 살폈다.

피아노의 황제라 불리는 가우왕이라 해도 고생할 수밖에 없는 난이도였다.

그 전에 정말 완주가 가능할까 싶었는데 가우왕과 통화를 마치고 계속해서 꿈틀대던 배도빈이 결국 큰 소리로 웃고 말았다.

"하하하하하하!"

배도빈은 한참을 웃은 뒤에야 얼굴 가득 의문을 품고 있는 프란츠를 보았다.

간신히 진정하고 악보를 흔들어 보였다.

"누가 봐도 두 사람이 연주하는 거잖아. 악보를 합쳐놨을 뿐이야."

"네?"

"처음부터 같이 연주하려고 만들었어. 왼손은 똑같이 연주하고 오른쪽은 번갈아 가면서 하려고."

"아!"

배도빈은 가우왕에게 악보를 넘겨주었을 때를 생각하니 묵은 체증이 내려가는 것 같았다.

그의 예상대로 가우왕은 복잡한 악보를 보고 놀랐다.

그러나 애써 의연한 척하는 가우왕을 놀려주고 싶은 마음에 자세한 설명하지 않았는데, 그가 멋대로 악보를 가지고 돌아가 버렸다.

처음에는 어떻게 하나 두고 볼 생각이었지만 본인이 저렇게 고집을 부리며 혼자 연주할 수 있다고 하니, 현재 배도빈의 가장 큰 즐거움이었다.

〈피델리오〉의 아시아 투어가 끝나고 베를린으로 돌아갔을 때 가우왕이 어떤 표정을 짓고 있을지를 상상하면 자꾸만 웃음이 나왔다.

"가우왕 님 불쌍해요."

"본인 잘못이야. 난 고집부리라고 한 적 없어."

프란츠 페터는 배도빈이 가우왕을 길들이려는 것 같다고 생각했다.

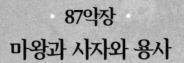

87악장
마왕과 사자와 용사

가우왕이 몇 주 전의 긴박했던 사건 이후로 쭉 칩거했기에 팬들의 걱정은 이만저만이 아니었다.

　언론도 그러한 상황을 파악하고 있어서 어떻게든 가우왕과 접촉하고자 했지만, 가우왕은 언론과의 만남을 의도적으로 피했다.

　외출 또한 최소화하여 언론과 팬들은 가우왕이 현재 어떤 심경인지, 무엇을 준비하고 있는지, 아니면 아직 회복에 힘쓰고 있는지 알 수 없었다.

　그러다 보니 육체적, 정신적으로 피폐해져 상태가 생각보다 좋지 못할 거라는 추측이 이어졌다.

　칩거 1주째에는 한 파파라치가 병원에 다니는 가우왕을 포착하면서 논란이 더욱 불거졌다.

가우왕의 두피가 적나라하게 드러났기 때문이었다.

해당 사진에 충격받은 가우왕은 베를린 필하모닉의 송년 음악회를 전후로 공식 석상에 참가하기 시작했다.

"걱정하는 팬과 동료를 위해서라도 기자회견 가지는 게 좋을 것 같네요."

"지금은 조금."

"연습도 중요하지만 어차피 도빈이 돌아오면 신곡 발표회 가질 거잖아요. 지금부터 홍보해야죠."

"그 신곡이 문제인데."

카밀라 앤더슨은 항상 당당하고 과감했던 가우왕을 떠올리곤 그에게 무슨 문제가 있으리라 생각했다.

"혹시 어디 불편해요?"

카밀라 앤더슨이 걱정스레 물었지만 가우왕은 차마 곡이 너무 어렵다고 답할 수 없었다.

'빌어먹을.'

언론에서 뭐라 떠들든 신경 쓰지 않았다

그러나 배도빈이 가우왕 본인을 위해 써 준 '세 개의 손을 위한 소나타-가우왕'을 만족스럽게 연주하지 못하는 것이 그에게는 치명적인 문제였다.

가우왕의 자존심은 그러한 사실을 인정할 수 없었다.

"전혀."

가우왕이 어깨를 으쓱였다.

카밀라는 그를 의심스레 살피고는 이내 한숨을 내쉬었다.

"좋아요. 어차피 발표회 전에 기자회견은 가져야 하니까 일정 잡아볼게요. 도빈이도 돌아오니 같이하는 게 좋겠어요. 그러면 부담이 조금은 덜하겠죠?"

가우왕이 아직 공식 활동에 부담을 느낀다고 생각한 카밀라는 그가 배도빈과 함께 활동할 수 있게 배려했다.

그러나 조금이라도 시간을 끌고 싶은 가우왕에게는 그리 좋은 제안이 아니었다.

"굳이 같이할 필요가 있습니까?"

"너무 그러지 말아요. 당신도 이제 베를린 필하모닉 소속이니까 힘들 때는 서로 도와야죠."

"……."

카밀라 국장의 상냥한 제안과 동시에 운명의 카운트가 시작되었고.

가우왕은 그날부터 눈이 충혈된 채 피아노 건반을 눌러댔고.

그렇게 아시아 투어를 마치고 배도빈이 베를린으로 돌아오는 날까지 가우왕은 '세 개의 손을 위한 소나타-가우왕'을 완성하지 못했다.

기자회견 당일.

수십 명의 기자가 모인 가운데, 배도빈과 가우왕이 대기실에 있었다.

"뭐 하는데 나와보지도 않았어요?"

"시끄러워."

가우왕이 신경질적으로 반응할수록 배도빈은 행복했다.

"그래서. 준비는 다 됐어요? 가능하면 내년 첫 공연으로 잡고 싶은데."

"뭐?"

배도빈이 능청스럽게 고개를 살짝 틀자 가우왕이 드물게 말을 더듬었다.

"1, 1월 말이 좋을 것 같은데."

"너무 늦어요."

가우왕의 동공이 지진이라도 난 듯 흔들렸다.

그가 난감해하는 것을 충분히 즐긴 배도빈은 기자회견장에 들어서기 전에 사실을 알려주려 했다.

"못 하겠죠?"

"무슨 소리!"

"이해해요. 못 치는 게 당연하니까. 사실은."

"시끄러워! 내가 못 칠 곡이 있을 리가 없잖아!"

"그러니까."

"1월 말로 해! 한 번만 더 못 친다니 하면 가만 안 있어!"

가우왕의 고집과 발악에 즐거웠던 배도빈도 슬슬 지겨워졌다.

그가 막 사실을 알리려는데 마침 아르바이트 직원 죠엘 산타가 기자회견 시작 시간이 되었다고 알렸다.

"보스, 입장 시간 되었습니다."

"네, 고마워요."

배도빈은 가우왕과 함께 복도를 지나며 입을 열었다.

"그러니까 못 치는 게 당연하다고요. 말 좀 들어요. 애초에 혼자 연주."

"시끄럽다니까!"

배도빈은 이 고집불통을 기자회견이 끝나는 즉시 걷어차 줄 거라 마음먹고 회장에 들어섰다.

차르르르르륵-

배도빈과 가우왕이 모습을 드러내자 기자들이 손을 바삐 움직였다.

카메라 셔터 소리가 끊이지 않는 가운데, 두 음악가가 자리를 잡았고 기자들은 걱정부터 앞섰다.

세 개 대륙 투어를 마친 배도빈도 지쳐 보였지만 가우왕은 그에 비교할 수 없을 정도로 피폐했다.

"뭐야, 나아진 게 없잖아."

"더 심해진 거 같은데?"

"스트레스 때문에 머리도 빠졌다더니 머리는 그대로네?"

"가발일 수도."

기자들이 수군거렸다.

그들로서는 6주 이상 불가능에 도전했던 가우왕이 아직 후유증을 앓고 있는 거라 착각할 수밖에 없었다.

"찾아와 주신 기자 여러분께 감사 인사드리도록 하겠습니다. 오늘은 베를린 필하모닉의 2025년 비전과 올해 시행했던 사업 결과를 공개할 예정입니다. 우선, 피델리오입니다."

카밀라 앤더슨 국장이 유럽, 북미, 아시아 투어를 진행한 〈피델리오〉의 성적을 공개하였다.

준비된 스크린에 베를린 필하모닉의 로고가 떠올랐다.

실 관객 수 74만 7,508명.

디지털 스트리밍 유료 관람객 2억 6,894만 명의 티켓 값을 포함한 전체 수익은 2조 1,810억 원이었다.

반년 만에 거둔 성적이라고는 믿을 수 없는, 역사상 가장 흥행한 오페라였다.

"우리 베를린 필하모닉은 오페라 피델리오와 더불어 이번 아시아 투어에 푸르트벵글러호를 투입, 유의미한 성과를 올렸습니다. 두 프로젝트는 앞으로도 긍정적인 시너지를 보여줄 것입니다."

카밀라 앤더슨의 말에 기자들은 베를린 필하모닉과 도이체 오페라가 결코 깨지지 않을 대기록을 세웠다는 기사 제목을 적었다.

"또한 분기별로 시행되었던 자선 음악회 편성을 확대, 밴드 공연을 정규 편성에 추가하였습니다."

어린이 타악 교실까지.

베를린 필하모닉이 2024년 한 해에 소화한 일들은 그들이 전통적인 시각에서의 오케스트라를 한참 벗어났음을 알려주고 있었다.

카밀라 앤더슨 국장이 발표를 마치고 기자들의 질문이 시작되었다.

"우선 축하드립니다, 마에스트로. 피델리오가 흥행할 수 있었던 이유를 무엇이라 생각하십니까?"

"루트비히 판 베트호펜의 위대함과 단원들의 노력에 따른 결과라 생각합니다. 함께한 도이체 오퍼는 최고였죠."

배도빈이 짧고 명료하게 답했다.

"물론 지휘자이자 음악감독이었던 마에스트로의 공이 가장 컸겠지요?"

"아뇨. 루트비히 판 베트호펜의 공적입니다."

기자들은 평소와 다른 배도빈의 태도에 의아해하며 수군거렸다.

"자기 자랑 할 거라 생각했는데."

"솔직히 해도 되잖아. 역사적인 기록이었다고."

"배도빈이 공을 다른 사람에게 넘기다니, 믿을 수 없는데.

본인보다 단원이랑 도이체 오퍼를 더 높이 샀잖아."

"입장이라는 게 사람을 만드는 거겠지. 이제 대기업의 주인이고 또 나이도 성인에 가까워졌으니까 아무래도 주변을 신경 쓰는 거 아니겠어?"

"제법 왕다운 느낌을 내기 시작한 거라 판단해야겠지."

기자들은 나이를 먹기 시작한 배도빈이 조금씩 주변을 둘러보기 시작했다고 이해했다.

화제는 자연스레 지난달, 홍콩에서의 일로 전환되었다.

발언권을 얻은 한 기자가 팔짱을 낀 채 뚱하게 앉아 있던 가우왕을 지목했다.

"가우왕 씨, 우선 지난 사건에 유감을 표합니다. 여러 팬이 가우왕 씨가 그간 어떻게 지내셨는지 궁금해하십니다. 한 말씀 부탁드립니다."

"이런저런 일이 있었죠. 가족들과 시간을 보냈고 그 뒤에는 도와주신 분들을 찾아다녔고. 지금은 보시다시피 멀쩡합니다."

"……."

멀쩡하지 않았다.

누가 봐도 잔뜩 지친 모습이었다.

잠시 어색해진 분위기를 뚫고 가우왕이 자리에서 일어났다.

바른 자세로 카메라를 향해 고개를 깊이 숙였다.

그러기를 1분.

천천히 고개를 든 가우왕에게서 평소의 불량한 말투는 찾아볼 수 없었다.

"도와주셔서 감사합니다."

진심을 담은 한 마디 인사.

가우왕이라는 인간을 모르는 사람이더라도 그가 동료 음악가와 팬들에게 얼마나 감사하는지 느낄 수 있었다.

음악이 누군가의 수단으로 사용되길 거부하고.

소중한 피아니스트가 무사하길 바라는 마음으로 전 세계가 함께했다.

당시 홍콩을 찾은 사람 중에는 아르투로 토스카니니와 같이 가우왕과 사이가 좋지 않은 음악가도 분명 있었다.

가우왕은 기본적으로 더러운 성격 때문에 좋은 관계를 유지하고 있는 사람이 드물었다.

그럼에도 수많은 음악가와 시민이 그의 힘이 되어 주었다.

가우왕은 그들의 마음을 결코 잊을 수 없었다.

기자들 사이에서 누군가 손뼉을 치기 시작했고 홍콩 사건은 음악을 사랑하는 이들이 다시금 화합하는 결과로 매듭지어졌다.

훈훈한 분위기 속에서 질문이 이어졌다.

"무대 복귀는 언제쯤 하실까요?"

다시 자리에 앉은 가우왕이 삐질삐질 땀을 흘리기 시작했다.

그를 대신해 배도빈이 입을 열었다.

"다음 달 말 정도로 예상합니다. 신곡을 발표할 예정이니 기대해 주세요."

"신곡이라면."

기자들의 기대감이 부풀어 올랐다.

"네. 가우왕 씨는 현재 헌정 받은 곡을 준비하고 있습니다. 최근 외부 활동을 자제했던 것도 모두 그에 집중하고 있었기 때문입니다."

배도빈의 발언에 기자들이 앞다투어 손을 들었다.

"마에스트로께서 직접 작곡하셨습니까?"

"그렇습니다."

"가우왕 씨! 준비는 어느 정도로 진행되셨습니까!"

"어, 어떤 느낌의 곡인지 설명 부탁드립니다!"

배도빈의 신곡이 언제쯤 발표될지도 큰 관심사였는데 그것이 가우왕에게 헌정되었다고 하니 이번에는 또 어떤 대작이 나올지 궁금하지 않을 수 없었다.

기자회견장은 순식간에 아수라장이 되었고 그와 동시에 가우왕의 머릿속도 더욱 복잡해졌다.

기자회견 이후 사흘 뒤.

투어의 여독을 풀고는 가우왕을 찾았다.

카를로텐부르크가 주변이었는데 급히 구한 것 치고는 제법 그럴듯한 집이다.

본인 말로는 모아두었던 돈의 절반 가까이 투자했다고 하는데, 확실히 대저택이다.

가족이 베를린으로 이주하고 그들과 함께 살기 시작한 소소가 문을 열어주었다.

표정이 험악하다.

굶거나 당분을 보충하지 못했을 때 보이던 얼굴이다.

"돌아갈래."

"어디로요?"

"너희 집."

이해가 되지 않아 되묻자 동시에 가우왕의 고함이 터져 나왔다.

"아아아아아악!"

소소와 마주 보고 눈을 몇 차례 깜빡였다.

"저 바보랑 같이 못 살겠어."

"하하."

아직도 괴로워하고 있는 것 같다.

질리기도 했고 슬슬 합을 맞춰봐야 할 시기다.

"이제 괜찮아질 거예요."

소소가 2층 첫 번째 방이라고 알려주곤 그 길로 집을 나섰다.

안으로 들어서자 가우왕의 아버지 왕숭과 마주할 수 있었다.

"안녕하세요."

"아이고! 아이고! 아이고! 여보! 애들아! 어여 나와! 어여!"

순식간에 가우왕의 고모, 또 그들의 가족까지 합세해서 손을 붙잡고 고개를 숙였다.

이렇게 큰 집이 필요한 이유가 있었다.

당황한 나머지 나도 같이 고개를 숙였는데 끝날 기미가 안 보인다.

"고맙습니다. 고맙습니다. 참으로 고맙습니다."

"응? 이분이 응? 우리 가우 살려주신 분이잖아. 응?"

"가만있자. 이거 이럴 게 아니라. 여보, 빨리 시장 가서 돼지 잡아 와. 얼른."

주문을 받은 왕숭이 얼른 시장으로 가려 해서 간신히 붙잡았다.

"밥 먹고 왔어요. 가우왕이랑 연습 좀 하려고 온 거예요."

"아! 그래요. 그래."

"그럼 어째, 과일 좀 드릴까?"

"그럼 부탁드릴게요. 말씀 편하게 하시고요."

왕숭이 고개와 몸을 떨며 온몸으로 부정했다.

"아이고! 내 어찌 그럴까! 어여 올라가요. 올라가."

격한 환영을 받고 가우왕의 방으로 들어가니 땀 냄새인지 뭔지 모를 고약한 냄새가 난다.

'이게 무슨 냄새야.'

그가 피아노 의자에 앉아 엎드려 있었다.

그렇게 고집을 부리다가 결국 실패했으니, 본인을 역사상 가장 위대한 피아니스트로 여기는 그에겐 적지 않은 충격일 것이다.

"환기 좀 해요."

창문을 열고자 그를 지나치려는데 가우왕이 웃기 시작했다.

"큭. 쿡큭크쿡큭큭큭."

어깨를 조금씩 들썩이더니 일어나 더욱 크게 웃었다.

눈을 있는 대로 부라린다.

"황하하하하하하하!"

드디어 미쳤구나.

몇 주간 골방에 틀어박혀 연습만 했으니 약간 정신이 나간 것도 이해할 수 있다.

피아노라면 누구에게도 안 진다고 생각하는 인간이 벽을 만났으니 오죽할까.

"고집 그만 부리고 나랑."

"시끄러워! 거기 앉아!"

가우왕이 또 내 말을 가로막았다.

"큭큭큭큭. 내가 못 친다고 생각했겠지? 어? 이 내가 혼자서는 못 할 거라고? 똑똑히 들어."

혼자서는 절대 연주할 수 없을 텐데 또 무슨 고집을 부리려는지 지켜보자는 마음에 앉았더니.

가우왕이 숨을 크게 들이쉬고.

아홉 개의 손가락으로 사자의 포효를 표현했다.

동시에 도약하는 사자.

절벽을 뛰어 내려온 백수의 왕이 초원을 뛰기 시작한다.

두 개의 아르페지오.

상승하는 왼손은 사자를, 하강하는 오른손은 사냥감을 묘사하며 두 손이 만났다.

"……"

7분.

연주를 마친 가우왕은 땀을 뻘뻘 흘렸다. 숨은 가쁘고 광기에 찬 눈으로 뒤돌아보았다.

"어때!"

내가 지금까지 가우왕이란 인간을 잘못 알고 있었던 모양이다.

"어떠냐고!"

진짜 미친놈이다.

♪

"하하하하하하하!"

가우왕이 의기양양하게 웃어대는 와중에도 그가 '세 개의 손을 위한 소나타'를 연주해냈단 사실을 믿을 수 없었다.

"왜 가만있어? 너무 놀라서 말도 안 나오냐! 하하하하하하!"

"……네."

"뭐?"

"대단하다고요."

다른 말을 할 수 있을 리 없다.

이 곡을 혼자 연주할 수 있을 거라고는 상상도 못 했다.

애초에 기교에 특화된 가우왕의 매력을 끌어내기 위해 함께 연주할 초절기교를 만들 생각이었다.

가우왕도, 그의 팬들도 화려한 곡을 좋아하니까.

두 사람이 나눠 연주해도 상당한 난이도.

단언하건대 어지간한 피아니스트 두 사람이라도 버거워할 것이다.

분명 그런 곡일진대.

정말 혼자 해낼 줄이야.

자존심이 육체를 지배했다는 말 이외에는 설명할 길이 없다.

'이거 진짜 또라이 아니야?'

대체 최근 몇 주간 무슨 짓을 한 건지 이해할 수 없다.

아무래도 믿기지 않다.

"대체 무슨 짓을 한 거예요?"

"뭐가?"

"혼자 연주할 수 있는 곡이 아니라고요. 몇 번이나 말해요."

가우왕이 기세등등하게 고개를 들었다. 다시 한번 다그치니 만족스럽게 웃고는 고백했다.

"진짜 잃을 수도 있다고 생각했거든."

가우왕은 자신의 스타인웨이 피아노를 소중히 쓰다듬었다.

"절대 못 놓지."

당시 이야기를 풀어내기를 꺼려서 캐묻지는 않았지만, 아마 영영 피아노를 연주할 수 없을 거로 생각한 모양이다.

그 간절함과 집착으로 '세 개의 손을 위한 소나타'를 붙잡았다는 말인데.

그가 얼마나 필사적이었을지는 굳이 함께 있지 않았어도 알 수 있었다.

불가능한 일을 해냈으니 말이다.

"다시 해봐요."

"그, 그렇게 좋았냐."

"네."

"너 평소랑 달리 좀 순순하다?"

그렇게 잘난 척했으면서 막상 칭찬해 주니 쑥스러운 척한다.

"시끄럽고 빨리 다시 해봐요."

"너 이게 얼마나 체력 소모가 심한 줄 알아? 잠깐 쉬었다가."

가우왕은 고모가 가져다준 과일과 차를 마시고는 샤워실로 향했다.

창문을 열어 환기를 하곤 피아노 앞에 앉아 '세 개의 손을 위한 소나타'를 연주해 보았다.

도중까지는 어떻게든 가능하지만 완주는 무리다.

내가 아니라 현재로서는 가우왕 이외에 이 곡을 소화할 수 있는 사람은 존재하지 않는다.

'그냥 솔로곡으로 할까.'

나쁘지 않을 것 같다.

굳이 나눠 연주할 필요 없으니 기교의 한계를 넘어선 피아니스트만의 곡으로 남겨두어도 괜찮을 것이다.

정말이지.

어이가 없다.

샤워를 하고 나온 가우왕이 수건을 두른 채 침대 위에 누웠다.

"흐흐흐흐흐흐."

미쳤다 미쳤다 하니까 진짜 정신이 나간 모양.

미친놈처럼 자꾸만 실실댄다.

어지간히 기쁜 듯하다.

"꼬맹이."

"왜요."

"멋진 곡이었어."

그러고는 곧장 코를 골기 시작했는데, 아마 직전까지 연습하느라 피곤한 모양.

"수고했어요."

한 번 더 듣고 싶지만 다음으로 미루고 이 멍청한 작자가 편히 쉴 수 있도록 방을 나섰다.

'세 개의 손을 위한 소나타라.'

빌어먹을 꼬맹이가 만든 곡은 빌어먹게 선명하다.

격렬하다.

완벽하다.

초원을 누비며 사냥하는 사자처럼 흉폭하고 저돌적인 이 곡을 연주하다 보면 그 모습이 그려져 괜스레 웃게 된다.

이렇게 간절했던 적이 언제였을까.

꼬맹이에게 지고 난 이후로는 처음인 것 같다.

오랜만에 만난 벽.

아득히 높고 가늠할 수조차 없이 두터운 벽을 만나 기뻤다.

이 곡을 연주할 수 있게 되면 또 한 걸음 나아갈 수 있다는 말이었으니 기쁘지 않을 리 없다.

손가락과 손목, 팔꿈치를 철저히 독립시켜 움직이고 그것을 다시 하나의 움직임으로 통합하는 과정.

결국 다시 기초부터 시작해야만 했던 잔인하기 짝이 없는 난이도.

숨이 턱 막히는 듯했지만.

'가우왕'을 연주하면서 비로소 정말 자유를 얻은 듯했다.

쉽지 않았다.

날짜가 다가올수록 초조해졌다.

정말 해낼 수 있을까.

괜한 짓을 하는 건 아닐까 하는 생각도 들었지만 다시 피아노를 연주할 수 있다는 즐거움으로 끝내 해내고야 말았다.

결국 녀석이 또 한 번 나를 한 단계 위로 끌어올린 셈이다.

'가능하다고 생각한 거겠지.'

다른 누구도 아닌 나 가우왕이라면 가능하리라 믿고 만들었을 것이다.

그렇게 생각하니 포기할 수 없었다.

단지 하나 마음에 걸리는 건 저번 일로 베를린 필하모닉에 소속되었다는 것.

배도빈과 함께 음악을 한다는 건 오래 전부터 바랐던 일이지만 굳이 그러지 않은 이유도 명확하다.

어느 단체에 속하게 되면 알게 모르게 규정에 얽메일 수밖에 없다.

규칙적인 생활이라는 건 단련이 될 수도 있지만 그것이 익숙해지는 순간 안주해 버릴 수도 있다.

무리하지 않고 성장할 수 있을 리 없기에 그러고 싶지 않았다.

하지만.

배도빈과 함께한다는 것은 그러한 불편함을 모두 감수하더라도 매력적인 일이다.

'아쉽지만.'

아쉽지만 다른 길을 가야 한다.

그래야만 하는 이유는 녀석이 이미 자신의 피아노를 선택해 두었기 때문.

'최지훈.'

듣자 하니 본래 밴드 피아니스트 자리는 최지훈을 위해 준비되었던 것 같다.

퀸 엘리자베스 콩쿠르에서 우승하고 곧장 합류하기로 했던 모양인데, 어린 녀석이 부상을 입고 말았다.

그 나이에 손가락이 망가질 정도로 혹사시켰으니, 최지훈이 배도빈을 쫓기 위해 얼마나 노력했을지.

꼬맹이가 그것을 얼마나 기다렸을지 뻔하다.

베를린 필하모닉 밴드에 피아니스트 자리가 났다는 사실이 알려지고 어중이떠중이들이 달려들었다.

내부에서도 피아니스트를 새로 뽑자고 했지만.

배도빈은 그러지 않았다.

차라리 밴드 활동에서 피아노를 제외시키거나 필요할 땐 본인이 직접 연주해 온 것만으로도 두 꼬맹이의 유대를 짐작할 수 있다.

최지훈이 돌아오기를 기다리는 것이다.

그런데, 그런 자리를 내가 차지하게 되었다.

말하자면 불청객.

의도한 건 아니지만 배도빈과 최지훈 사이에 끼어든 모양새가 되었다.

다른 어떤 이유도 빌어먹을 꼬맹이와 함께하는 것을 막을 수 없지만, 그 기특한 꼬맹이의 자리를 빼앗을 순 없다.

'한 번이면 족하지.'

단 한 번이면 충분하다.

배도빈과 같은 소속으로 최고의 연주를 한다면 그것으로 만족한다.

나는 또 내 길을 걸어갈 테고 꼬맹이도 그래야만 한다.

그러다 또 마주치면 어울리는 것으로도 앞으로 한 발 더 내

디딜 수 있을 것이다.

세 개의 손을 위한 소나타-가우왕

이 야수와도 같은 곡을 연주하면 온전히 내가 있던 곳으로 돌아가 또다시 세계를 여행하리라.

2025년 1월 24일 금요일.

여론을 의식하듯 길고 풍성한 머리를 유독 강조하는 가우왕의 사진이 베를린시 전역에 내걸렸다.

황제의 복귀 무대는 화려하게 홍보되었고 베를린 필하모닉의 연주회는 평소보다 더욱 큰 관심을 끌었다.

"이거 기부 공연이라지?"

"맞아. 적은 돈이 아닐 텐데 그걸 전부 기부한다니, 배도빈이고 가우왕이고 통 큰 거는 알아줘야지."

"듣기로는 가우왕이 진행했대. 홍콩에서의 일을 보답할 방법은 그뿐이라고."

"그럼 베를린 필하모닉은?"

"가우왕이 부담하겠지."

기자들의 대화는 정확했다.

가우왕은 개인으로서는 분에 넘치는 사랑을 받았고, 자신이 받은 힘을 조금이라도 돌려주고 싶었다.

이번 공연은 모두 그의 사비로 진행되었으며, 배도빈은 그가 부담할 금액을 최소화해 주는 정도로 배려했다.

헤르베르트 폰 카라얀 거리에 수천 명의 관객이 운집해 있고.

전 세계 수천만 명이 모바일, PC 등을 통해 가우왕과 배도빈이 그를 위해 만든 소나타를 기다리고 있었다.

"어엇! 크리스틴 지메르만이다!"

"최지훈도 있어!"

그때 기자들과 팬들의 이목을 끄는 사제가 모습을 드러냈다.

가우왕의 스승이자 현존하는 최고의 피아니스트, 무결점의 크리스틴 지메르만과 그녀의 두 번째 제자 최지훈.

기자들이 앞다투어 두 사람에게 달려들었다.

"지메르만 선생님! 가우왕 씨의 신곡 발표에 대해 들으신 바 있으십니까!"

"크리스틴 폰 지메르만! 첫 번째 제자가 복귀하는데 축하 말씀 부탁드리겠습니다!"

무작정 달려든 기자들의 '저급한 행동'에 불쾌해진 크리스틴 지메르만의 심기가 얼굴에 고스란히 드러났다.

"매번 지치지도 않고 달려드시네요. 오늘은 관객일 뿐입니다. 유쾌한 기분을 망치지 마세요."

기자들에게 경고를 한 크리스틴 지메르만은 뒤도 돌아보지 않고 콘서트홀로 향했다.

짧게는 몇 년, 길게는 수십 년간 그녀에게 벌레 취급을 받은 기자들은 개의치 않고 최지훈을 향해 마이크를 돌렸다.

"미스터 최! 몸은 어떠십니까!"

"크리스틴 폰 지메르만을 스승으로 두었다는 것이 사실이었습니까?"

"무엇을 배우고 계시는지 자세히 부탁드립니다!"

최지훈이 웃으며 기자들을 진정시켰다.

"최근에는 조금씩 피아노도 칠 수 있게 되었어요. 선생님과는 기초부터 다듬고 있고요. 작곡도 배우고. 열심히 하고 있습니다. 걱정해 주셔서 감사합니다."

최지훈이 인사를 하고 콘서트홀로 향하려던 때 기자들 사이를 비집고 금발의 여성이 외쳤다.

최지훈에 관련해서는 전담하다시피 했던 리스터지의 사라 기자였다.

"베를린 필하모닉의 첫 번째 피아니스트가 첫 공연을 하게 되었습니다! 이에 하실 말씀 없으신가요!"

그녀는 배도빈과 최지훈이 중학교에 들어가기 전부터 두 사람이 함께하는 모습을 그렸다.

수많은 팬과 마찬가지였다.

최근 배도빈이 피아니스트를 의도적으로 채용하지 않았고 퀸 엘리자베스 콩쿠르를 기점으로 그를 위한 곡까지 만들었으니, 배도빈과 최지훈의 팬들의 기대는 부풀 대로 부풀어 있었다.

그러나 최지훈의 부상과 가우왕을 구출하려는 시도로 망가졌으니.

사라 기자는 최지훈의 속이 말이 아닐 거라 생각했다.

착한 최지훈이라면 어쩔 수 없는 일을 신경 쓰지 않을 거라는 것이 일반적인 생각.

그러나 방긋방긋 웃는 얼굴 아래 뜨거운 열정을 품고 있는 최지훈이라면 뭔가 다른 생각을 하고 있을 거라 믿었다.

사라 기자와 마주한 최지훈이 잠시 놀란 듯 눈을 깜빡였다. 그러고는 웃으며 답했다.

"기대돼요."

심플한 답변에 사라는 질문을 잇지 못했다.

"어엇! 막심 에바로트다!"

최지훈이 콘서트홀로 향했고 기자들은 또 다른 거장 막심 에바로트를 향해 분주히 움직였다.

덩그러니 남은 그녀는 멍하니 그 광경을 지켜볼 뿐이었다.

"사라, 의도는 알겠지만 최도 어쩔 수 없는 일이라 생각할 거예요."

그녀의 파트너가 위로와 조언을 함께했다.

"아니야. 최는 가만있을 사람이 아니야."

♪

한편.

크리스틴 지메르만과 최지훈은 가우왕을 응원하기 위해 그의 대기실을 찾았다.

가우왕은 문을 열고 들어온 스승을 보자마자 얼굴을 구겼다.

"뭐 하러 왔어?"

"생각보다 잘 지내고 있는 것 같아 다행이구나."

스승은 자애롭게 제자를 바라보았다.

폴란드의 명문가에서 태어난 크리스틴 지메르만은 예절을 중시하고 무례한 이를 경멸했지만 가우왕만은 예외였다.

야생동물처럼 난폭하기도 때로는 한심해 보이기도 하지만 그 안에 숨겨진 순수함을 사랑했다.

크리스틴 지메르만이 가우왕의 얼굴을 살피곤 머리를 쓰다듬었다.

"이 할망구가 또 왜 이래?"

가우왕은 몸을 비틀어 빠져나오려 했지만 소용없었다.

홍콩에서의 일 이후 '세 개의 손을 위한 소나타'에 매진하면서 얼굴조차 제대로 보여주지 않은 매정한 제자가 오랜만에 손에 들어왔으니 쉽게 풀어줄 리 없었다.

'고양이 같아.'

그 모습을 보고 있던 최지훈은 도도한 고양이와 다정한 주인을 보는 것 같아 웃고 말았다.

가우왕이 그런 최지훈을 노려보았다.

"이상한 생각 하지 마."

"네."

"······빌어먹을."

보통 부정하는 것이 일반적인 반응일 텐데.

가우왕은 순순히 이상한 생각을 했다고 인정하는 최지훈을 배도빈과 다를 게 없다고 여겼다.

그때까지 지메르만은 가우왕의 머리를 쓸어내리고 있었다.

"너, 손은 좀 어때."

"이제 많이 좋아졌어요. 의사 선생님도 회복이 빠르다고 놀라셨고요."

"잘 됐네."

"네."

가우왕은 방실방실 웃는 얼굴을 애써 외면하다가 버럭 소리 질렀다.

"아, 언제까지 만질 거야!"

"탈모는 걱정 안 해도 될 것 같네. 그래도 신경 써야 한단다? 네 괴상한 옷차림 때문에 봐줄 만한 건 이 좋은 머릿결뿐이니."

"웃기지 마!"

일시적인 탈모 증상이 왔을 때 바람에 날려 드러난 두피.

파파라치가 포착한 그 모습은 가우왕 일생일대의 치욕으로 남았다.

제자를 골려준 스승은 그가 평소와 같다는 걸 인지하곤 안심했다.

"그럼 멋진 연주 기대하마."

"그러든지 말든지."

크리스틴 지메르만이 대기실을 나서려 해 최지훈도 따라나서려는데 가우왕이 그를 붙잡았다.

"넌 잠깐 남아 봐."

최지훈이 눈을 깜빡이며 기다렸다.

가우왕이 물을 마시고는 입을 샐쭉거리더니 뒷머리를 벅벅 긁어댔다.

"미안하게 됐다."

"네?"

"의도치 않게 네 자리 뺏었는데 오늘 공연이 마지막이야. 신경 쓰지 말라고."

"가우왕 씨."

"그 녀석도 나 살리려고 그런 거니까 서운해하지 마."

가우왕은 부상 때문에 메이저 콩쿠르 3연패와 베를린 필하모닉 퍼스트 피아니스트직을 놓친 최지훈이 걱정되었다.

스승 크리스틴 지메르만이 최지훈을 아끼는 것처럼, 그도 자신과 최지훈이 닮았다고 여겼다.

끝없이 노력하는 열정.

손가락의 작은 움직임조차 완벽히 하기 위해 노력하지 않았다면 결코 '깔끔한 소리'를 낼 수 없었다.

그것은 글렌 골드나 사카모토 료이치, 미카엘 블레하츠, 막심 에바로트 하물며 그 배도빈도 없는 강점이었다.

그 열정을 알기에 더욱 신경 쓰였다.

"전."

똑똑-

"가우왕 씨, 입장 준비해 주세요!"

때마침 무대에 오를 시간이 되었다.

"그럼 간다."

가우왕이 어깨에 손을 얹어 최지훈을 위로하곤 무대로 향했다.

콘서트홀은 기대감으로 가득 차 있었다.

앞서 케르바 슈타인이 지휘한 비발디 사계의 겨울과 봄으로 분위기는 한층 더 고조되어 있었다.

"어떤 느낌일까?"

"배도빈이 가우왕에게 헌정한 곡이래. 부제가 가우왕이잖

아. 어어엄청 화려하겠지."

"세 개의 손을 위한 소나타라니까 확실히 그럴 것 같네."

웅성거리던 객석이 가우왕의 등장으로 폭발하였다.

"와아아아!"

황제는 그가 가장 아끼는 선홍색 슈트를 입고 있었다.

두 갈래로 길게 내려온 트임이 펄럭였고 손목과 복부에 자리한 금빛 단추가 빛났다.

행커치프 대신 꽂아둔 황금색 깃털 두 개가 살랑인다.

진한 스모키 화장을 한 이 시대 최고의 피아니스트가 복귀하는 무대.

관객들은 경의를 담아 황제를 맞이했다.

"가우왕!"

"가우왕!"

그 실력만큼이나 요란하기로도 유명한 가우왕이 양손으로 슈트를 펄럭이곤 피아노 앞에 앉았다.

눈을 감고 자신을 향한 환호를 만끽한 뒤 객석을 향해 거만히 웃어 보였다.

윙크는 덤.

"우오오오!"

"꺄아아악!"

베를린 필하모닉 콘서트홀에서는 보기 힘든 반응이었다.

단원과 직원들은 가우왕의 수작질에 헛웃음을 터뜨렸다.

그러나 이것이 가우왕의 콘서트.

가우왕과 그를 오랜 시간 기다려 온 팬들이 음악을 즐기는 방식이었다.

가우왕이 오른손을 높이 들어 올렸다.

과장된 퍼포먼스.

아무런 의미 없는 동작이었지만 관객들은 곧 있을 화려한 연주를 기대하며 숨죽였다.

고요함 끝에.

아홉 개의 손가락이 건반 위에 떨어졌다.

쿠쿵!

백수의 왕이 포효했다.

배도빈, 세 개의 손을 위한 소나타 E단조. 부제 가우왕.

페달과 함께 울린 왕의 울부짖음에 관객들이 압도되었다.

위엄 넘치는 도약!

저 멀리 뻗은 오른손이 조금의 미스도 없이 건반을 때렸고 그와 동시에 이어지는 아르페지오.

사냥을 시작한 사자처럼 육중하고 민첩하다.

순식간에 마주한 양손의 아르페지오.

가우왕이 온몸을 실어 건반을 때려냈다.

얼룩말의 목을 찢어내듯이 무자비한 강타가 이어졌다.

숨을 쉴 수 없었다.

강렬한 화음들이 빈틈없이 이어져 야수의 잔인함을 과시했다.

그리고 맞이한 휴식.

시작부터 폭력적인 사운드에 압도당한 관객들은 가슴이 터질 것만 같았다.

심장이 쿵쾅대는 소리가 옆 사람의 감상을 방해하진 않을까 걱정될 지경이었다.

연주는 차분히 그러나 무게감 있게 이어졌다.

터벅. 터벅.

사냥감을 잡은 사자는 천천히 가족이 있는 곳으로 향했다.

먹이를 잡아 온 아빠 사자를 향해 뛰어오는 어린 사자들.

왕의 걸음걸이를 표현했던 묵중함과 함께, 가볍고 경쾌한 소리들이 서로 다른 박자로 연주되었다.

피아노를 조금이라도 접했던 이들은 감탄할 수밖에 없었다.

'이런 연주가 가능해?'

아빠 사자의 걸음이 반주로 이어지는 가운데 서로 다른 멜로디가 솟아났다.

마치 아빠 사자 주변을 여러 새끼 사자가 폴짝폴짝 뛰어다니는 것처럼 믿을 수 없는 속도로 연주되었다.

만약 직접 보지 않았더라면 여러 대의 피아노가 각각 연주하고 있다고 생각할 정도였다.

팬들이 그러할진대.

음악에 조예가 깊은 이들은 경악할 수밖에 없었다.

"불가능해."

대기실에서 연주를 듣고 있던 프란츠 페터가 무심코 말을 흘렸다.

그러나 소년의 말을 부정하는 이는 아무도 없었다.

기계가 아니고서야, 서로 다른 멜로디를 동시에 연주할 수 있을 리 없었다.

두 개의 멜로디를 정확히 인지하고 속주의 한계를 넘어서 실연한다는 뜻인데.

단순히 손이 빠르다고 가능한 일이 아니었다.

감히 그 누구도 넘볼 수 없었다.

스승이자 최고의 피아니스트라 불리는 크리스틴 지메르만조차 혼란스러웠다.

'언제부터.'

제목처럼 마치 멜로디를 연주하는 손이 두 개인 듯했다.

두 새끼 사자의 걸음은 멜로디는 차치하고 박자조차 변칙적이었다.

그녀는 제자가 드디어 기예의 정점에 이르렀다 생각했다.

그리고.

최지훈은 손이 망가지기 전 자신이 그렇게 찾아 헤맸던 이상적인 연주 방식을 맞이하고 있었다.

모든 노트를 철저히 기억하고 그것을 때려내기 위해 손과 정신을 완전히 독립시키는 일.

방법을 찾지 못해 무리하다가 배도빈이 그만두라고 외쳤던 기억이 떠올랐다.

자신이 바라던 이상을 목도한 최지훈의 가슴이 꿈틀거리기 시작했다.

지난 몇 개월간 애써 누르고 있었던 피아노를 향한 갈증을 더는 외면할 수 없었다.

가우왕이 양팔을 펼쳤다.

피아노의 양 끝에서 초원의 이상이 펼쳐졌다.

위험을 인지하고 무리를 이뤄 도망가는 물소들.

떼를 지어 이주하는 새들.

가우왕의 양손이 가운데로 모이면서 각각의 동물들이 그려지는 듯했다.

그 가운데 당당히 모습을 드러낸 왕은 다시 한번 우렁찬 외침을 뿜었다.

공포스러운 화음이 마치 거대한 괴물처럼 드리우고.

그 그림자를 맞이한 왕은 새끼와 백성들을 지키기 위해 꼿꼿이 자리를 지켰다.

사자가 아무리 포효해도.

왼손에서 연주되는 강렬한 화음들에 비할 순 없었다.

현격한 차이.

그러나 사자는 왕으로서의 프라이드를 지켰다.

쾅! 쾅! 쾅! 쾅!

무게를 실어 내리꽂은 건반이 괴성을 질러댔고 오른손은 잡힐 듯 말 듯 반주 사이를 누볐다.

아슬아슬한 추격전이 이어지는 가운데.

가우왕이 눈을 부릅떴다.

지난 몇 주간 그를 가장 괴롭혔던 대목.

괴물을 표현하는 왼손에는 무게를 실어 화음을 연주해야 했고.

오른손으로는 사자의 용맹함을 과시하면서 백성들의 움직임을 표현해야 했다.

빼곡하게 계속되는 스케일 속에서 멜로디를 연주해야 하는 오른손은 이미 한계를 넘어선 지 오래.

가우왕은 이를 악다물었다.

그리고 마침내.

연주는 얼룩말이 죽을 때와 같은 대목으로 돌아왔다.

사자의 우악스러운 송곳니가 마침내 괴물의 목을 물어버렸다.

거대한 몸집이 쓰러지듯 강렬한 화음이 울렸고 괴물의 죽음을 확인한 사자가 포효했을 때.

온 초원이 울부짖으며 진동했다.

마지막 음을 누른 가우왕이 고개를 젖혀 긴 머리를 휘날렸고.

인간으로서는 불가능한 곡을 감상했던 관객들은 넋을 놓은 채 있다가.

"브라보!"

최지훈의 선창과 동시에 열광했다.

"와아아아아아!"

♪

[한계를 넘어선 무대!]

[황제, 신대륙을 정복하다!]

[가우왕, 양손으로 각각 1초에 20개 음을 연주하다!]

연주가 끝남과 동시에 기사가 쏟아져 내렸다.

ㄴ미친ㅋㅋㅋㅋㅋ내가 방금 뭘 들은 거얔ㅋㅋㅋㅋ

ㄴ그렇게 대단한 거야?

ㄴ귀가 있으면 그런 말 하면 안 됨ㅋㅋㅋㅋㅋ

ㄴ스피커나 이어폰 문제일걸? 저 속주를 제대로 잡아주지 못하는 거로 들었으면 이해 못 할 만도 함.

ㄴ기계가 잡아내지 못할 정도라고?

ㄴ1초에 양손 합쳐서 40개 음을 연주했다잖앜ㅋㅋㅋ

ㄴ도랐고 미쳐따.

ㄴ저런 걸 연주하는 놈이나 연주하라고 만든 놈이낰ㅋㅋㅋㅋ

ㄴ내 상식 돌려주세욬ㅋㅋㅋ

ㄴ인터뷰 시작했다! 인터뷰!

가우왕의 연주는 세상을 놀라게 하기에 충분했다.

연주회 뒤 곧장 이어진 인터뷰에서 기자들은 흥분을 감추지 못한 채 작곡가 배도빈과 연주자 가우왕을 대했다.

"언제부터 준비하셨습니까!"

"무슨 생각으로 만드셨습니까!"

"속주 부분에서 기네스 기록을 갈아치우신 소감이 어떠십니까!"

"이 사람이! 왜 자꾸 밀쳐대!"

"비켜! 마에스트로! 가우왕 씨가 이 곡을 소화할 거라 예상하셨습니까?"

센세이셔널한 화제의 현장.

기자들은 체면 차릴 생각도 없이 앞다투어 질문을 쏟아냈다.

"진정하세요! 한 분씩 받도록 하겠습니다!"

베를린 필하모닉의 직원들이 나서고 나서야 겨우 분위기가 진정되었다.

"누구도 이루지 못했던 일을 해내셨습니다. 경의를 표하며 어떻게 세 개의 손을 위한 소나타를 준비하셨는지 여쭙습니다."

기자의 질문에 가우왕이 코를 치켜들었다.

"뭐, 평소대로였지."

"거짓말하지 말아요. 폐인도 그런 폐인이 없었는데."

"뭐!"

곁에 있던 배도빈이 딴지를 걸었다.

이미 빌헬름 푸르트벵글러와 배도빈의 실랑이를 숱하게 접했던 기자들은 두 사람의 말싸움을 웃으며 지켜보았다.

"연주를 성공적으로 마친 가우왕 씨도 대단하지만 그에게 이런 곡을 써주신 마에스트로도 마찬가지입니다. 본인도 이 곡을 연주하실 수 있으십니까?"

한 기자의 질문에 기자들과 베를린 필하모닉의 단원, 직원들마저 관심을 보였다.

그들은 '불가능'이라 생각하지만 상식적으로 배도빈은 가능하다고 여겼으니 이런 곡을 만들었을 터였다.

"아니요."

그러나 배도빈은 단호했다.

그의 대답은 인터뷰를 진행하고 있던 사람들은 물론 그것을 지켜보던 팬들마저 감탄하게 했다.

ㄴ와, 자기는 못 해도 가우왕은 할 수 있다고 생각한 거네.

ㄴ진짜 대단하다.

ㄴ저렇게까지 신뢰했구나.

ㄴ배도빈도 피아노 하면 손에 꼽지 않음?

ㄴ활동을 잘 안 해서 그렇지 솔직히 열 손가락 안에는 들지. 그런 배도빈이 자기는 못 한다고 할 정도면 대체 곡에다가 무슨 짓을 한 건지 궁금하넼ㅋㅋ

"원래 같이 연주하려고 만들었는데 이 인간이 혼자 연습하더라고요."

"……."

배도빈과 가우왕의 끈끈한 신뢰 관계에 감탄하던 인터뷰 회장이 싸늘히 식어버렸다.

"뻔히 못 치는 거 아는데 혼자 낑낑대는 게 재밌어서 지켜봤죠. 그런데 정말 혼자 하더라고요. 지금도 신기해요."

배도빈의 추가 설명에 기자들과 베를린 필하모닉 그리고 가우왕 본인마저 눈을 멍청하게 깜빡일 뿐이었다.

ㄴ이게 뭔 소리얔ㅋㅋㅋㅋ

ㄴ아닠ㅋㅋㅋㅋㅋㅋㅋ

ㄴ실화냐고 진짜ㅋㅋㅋㅋㅋㅋ

채팅창이 웃음으로 도배되는 가운데.

가우왕이 고장이라도 난 것처럼 어색한 움직임으로 고개를 돌렸다.

"뭔 소리야, 그게."

"말 그대로예요."

"뭔 소리냐고!"

무대에서 내려온 사자가 울부짖었다.

가우왕의 난동으로 잠시 인터뷰가 중단되었지만 반응은 폭발적이었다.

세상 억울해하는 가우왕과 뭐가 문제냐는 듯 태연한 배도빈의 태도 때문에 채팅창과 인터뷰 회장은 초토화되었다.

몇 분의 휴식 뒤에야 분위기가 간신히 진정되었다.

카밀라 앤더슨이 진행을 유도하여 기자들은 질문을 계속할 수 있었다.

"마에스트로, 그렇다면 가우왕 씨와의 듀엣도 기대할 수 있습니까?"

"아뇨. 가우왕만의 곡으로 남겨두는 게 좋다고 판단했습니다. 적어도 당분간 세 개의 손을 위한 소나타를 연주할 수 있는 사람은 이 사람뿐이니까요."

배도빈의 발언은 충분히 도발적이었다.

가우왕이 세계 최고의 피아니스트 중 한 명이라고는 하나 여전히 많은 피아니스트가 본인의 자리를 지키고 있었다.

비슷한 나이로는 막심 에바로트가 그의 라이벌로 있었고.

사카모토 료이치, 글렌 골드, 보리스 윈스턴, 크리스틴 지메르만, 그레고리 소콜라브, 밀스 베레조프스키 등 살아 있는 전설들도 정도의 차이만 있을 뿐 여전히 현역이었다.

그 외에도 니나 케베리히, 최지훈, 최성신, 엘리자베타 툭타미셰바와 같이 유망한 인재들이 무서운 속도로 성장하고 있는데.

그럼에도 '세 개의 손을 위한 소나타'를 연주할 수 있는 사람이 없을 거라 단정했으니, 인터뷰를 지켜보고 있는 피아니스트들의 마음에 불을 지핀 격이었다.

"크흠."

씩씩대던 가우왕이 콧대를 세웠다.

ㄴㅗㅜㅑ;;
ㄴ피아니스트들 도발하는 건갘ㅋㅋ
ㄴ내가 볼 때 배도빈은 어떻게 해야 사람 열받게 하는지 잘 아는 거 같음.

ㄴ진심인 거 같은데? 자기도 못 치는데 칠 수 있는 사람이 있을 리 없다고ㅋㅋㅋㅋ

　ㄴ다른 사람은 몰라도 막심 에바로트는 짜증 좀 날 거 같다 ㅋㅋㅋ

　인터뷰를 지켜보고 있던 팬들은 배도빈의 발언을 다른 피아니스트들이 어떻게 받아들일지 궁금해 미칠 지경이었다.

　기자들도 최대한 빨리 조회 수를 확보하기 위해 내용도 없는 기사를 등재하기 시작했다.

　다음 기자에게 발언권이 주어졌다.

　"가우왕 씨의 합류는 예전 찰스 브라움 악장 때만큼이나 화제가 되고 있습니다. 베를린 필하모닉에서 가우왕 씨의 행보는 어떻게 예정되어 있는지 궁금합니다."

　배도빈과 가우왕이 고개를 돌려 시선을 교환했다.

　가우왕은 고개를 끄덕여 보인 뒤, 다소 진중히 입을 열었다.

　"베를린 필하모닉 소속으로서의 공연은 이번이 마지막입니다."

　기자들이 깜짝 놀랐다.

　배도빈을 주축으로 한 새로운 베를린 필하모닉이 찰스 브라움과 가우왕을 양쪽 날개로 하여 체제를 굳힐 거라는 예측이 빗나간 것이었다.

　수많은 전문가가 배도빈, 찰스 브라움, 가우왕이라는 역사상 최고의 트로이카가 조금씩 과거가 되어가는 빌헬름 푸르트뱅글러와 다섯 악장의 전성기 이상의 퍼포먼스를 보여줄 거라 예측하고 있었다.

비록 갑작스러운 상황을 모면하기 위한 만남이었다고는 해도 이 완벽한 조합이 깨지길 바라는 이는 아무도 없었다.

더군다나 이번 '세 개의 손을 위한 소나타'로 배도빈과 가우왕 두 사람의 조합이 얼마나 큰 시너지를 보이는지 증명되었으니, 굳이 헤어질 이유도 없었다.

기자들이 다급히 질문을 이어나갔다.

"본래 예정되어 있던 수순입니까!"

"첫 번째 공연이 크게 성공하였습니다! 재고 가능성은 없습니까!"

"돌아간다면 전 소속사 도이치 아리아로 복귀하시는 겁니까!"

빗발치는 질문 끝에 가우왕은 차분히 발언을 이어나갔다.

"다들 제가 오케스트라와의 협연을 안 좋아하는 것 정도는 알고 계실 겁니다."

기자들을 둘러보곤 가우왕이 어깨를 으쓱였다.

"굳이 필요성을 못 느낍니다. 협주곡 말고도 연주할 곡은 많으니까요. 물론 베를린 필하모닉에서의 활동은 나쁘지 않을 겁니다. 이 꼬맹이랑 있으면 심심할 것 같진 않으니까."

배도빈이 꼬맹이라는 단어에 반응해 가우왕을 노려보았다.

"하지만 베를린 필하모닉의 퍼스트 피아니스트로서는 가우왕으로 살아갈 수 없습니다."

왕가우란 남자는 16살에 프로에 입문했을 무렵부터 피아니스트 가우왕으로서 살아왔다.

아름다운 연주와 화려한 퍼포먼스로 관객들을 즐겁게 하는 최고의 피아니스트로 살기를 결심했다.

자신의 사명으로, 피아니스트가 아니면 안 된다고 여겼다.

'이게 맞아.'

배도빈과 함께하는 일은, 베를린 필하모닉에서의 짧은 휴식은 썩 마음에 들었다.

고독한 맹수였던 그조차 머물고 싶다고 생각할 정도로 만족스러웠다.

가능하다면 좀 더 오래 있고 싶지만 그렇게 되어서는 '남'의 자리를 빼앗는 것.

최지훈을 의식한 가우왕은 배도빈과 베를린 필하모닉이라는 좋은 환경에 조금씩 익숙해지는 자신을 경계했다.

'배도빈이라면 치질 환자처럼 솔로 활동도 보장해 주겠지.'

'같이 있다 보면 또 한 단계 넘어설 수 있겠지.'

'여기 연주는 심심하지 않아서 좋단 말이야. 배도빈 때문인가?'

지난 몇 달간 조금씩 접한 것만으로도 자꾸만 베를린 필하모닉에 남는 방향으로 생각이 이어졌다.

가우왕은 그런 생각을 애써 외면했다.

"그러니 여기서 끝. 다른 이유는 없습니다."

그때.

"안 돼요."

낭랑한 목소리가 인터뷰 회장을 가로질렀다.

모두 소리가 난 방향을 향해 고개를 돌렸다.

'최잖아.'

'무슨 일이래?'

배도빈도 가우왕도 기자들도 모두 의아해하는 가운데, 최지훈이 발언을 이어나갔다.

"두 사람이 함께 준비한 연주가 이렇게 많은 사람을 행복하게 하잖아요. 왜 떨어지려 해요?"

"너."

가우왕이 입을 연 배도빈을 대신해 일어섰다.

"말했잖아. 혼자 활동하는 게 좋다니까."

"아니잖아요. 가우왕 씨도 도빈이랑 함께하는 게 좋잖아요."

기자들이 최지훈과 가우왕 그리고 배도빈을 번갈아 가며 카메라에 담았다.

무슨 이유로 최지훈이 나섰는지는 이해할 수 없었지만 충분히 화제가 될 일이었다.

"공연 전에 말씀하셨죠. 제 자리를 빼앗아서 미안하다고."

의문으로 가득했던 인터뷰 회장이 다시금 활기를 찾았다.

기자들의 감이 또 하나의 특종을 잡았다고 외치고 있었다.

ㄴ아니 이건 또 무슨 일이래ㅋㅋㅋ

ㄴ가우왕이 최지훈 자리를 뺏었다고? 그게 뭔 말이야?

ㄴ배도빈 표정 봐ㅋㅋㅋㅋㅋㅋㅋ

ㄴㅇㅁㅇㅋㅋㅋㅋㅋㅋ 눈 똥그랗게 됐엌ㅋㅋㅋㅋㅋ

ㄴ아, 일이 이렇게 돌아가네.

ㄴ뭐야. 뭐야. 알고 있는 거 있으면 혼자만 알지 말고 썰 좀 풀어봐.

ㄴ베를린 필하모닉이 무리해서 피아니스트 자리를 공석으로 둔 거야 알지?

ㄴ모름.

ㄴ에휴. 내정되어 있으니까 그 많은 피아니스트가 면접이라도 보게 해달라 해도 거절해 왔잖아. 필요할 때는 도빈 오

ㄴ오?

ㄴ배도빈이 그 바쁜 와중에 직접 연주할 필요가 뭐겠어? 최지훈 자리 맡아둔 거지.

ㄴ니가 그걸 어태 알아.

ㄴ뇌피셜 ㅉㅉ

ㄴ아냐. 도빈이랑 지훈이가 워낙 친했잖아. 가능성 있는 말 같은데?

ㄴ어렸을 적부터 둘이 인터뷰한 거 생각해 봐. 당연한 일임. 항상 둘이 함께한다고 했어. 근데 부득이하게 가우왕이 들어온 거지.

└아, 그 일······.

└가우왕도 알고 있어서 비켜주려고 하는 거 같음.

└치정 싸움 ㄷㄷㄷ

└넌 누군데 그렇게 잘 알아?

└저 체르니라는 사람 원래 이런 쪽에서 썰 잘 품.

"야, 그건."

가우왕이 부정하려 했지만 최지훈은 가만있지 않았다.

"저 때문에 떠날 필요 없어요. 그런 일 바라지 않아요."

최지훈이 어리둥절하여 눈만 깜빡이고 있던 배도빈을 보았다.

"베를린 필하모닉의 피아니스트는 세계 최고여야 한다고 했지?"

"어······."

최지훈이 다시 가우왕을 보았다.

"누가 뭐라 해도 지금 그 자리에 가우왕 씨보다 어울리는 사람은 없어요. 본인을 속이지 마세요."

그리고 다짐하듯 선포했다.

"가우왕 씨가 양보하지 않아도 그 자리, 돌려받을 수 있으니까."

└으왈ㅋㅋㅋㅋㅋㅋㅋ

└최지훈 발진!!

└이게 뭐야ㅋㅋㅋ 오늘 진짜 무슨 날이야?

└와, 최지훈. 그런 연주를 듣고도 실력으로 되찾을 수 있다고 하네. 쟤도 진짜 난놈인 듯.

└배도빈 아까부터 왜 계속 멍청하게 있엌ㅋㅋㅋㅋㅋ

최지훈의 도발에 인터뷰 회장에 있던 리스터지의 사라 기자가 주먹을 불끈 쥐었다.

'그래! 이거야, 이거!'

그녀는 파트너의 팔뚝을 때리며 온갖 호들갑을 떨었다.

부드러워 보이고 상냥할 것만 같은 최지훈 내면에 굵직하게 자리한 불굴의 의지가 이 상황을 그대로 받아들일 리 없다고 믿었다.

그녀는 지금과 같은 스토리를 기대했다.

배도빈과 가우왕이라는 최고의 조합을 인정하고 그것을 넘어보겠다는 최지훈의 당돌함을 기대했었다.

그리고 그 설레는 이야기가 진행되고 있었다.

도전을 받은 가우왕이 천천히 한쪽 입꼬리를 올렸다.

"날 넘어설 수 있다고?"

"네."

'이것 봐라?'

언제부터였을까.

배도빈을 따라다니는 꼬맹이였을 뿐인 최지훈은 어느 순간 가우왕마저 인정할 정도로 성장해 있었다.

그것을 확인하려고 지난 퀸 엘리자베스 국제 콩쿠르 특별 무대까지 준비했지만 그때는 그럴 수 없었다.

그런데 지금.

세 개의 손을 위한 소나타를 완성한 지금, 스스로 도전해 올 줄이야.

"많이 컸네."

진심이었다.

백수의 왕은 배도빈이 없는 무료한 피아노계에서 유희 거리를 찾아 돌아다녔다.

그러나 그를 충족시켜 줄 사람은 없었다.

그가 배도빈에 관한 인터뷰에서 피아노계로 돌아오길 바라는 걸 반복해 언급한 이유는 그 무료함 때문이었다.

"그럼요."

최지훈은 시선을 바로 마주하고 있었다.

'재밌겠어.'

백수의 왕은 망가진 줄 알았던 장난감의 도전에 즐거워하고 있었다. 양보 따위 필요 없다는 그 말이 그렇게 기특할 수 없었다.

"꼬맹이."

가우왕이 배도빈을 불렀다.

반응이 없어 몇 번을 더 부르고 나서야 대답을 들을 수 있었다.

"왜요?"

"최고가 아니라면 못 들인다며. 어떻게 생각해?"

가우왕의 탈퇴 발언도 최지훈의 반대도 모두 예상하지 못했던 배도빈은 일단 본인 생각을 입에 담았다.

"당연하죠."

"그럼 됐네. 누가 최고인지 가리면 되는 거 아니야?"

가우왕이 최지훈의 손에 눈길을 주곤 말했다.

"네 입으로 날 넘어설 수 있다고 했으니 그 말에 책임져야 할 거야. 그런 말 듣고도 가만있을 내가 아니거든."

"바라던 바예요."

최지훈은 조금도 망설이지 않고 답했다.

가우왕이 만족스러운 듯 웃고는 중계 중인 카메라를 향했다.

"여기 이 꼬맹이 말고도 도전하고 싶은 사람은 찾아와. 베를린 필하모닉에 들어올 수 있고 배도빈의 곡을 받아볼 수 있다고. 다들 바라는 일이잖아? 성공할 기회야."

그 전까지의 인터뷰 내용은 이미 기자들과 팬들 사이에서 잊힌 지 오래였다.

인간의 한계를 넘어선 연주를 해낸 피아니스트가 전 세계를 도발하고 있었다.

범접할 수 있으면 해보라고.

가우왕은 오만하기 짝이 없는 태도로 베를린 필하모닉과 배도빈이라는 최고의 상품을 인질로 걸고 모든 피아니스트를 부추겼다.

"내년 이맘때까지 기다려 주지. 발악들 해봐."

최지훈은 흉폭한 사자를 상대로, 자신의 형제를 구해내리라 마음먹으며.

지난 몇 개월간 참아왔던 피아니스트로서의 혼을 불태우기 시작했다.

그리고 배도빈은.

"뭔데?"

생각지도 못한 전개에 어리둥절하고 있었다.

· 88악장 ·
세계 정복

가우왕과 배도빈의 광역 도발에 피아노계가 발칵 뒤집혔다.

세 개의 손을 위한 소나타.

배도빈이 가우왕 이외에 연주할 사람은 없을 거라 호언장담한 초절기교, '가우왕 소나타'가 공개되자 세계 각지의 내로라하는 피아니스트들이 달려들었다.

귀로 들었을 때와 악보를 받았을 때의 느낌은 전혀 달랐다.

피아니스트를 비롯한 업계 종사자들은 배도빈과 가우왕이 제정신이 아니라고 확신했다.

'만든 놈이나 친 놈이나.'

'이게 악보라고? 손가락 고문 매뉴얼 아니고?'

모든 이가 '가우왕'이 현존하는 최고 난도의 곡이라는 데 의

견을 모으기까지 그리 긴 시간이 필요치는 않았다.

언론에서는 이러한 상황을 좋은 방송 소재로 여겨 현역 또는 은퇴한 피아니스트가 '가우왕'에 도전하는 방송을 기획했는데, 비교적 젊은 나이에 은퇴했던 또 한 명의 레전드, 미카엘 블레하츠도 참여했다.

그러나 일주일간 세 개의 손을 위한 소나타를 연습한 그도 혀를 내두르고 말았다.

"하하. 이거 안 되겠는데요."

"현역 때라면 가능하시겠죠?"

"글쎄요. 기교만이 피아노의 모든 건 아니지만 확실히 도빈 군의 말대로 이 곡을 연주할 사람은 가우왕뿐인 것 같습니다."

해당 방송을 시작으로 '가우왕'에 도전하는 이들은 기하급수적으로 늘었다.

그러나 악보 공개 후 꽤 시간이 흘렀음에도 세 개의 손을 위한 소나타를 완벽히 연주할 수 있는 사람은 나오지 않았다.

그나마 올라오는 동영상도 화음 처리나 시작음 또는 중간음을 제외하여 난도를 낮춘 편곡된 연주뿐이었다.

그럴수록 가우왕의 콧대는 하늘 높은 줄 모르고 치솟았다.

"아~ 어쩔 수 없구만. 계속 남아 있어줘야겠네."

배도빈이 그런 가우왕을 마땅치 않게 보다가 엉덩이를 걷어찼다.

"억!"

나뒹군 가우왕이 벌떡 일어나 배도빈의 볼을 잡았다.

"이 빌어먹을 꼬맹이가 또 내 엉덩이를 걷어차!"

"그러게 왜 시키지도 않은 일을 해서 귀찮게 해요?"

배도빈도 지지 않고 가우왕의 머리카락을 움켜쥐었다.

탈모 후유증으로 머리카락이 약점이 된 가우왕은 순순히 배도빈을 놓아줄 수밖에 없었다.

"뭐 어때. 너도 피아니스트 필요하잖아."

"다른 사람 필요 없어요."

"네 입으로 말했잖아. 베를린 필하모닉의 피아니스트는 최고여야 한다고. 게다가 내 후임이 시시껄렁한 인간인 건 사양이지."

가만 생각해 보니 가우왕의 말이 본인의 생각과 크게 다르지 않아, 배도빈은 엉덩이를 한 번 더 걷어차 버리는 것으로 가우왕을 용서했다.

그 모습을 지켜보고 있던 최지훈은 즐거운 듯 웃을 뿐이었다.

배도빈은 그런 최지훈에게도 짜증을 느꼈다.

적당한 시기가 되면 알아서 들일 것을 정당한 방법으로 차지한다고 선언해 일을 복잡하게 만들었으니 그의 심기가 편치 못했다.

"넌 뭐가 좋다고 자꾸 실실대?"

"재밌잖아. 나나 누나도 참가할 거래. 성신이 형도 엄청 화난 것 같아."

"……."

배도빈은 최지훈을 보다가 한숨을 내쉬었다.

형제는 진심으로 즐거워하고 있었다.

배도빈은 당사자가 그렇다면 어쩔 수 없는 일이라 여기며 1년 뒤로 예정되어 버린 베를린 필하모닉 퍼스트 피아니스트 공개 오디션을 받아들이기로 했다.

"손은 어떤데."

"많이 좋아졌어. 젊어서 금방 낫는 거 같대."

의욕이 넘치는 모습에 배도빈이 한숨을 내쉬었다.

한편.

세상 모든 피아니스트를 자기 아래로 여긴 가우왕의 광역 도발에 넘어간 여러 피아니스트 중에서도 유독 독기를 품은 사람이 있었다.

엘리자베타 툭타미셰바.

기교라면 누구에게도 지지 않을 거라 자신하던 그녀는, 다른 사람처럼 타협하지 않았다.

가우왕이 연주했던 원곡 그대로를 연주하기 위해 악보를 탐하고 또 탐했다.

그러기를 벌써 3주째.

"리자?"

잠조차 제대로 이루지 않고 연습실에서 틀어박힌 엘리자베타를 걱정한 매니저가 그녀를 찾았다.

끊이지 않았던 피아노 소리가 들리지 않았다.

매니저는 엘리자베타가 지쳐 잠들었을지도 모른다고 생각하며 조심스레 연습실을 둘러보았다.

'자나? 너무 어두운데.'

형광등을 켜자 피아노 앞에 고개를 숙이고 있는 엘리자베타를 볼 수 있었다.

"리자?"

매니저가 다가가도 엘리자베타는 반응이 없었다. 그러다가 조금씩 흐느끼기 시작했다.

"어? 울어? 잠깐만. 무슨 일 있어? 왜 그래."

"끄읍. 끅."

놀란 매니저가 달래자 엘리자베타가 그제야 고개를 들었다. 눈 주변이 퉁퉁 부어 있었다.

"끅. 끄윽."

"뭐야. 뭔데. 응?"

"……워."

"워?"

"너무 어려워. 끅. 끄윽. 못 치겠어. 끄윽. 거지 같은 놈들. 끅."

오죽 억울했으면 울기까지 할까.

매니저는 말문이 막혔다.

엘리자베타는 가우왕의 인터뷰를 보고선 그런 도발을 듣고도 가만있을 수는 없다고 여겼다.

매니저도 오기 하나로 여러 메이저 콩쿠르에서 준우승을 한 엘리자베타라면 반드시 해낼 수 있다고 응원했지만.

엘리자베타의 자존심은 '세 개의 손을 위한 소나타' 앞에 자존심이 갈기갈기 찢겨 나가고 말았다.

"가우왕도 7주나 연습했대잖아. 분명 칠 수 있을 거야."

"그런 문제가 아니야. 끙. 아니, 무슨 짓을 하면 동시에 여러 멜로디를 치는 건데?"

"나한테 물어도……. 그런데 너 설마 베를린 필하모닉 오디션 볼 생각이야?"

"당연하지."

"어?"

"최지훈이, 최지훈이 자긴 이길 수 있을 거라 했단 말이야. 퀸 엘리자베스 콩쿠르에서 못했던 승부를 해야지!"

매니저는 다시 기운을 차린 엘리자베타에게 굳이 '최는 너랑 승부하길 바라는 것 같지 않은데'라고 말하지 않았다.

엘리자베타가 다시 피아노 앞에 앉아 연습을 이어나갔다.

당연히 실수가 계속되었고.

"아아아아아악!"

분에 겨운 엘리자베타는 다시 터지고 말았다.

한편 국제 메이저 콩쿠르에서 꾸준히 상위권을 수상했던 재원 엘리자베타 툭타미셰바가 좌절과 절망을 반복하고 있을 때.

북미 최고의 티켓 파워를 자랑하는 천재 니나 케베리히도 상황은 마찬가지였다.

배도빈이 치밀하게 만들어 놓은 악보는 박자를 조금이라도 틀렸다간 손가락이 꼬일 수밖에 없었는데, 본인만의 리듬감이 강한 니나 케베리히에게 있어 그것은 너무나 가혹한 일이었다.

외출을 다녀온 샛별 엔터테인먼트 박선영 실장은 피아노 앞에서 고개를 살짝 든 채, 입을 벌리고 멍하니 있는 니나 케베리히를 볼 수 있었다.

"뭐해?"

"아아아아아아."

좀처럼 기죽는 법이 없었던 니나 케베리히는 괴상한 소리를 낼 뿐, 제정신이 아니었다.

머릿속에서 변칙적으로 움직이는 멜로디를 표현할 길이 없어 그녀의 머리는 망가지기 직전이었다.

악보를 확인한 박선영이 니나를 흔들었다.

"너 베를린 필하모닉 들어가게?"

"어?"

"안 돼! 네가 나가면 우리 뭐 먹고 살라고! 도빈이 없는 거복구하는 게 얼마나 힘들었는지 알아?"

박선영이 펄쩍 뛰었다.

니나 케베리히는 그제야 웃었다.

"그런 건 아닌데."

"그래. 그래. 잘 생각했어."

"그런 말 듣고 가만있을 수 없잖아."

배도빈을 통해 음악가란 족속들이 얼마나 자존심이 센지알고 있던 박선영은 한숨을 내쉬었다.

"그래. 뭐, 화제도 되겠지. 그래서? 칠 수 있겠어?"

"프흥."

"응?"

"흥흐흐히힝힣히."

박선영은 샛별 엔터테인먼트 수입의 42%를 책임지고 있는간판스타가 정신줄을 놓았다는 것을 뒤늦게 깨닫고 말았다.

피아노계가 들썩이고 있을 때.

베를린 필하모닉에서는 배도빈을 향한 여러 러브콜을 거르느라 업무가 거의 마비될 지경이었다.

하나를 처리할 만하면 여기저기서 문의가 들어와 정상 근무가 불가능했다.

음악, 영화, 애니메이션, 게임, 언론 심지어는 독일 정부와 대한민국 정부에서까지 배도빈을 바랐다.

정말 중요한 일은 차마 거절하진 못하고 딜레이하고 있었는데 더는 버틸 수 없는 지경에 이른 것이었다.

그리고.

어지간한 일에는 놀라지도 않게 된 카밀라 앤더슨 국장이 졸도할 뻔한 일이 벌어졌다.

2032년 하계올림픽의 개최지가 대한민국 서울이 될 가능성이 높아지면서 그 공식 주제가를 의뢰받은 것이었다.

"도빈아!"

카밀라 앤더슨과 이자벨 멀핀 그리고 멀핀 부장의 비서 죠엘 웨인이 배도빈을 찾았다.

악보 더미 사이로 배도빈이 고개를 내밀었다.

"무슨 일이에요?"

"치치치치치치침착해."

카밀라 앤더슨이 심하게 말을 더듬었고 이자벨 멀핀과 죠엘 웨인이 고개를 끄덕였다.

세 사람의 기행에 배도빈은 일단 경계했다.

"뭐예요?"

"오, 올림픽 공식 주제가 의뢰가 들어왔어."

"그래요?"

배도빈이 시큰둥하게 고개를 몇 번 끄덕이곤 다시 악보 뒤로 숨자 세 직원이 그에게 달려들었다.

"이것도 안 하게?"

"이건 하셔야 합니다!"

"대단한 일이잖아요, 보스!"

신뢰하는 직원 세 사람의 말에 배도빈이 한숨을 내쉬고는 그랜드 심포니의 3악장 악보를 놓고 일어났다.

소파에 자리를 잡고 앉은 뒤 카밀라 앤더슨이 물꼬를 텄다.

"엄청난 영광이라고. 무조건. 무조건 해야지!"

"애초에 보스께선 이런 일에 너무 무관심하십니다. 지금까지 거절만 해왔는데 이제는 그러기도 민망할 지경이에요."

"보스와 베를린 필하모닉을 위해서라도 꼭 하셔야 한다고 생각해요."

"……."

"가우왕이랑 프란츠 덕분에 밴드는 완전히 독립했잖아."

"저번 신규 단원 모집으로 케르바 슈타인 감독이랑 B팀도 이제 정상적으로 운영되고 있습니다."

"피델리오와 크루즈처럼 큰 프로젝트도 마무리되었어요."

한 사람만 감당하면 되었던 전과 달리 세 명이 달려들자 배도빈도 어쩔 도리가 없었다.

국장, 부장, 부장비서의 말대로 2025년에 들어서 배도빈은 여유를 가질 수 있었는데, 작년 한 해 대규모 개혁과 프로젝트를 성공적으로 마무리한 덕분이었다.

〈피델리오〉의 전무후무한 홍행 덕으로 재정은 풍족해졌고 두 차례에 걸친 인원 확충으로 개인에게 부여되었던 짐도 줄어들었다.

덕분에 쉴 틈 없이 바빴던 그간, 틈틈이 준비했던 '그랜드 심포니'의 2악장을 완성할 수 있었다.

"그거 말고도 처리할 일이 얼마나 많은데. 너 그들이 언제까지 기다려 줄 거라 생각하니? 또 그렇게 관계 서먹해지면 쉽게 풀 일도 어려워진다고."

"그건 무슨 말이에요?"

"얘 봐?"

카밀라 앤더슨은 배도빈의 반응을 믿을 수 없다는 듯 눈을 동그랗게 떴다.

이자벨 멀핀이 한숨을 내쉬곤 카밀라를 대신해 설명했다.

"독일 정부에서 보스께 공로훈장을 수여한다고 하였습니다. 작년 일인데 일정 문제로 계속 연기되다 이월되게 되었죠."

"그런 거 안 받아요."

"받으라고!"

카밀라 앤더슨이 답답한 마음에 배도빈의 양팔을 붙잡았다.

"그뿐인 줄 아니? 유네스코에서 모차르트 메달 수여하고 싶다고 한 지가 벌써 1년 전이야!"

"그게 뭔데요?"

"얘가?"

수차례 언급했던 일을 마치 처음 듣는 것처럼 물으니 카밀라 앤더슨의 속에 천불이 났다.

이자벨 멀핀이 나서서 설명했다.

"모차르트 서거 200주년을 기념으로 제정된 상입니다. 음악 발전에 기여한 인물에게 부여되고, 세프께서는 빈 모차르트 협회로부터 받으신 적 있습니다."

"베트호펜 메달은요?"

"……."

없었다.

"안 받을래요."

배도빈의 고집에 카밀라와 멀핀이 얼굴을 가렸다.

굳이 권위 있는 협회와 심지어 정부의 선의를 거절하면서까지 본인과 베를린 필하모닉의 명예를 드높일 기회를 걷어차는 배도빈을 이해할 수 없었다.

그때 죠엘 웨인이 입을 열었다.

"같은 모차르트 메달이라도 유네스코 메달은 세프가 받으신 빈 모차르트 협회 메달보다 권위 있어요."

"그건 받죠."

배도빈이 즉답했다.

카밀라와 멀핀은 어이가 없어 이제 막 정규직으로 전환된 신입 죠엘 웨인을 보았다.

그녀는 밝게 웃을 뿐이었다.

이자벨 멀핀이 기지를 발휘해 흐름을 탔다.

"올해 에른스트 폰 지멘스 음악상에도 내정되어 있습니다. 무조건 받으셔야 합니다."

"여유가 생기긴 해도 그런 일에 낼 시간은 없다고 했잖아요."

"세프께서도 못 받은 상입니다."

멀핀에 말에 배도빈이 관심을 보였다.

"관심 없어서 안 받은 거 아니에요?"

카밀라 앤더슨이 멀핀이 토스한 공에 스파이크를 넣었다.

"아니이? 마리 얀스 경이 받았을 때 얼마나 배 아파했는데."

배도빈의 입이 씰룩였다.

"좋아요. 그것도 받죠."

세 직원이 주먹을 불끈 쥐었다.

"그래서 말인데."

"또 있어요?"

배도빈이 다시 한번 경계했지만 세 직원은 물러서지 않았다.

배도빈과 베를린 필하모닉이 아무리 사랑받는다고 해도 여러 협회와 정부를 상대로 일부러 척을 질 이유는 조금도 없었다.

더욱이 본인과 악단의 명예를 위해서도 미뤄왔던 일을 처리해야 한다고 생각했다.

"이참에 해결할 수 있는 일은 전부 해치우자. 어차피 봄까지는 바쁜 일 없으니까."

"보스와 악단을 위해서라도 반드시 필요한 일입니다."

"너무 멋있어요, 보스."

배도빈은 세 직원의 말에 이상함을 느끼면서도, 배도빈을 구슬리는 방법을 깨달은 세 사람의 유혹에 조금씩 넘어가고 있었다.

"정말 면목 없습니다."

"하하. 아닙니다. 워낙 바쁘니까요. 우리야말로 도빈 군이 완곡히 거절하고 있는 건 아닌가 걱정하고 있었습니다."

"그럴 리가요. 모쪼록 배려해 주셔서 감사합니다."

"그럼 이달 말에 일정을 잡아보도록 하지요."

카밀라 앤더슨 국장과 이자벨 멀핀 부장은 각고의 노력 끝에 각 협회, 정부 부처를 상대로 좋은 분위기를 끌어낼 수 있었다.

두 유능한 직원 덕분에 배도빈은 본래 정해진 일정 이외에 그간 미뤄왔던 일을 처리하게 되었다.

"꼭 이래야 하는 거예요?"

"물론이지."

사업 규모가 점차 확대되어 세계를 상대하게 된 베를린 필하모닉은 여러 분야에서 각국의 협력을 필요로 하였다.

그중에서도 2025년부터 본격적으로 가동될 크루즈 사업은 특히나 각 나라 또는 해당 지역 자치단체와의 긴밀한 연대를 필요로 하였는데, 외부 단체를 배척하는 이미지를 심어주어서 좋을 것 없었다.

또한 음악계 유력 인사들이 대거 포진하고 있는 각 협회와의 관계에 따라, 홍콩 때와 같이 강력한 아군을 얻을 수도 인터플레이와 같은 귀찮은 적을 둘 수도 있었다.

지난 몇 년간의 경험으로 카밀라 앤더슨과 이자벨 멀핀은 베를린 필하모닉을 중심으로 한 강력한 힘을 구성해야 그 어떤 외압을 상대로도 악단을 지킬 수 있다고 판단했다.

썩 내키지는 않았지만 배도빈도 가우왕의 일이 있었음을 상기하며 그 뜻에 동참.

현재 독일 정부 주재의 행사장에 함께하고 있었다.

독일 연방 정부 산하 위원회는 작년, 위대한 루트비히 판 베토벤의 〈피델리오〉를 부활시킨 배도빈에 대한 심의를 진행하였다.

엄격한 절차를 통해 그가 음악계에서 쌓은 업적이 특출하며 독일 음악 발전에 크게 기여했음을 인정.

그에게 대공로십자성장(Großes Verdienstkreuz mit Stern)을 수여하기로 합의하였다.

배도빈을 위한 특별 수여식으로, 원칙대로 대통령이 참가하진 못했지만 총리와 베를린 시장이 함께하는 자리는 취재진과 시민 그리고 배도빈의 동료들로 가득 차 있었다.

"세상에나. 작년부터 올해까지 이게 대체 뭔 일이래?"

"그러니까. 19살에 대공로십자성장이라니. 게다가 대사관이 아니라 총리까지 나섰잖아."

기자들은 조회 수를 보장받는 배도빈에 관한 기삿거리가 떨어짐에 그저 감사할 뿐이었다.

첼리스트 이승희의 축하 무대가 끝나고, 이윽고 사회자가 본행사를 진행했다.

"총리께서 훈장 수여를 하시겠습니다. 수여 대상은 베를린 필하모닉 악단주이자 예술 감독 배도빈 씨입니다."

소개와 동시에 베를린 필하모닉이 배도빈이 처음 발표한 곡, 부활을 연주하기 시작했다.

빈 고전파의 향수가 짙은 희망찬 선율이 오늘의 영광을 축복하는 듯했다.

'번거롭네.'

배도빈은 수여식의 거창함을 못마땅하게 여기면서 무대로 올라섰다.

그와 함께 독일 최초의 여성 총리이자 4선연임의 신화, 앙겔라 메르시가 무대 위로 모습을 드러냈다.

내빈객들은 열정적인 박수로 총리와 마에스트로에게 경의를 표했다.

마주한 앙겔라 메르시와 배도빈이 눈인사를 나누었다.

배도빈은 그녀에게서 여유와 지성, 자부심을 느낄 수 있었다.

사회자가 진행을 이어나갔다.

"수훈자, 배도빈. 위는 장르의 지평을 넓히고 고전 확대에 이바지하여 그 공로가 큼으로 독일 연방 헌법에 따라 대공로십자성장을 수여합니다."

사회자의 대독 끝에 앙겔라 메르시 총리가 웃으며 인사를 건넸다.

"평소에도 잘 듣고 있어요. 앞으로도 멋진 음악 기대할게요."

"감사합니다."

두 사람이 악수하는 모습이 독일과 한국 등 몇몇 국가에 중계되고 있었다.

ㄴ우리 도빈이 상 받는다!

ㄴㅁㅊㄷ ㅁㅊㅇ

ㄴ대공로십자성장이 뭐임? 총리가 주는 거니까 대단한 건 알겠는데.

ㄴ원래는 대통령이 주는 거야. 도빈이가 바빠서 일정을 못 지키니까 총리가 대신 나온 듯.

ㄴ늦어지면 어지간해서는 대사관이 나오는데 총리가 직접 나왔으니 무게감이 실리는 건 사실이지.

ㄴ크으. 멋있다.

ㄴ그래서 대공로십자성장이 뭐냐고!

ㄴ마리 얀스, 빌헬름 푸르트벵글러, 클라우디오 아바도.

ㄴ?

ㄴ대공로십자성장 수훈자 중에 니가 알 만한 사람들임. 이제 뽕 좀 참? 독일 정부가 이제 스무 살인 애를 마리 얀스, 빌헬름 푸르트벵글러, 클라우디오 아바도와 같은 거장과 동급으로 여기는 거야.

ㄴ근데 독일 사람 아니라도 주나 봐? 도빈이랑 마리 얀스랑 클라우디오 아바도 다 독일 출신 아니잖아.

ㄴㅇㅇ 그냥 한쪽에서 업적 쌓은 사람들한테 줌.

ㄴ저거 스티븐 스필버그도 받았잖아. 도랐다 진짜.

ㄴ소름 돋네;;;

배도빈의 팬들이 감격하고 있을 때.

정작 그의 가족들은 어안이 벙벙할 뿐이었다.

이제 익숙해졌다고 생각했거늘, 아들의 스케줄에 맞춰서 총리가 직접 수여식에 나설 줄은 상상도 못 했다.

단순히 기쁜 수준을 아득히 넘어서니 어찌 표현해야 좋을지 알 수 없었다.

"배 교수님! 지금 심경이 어떠신지 한마디 부탁드립니다!"

"유 작가님께선 아들의 수훈을 어떻게 생각하십니까!"

덕분에 밀려드는 질문 공세에 국어책을 읽을 수밖에 없었다.

"하하. 우리 아들 대단하네요."

"아하하. 좋죠. 뭐."

독일 정부로부터 대공로십자성장과 베를린시에서 명예 시민으로 위촉되는 것은 시작일 뿐이었다.

지금까지 베를린 필하모닉을 통해 여러 차례 러브콜을 보냈던 협회들이 앞다투어 일정을 잡은 것이었다.

어린이 타악 교실과 베를린 필하모니 밴드를 근거로 독일 국제 청소년 음악재단이 뷔르트상을 수여.

독일 음악비평가 협회, 뒤셀도르프 키테라 음악재단에서도 각각의 상을 전달했다.

독일에서의 행사를 마친 배도빈은 곧장 영국으로 넘어가, 로열 필하모닉 협회로부터 금메달을 받았으며.

이튿 날 에른스트 폰 지멘스 음악상을 수상하면서 세계를 연달아 놀라게 했다.

그간 미뤄졌던 일이라고는 하지만 팬들 입장에서는 단 2주 만에 두 개의 훈격 높은 훈장과 가장 권위 있는 음악상 그리고 몇 개의 크고 작은 상을 받은 배도빈에게 놀라지 않을 수 없었다.

ㄴ야일ㅋㅋㅋ 이게 뭐얔ㅋㅋㅋ

ㄴ상 받았다는 기사만 대체 몇 개얔ㅋㅋㅋㅋ

ㄴ이때다 싶어서 다 주는 거임?

ㄴ도랐ㅋㅋㅋㅋ 유네스코에서 모차르트 메달도 받넼ㅋㅋㅋㅋ

ㄴ그 전에 이탈리아에서도 불렀음ㅋㅋㅋㅋㅋㅋ

ㄴ우리나라는 뭐 안 줌?

ㄴ준댘ㅋㅋㅋ얶ㅋㅋㅋㅋㅋㅋ

ㄴ이 기사 왤케 귀엽냐ㅋㅋ[링크]

ㄴ**[올프상 위원회, "우리 수상도 수개월째 지연되고 있다."]**

ㄴ세계 정복한 마왕이 세금 걷으러 다니는 거야?

ㄴㅇㅇ 그런 거 같음.

한편 에른스트 폰 지멘스 음악상을 받지 못했던 푸르트벵글러의 심기는 무척 불편했다.

그러나 자랑스러운 후계자가 상을 받았다는데 그것을 내색할 수도 없는 법이었다.

"좋더냐?"

"생각보다 안 좋더라고요."

"그렇지?"

"네. 푸르트벵글러가 좀 더 화냈으면 좋았을 텐데."

"뭐라고!"

참다못해 폭발한 푸르트벵글러를 보며 배도빈은 마침내 〈THE DOBEAN〉의 복수를 해냈다며 흡족해했다.

영국에서 돌아오고 3일 뒤.

"다음은 이탈리아입니다."

이자벨 멀핀이 다음 행선지를 알렸다.

배도빈은 독일, 영국, 이탈리아, 프랑스, 대한민국, 미국까지 두 달치 일정이 빼곡하게 잡혀 있는 스케줄러를 보고선 한숨을 내쉬었다.

그러나 베를린 필하모닉과 본인을 위한 일이라는 것을 상기하곤 순순히 이탈리아로 향했다.

그렇게 마왕의 순차는 순조로운 듯 보였다.

베를린 필하모닉과 배도빈의 팬들은 매일 올라오는 배도빈의 수상 소식에 기뻐했다.

ㄴ우리 도빈이 다 가져 ㅠㅠ

ㄴ주모오오!!

그러나 순항 중이던 순차에 문제가 생겼는데, 이탈리아에서 프랑스로 이동하기 전 배도빈이 예정되어 있는 프랑스 레지옹도뇌르 훈장의 기원을 알게 된 것이었다.

"그 돼지 새끼가 만든 걸 받으라고요?"

나폴레옹 1세가 만든 레지옹도뇌르 훈장을 받을 수 없다는 말에 카밀라 앤더슨과 이자벨 멀핀은 당황할 수밖에 없었다.

"하지만."

"필요없어요."

배도빈의 태도는 완고했다.

과거 자유를 위해 싸운다고 믿었던 그가 황제로 즉위했을 때의 배신감. 프랑스의 빈 점령 당시 횡포로 고통받았던 배도빈은 그가 만들었다는 훈장을 받을 수 없었다.

미팅을 마치고 나온 이자벨 멀핀이 걱정스레 물었다.

"어쩌죠?"

"어쩌긴. 도빈이가 싫다는데 강요할 순 없잖아. 나폴레옹 이야기만 나와도 펄쩍 뛰더니 이렇게까지 싫어할 줄은 몰랐네."

"프랑스에서 어떻게 받아들일지 걱정돼요."

"너무 걱정 마. 도빈이도 생각이 있을 거야. 지금까지 그래

왔잖아."

카밀라 앤더슨의 말에 이자벨 멀핀이 고개를 끄덕였다.

비록 나이는 어렸지만 곁에서 봐온 배도빈은 표면적으로 드러나는 모습만이 전부는 아니었다.

"네."

이자벨 멀핀의 대답에는 배도빈을 향한 강한 신뢰가 담겨 있었다.

다음 날.

베를린 필하모닉은 악단주 배도빈의 뜻대로 프랑스 대사관을 통해 레지옹도뇌르 훈장을 거부한다는 뜻을 전했다.

이 좋은 먹이에 물고기들이 달려들지 않을 리 없었다.

"마에스트로! 훈장 수여를 거부했음이 사실입니까!"

"레지옹도뇌르를 거부하신 이유가 무엇입니까!"

"여러 훈장과 상을 받고 계신데 레지옹도뇌르만은 거절하셨습니다. 프랑스와의 관계는 앞으로 어떻게 이어가실 예정입니까!"

파리 국제공항에 도착하자마자 쏟아진 인파 속에서 배도빈은 차분하고 단호한 어투로 인터뷰에 임했다.

"저는 프랑스인을 사랑합니다. 자유와 평등, 우애로 이루어진 나라죠. 명예로운 시민혁명의 가치를 존중하기에 나폴레옹이 만든 훈장은 받을 수 없습니다. 그뿐입니다."

그의 능숙한 프랑스어 덕분에 배도빈의 뜻은 프랑스 전역에 정확히 전달되었지만 반응은 제각각이었다.

나폴레옹을 영웅시하는 집단에서는 배도빈의 행동이 지나치고 오만하다고 비판했으며.

나폴레옹이 나라를 멸망으로 이끈 전쟁광이라고 비난하는 쪽에서는 자유와 평등, 우애라는 정신을 존중하는 배도빈이 도리어 프랑스를 깊이 이해하고 있다며 옹호했다.

그러한 논란은 배도빈의 약속으로 다소 진정되었다.

"여러분이 무엇을 걱정하는지 알고 있습니다. 약속드리건대 제가 살아 있는 한 제 음악이 어느 한 집단의 이익을 추구하고, 정치적 목적을 띠는 일은 없을 겁니다. 제가 사랑하는 것은 오직 자유와 평등 그리고 인류애입니다."

지구상의 권위 있는 상이란 상은 모두 휩쓸어버린 배도빈에 대한 인식이 조금씩 달라지고 있었다.

지금까지 수많은 기록을 세웠으나 언뜻 그가 얼마나 대단한지 가늠하기 어려웠던 일반인들도 여러 국가와 단체에서 앞다투어 배도빈과 연을 맺길 바라는 현상에 놀라지 않을 수 없었다.

└진짜 농담으로 마왕, 마왕 했더니 진짜 인간계 정복해 버림.

└작년부터 좀 그러긴 했는데, 한 인간이 이럴 수가 있나? 배도빈이 뭐라 말하면 그게 이미 주류가 돼버리잖아.

└생각해 보면 배도빈 때문에 바뀐 일이 한두 개가 아냐. 그 거지 같은 일본 음악 협회 박살 난 거랑 인터플레이, 홍콩. 이번에 파리까지.

└진짜 배도빈이 그렇게 대단한 거야? 요즘 젊은 음악가들 보면 불쌍해. 뭐만 하면 제2의 배도빈, ㅇㅇ계의 배도빈 이러잖아.

└그건 나도 좀 안타깝더라.

└심지어 거장들까지 비교당할 때도 있음.

└그런 기레기들은 욕 먹어도 싸.

└너무 대단해서 그래.

└그걸 누가 모르냐?

└단순히 대단한 게 아니라, 지금 전문가들이 배도빈을 보는 눈은 팬들이랑 달라. 배도빈과 비교하는 건 나쁜 일인데, 기준이 배도빈이 되어버린 건 어쩔 수 없다는 뜻이야.

└체르니 얘 또 썰 푼다.

└배도빈보다 잘하는 사람이 언젠가는 나오겠지. 지금도 피아노에서는 가우왕이 앞섰다고 본인이 스스로 밝혔잖아. 또 바이올린은 예전 니아 발그레이가 더 낫다는 평도 있고. 배도빈 마이너 버전이라고 가장 많이 비교당하지만 아리엘 얀스도 꾸준히 좋은 곡 발표하고 있고.

└하고 싶은 말이 뭐야?

ㄴ배도빈보다 피아노를 잘 치고, 바이올린을 잘 연주하고, 곡을 잘 쓰는 사람은 나올 수 있다고.

ㄴ지휘도?

ㄴㅇㅇ 지휘도. 오케스트라 대전이 있었다고 해도 빌헬름 푸르트벵 글러나 마리 얀스, 아르투로 토스카니니, 브루노 발터 같은 명장들이 배도빈보다 못하다고 생각하는 사람은 아무도 없잖아.

ㄴ그렇기야 하지. 취향의 문제니까.

ㄴ그래. 배도빈을 넘어설 사람은 있고 앞으로도 그럴 가능성은 충분해. 근데 그게 문제가 아니라 이미 기준이 배도빈이 되었다는 거야.

ㄴ좀 어려워진다.

ㄴ당분간, 아니, 라이든샤프트라는 사조가 변하지 않는 이상 배도빈보다 잘하는 사람은 나와도 배도빈이라는 음악을 벗어나는 사람은 없을 거라는 말이야.

ㄴ넘어설 사람은 있어도 벗어날 사람은 없다?

ㄴ그래. 그러니 평론가나 음악가들이 항상 배도빈을 언급하는 거야. 배도빈이 확립한 새로운 음악 체계를 얼마나 벗어났는지 또는 그것에 얼마나 충실했는지를 보게 되는 거지. 배도빈의 그릇이 그만큼 크다는 거고.

ㄴ허믜;;

키보드를 누르던 차채은이 손을 멈추었다.

"후우."

음악을 좋아해서, 그것이 얼마나 좋은지 알려주는 게 좋아서 시작한 평론.

그러나 글을 쓰면 쓸수록 음악가 배도빈을 어떻게 설명해야 할지 알 수 없었다.

부우우웅-

핸드폰이 진동했다.

이필호 편집장의 전화였다.

이름을 확인한 차채은이 서둘러 전화를 받았다.

"네, 편집장님."

-통화 괜찮아?

"그럼요."

-다행이네. 다름이 아니고 독일에서 아는 분이 널 만나고 싶다고 해서. 혹시 리드라고 알아?

독일의 저명한 음악 전문 잡지의 이름이었다.

"네."

-거기 편집장이 네 글을 봤대. 베토벤을 계승한 자란 제목이었지?

"헐."

-하하하. 사교회가 있다고 하니까 한번 만나 보는 것도 나쁘지 않을 것 같아.

"근데 저 다른 곳에서 글 써도 되는 거예요?"

-벌써 거기까지 생각하는 거야?

"아빠가 오는 기회는 무조건 잡아야 한대요."

-황황하하. 맞는 말씀이지. 나도 네게 좋은 기회가 될 것 같아서 알려주는 거야. 참, 거기 이슬이도 가 있으니까 같이 보면 되겠네.

"엑."

차채은은 오케스트라 대전 때 만났던 한이슬 평론가를 떠올리곤 인상을 찌푸렸다.

-하하. 그럼 번호랑 주소 보내줄게.

"네⋯⋯. 감사합니다!"

· 89악장 ·
선생님과 수다꾼

독일의 저명한 음악 잡지 '리드'는 최근 몇 년간 크게 성장해 온 클래식 음악 시장을 적극적으로 좇았다.

그 결과 구독자를 크게 늘리는 데 성공했으며 쉽고 재밌는 잡지라는 이미지를 구축할 수 있었다.

리드는 그들이 왜 성공했는지 잘 이해했고 양질의 콘텐츠를 위해서라면 투자를 두려워하지 않았다.

편집장 미하엘 엔데가 요리사와 웨이터까지 부르며 국적 불문, 여러 칼럼니스트를 사옥으로 초대한 일도 투자의 일환이었다.

"이거 누구야. 얼굴 보기가 왜 이렇게 힘든가."

"자네가 밖에 나오질 않으니 그렇지!"

"하하하! 그랬나?"

리드의 카페로 여러 칼럼니스트가 들어서고 있었다.

소속이 있는 이도 있는 반면 프리랜서도 있었다.

인기를 끌고 있는 유명인도, 조명받지 못한 이도 있었지만 미하엘 엔데에게 그런 조건은 중요치 않았다.

글을 쓰고자 하는 사람은 많지만 시장성을 갖춘 글쟁이는 소수였기에 평소에 친목을 다져 놓는 것이 중요했다.

그것을 바탕으로 관계를 형성해 두면 언젠가는 함께 일할 수 있었다.

"오, 댄. 파티는 즐기고 있나요? 이번 칼럼 잘 읽었습니다."

미하엘 엔데 편집장이 멀뚱멀뚱 서 있는 남자에게 다가가 아는 척을 했다.

낡은 고동색 정장을 입고 있는 댄이라는 남자는 리드의 편집장이 인사를 걸자 깜짝 놀랐다.

"펴, 편집장님."

"하하. 마티니?"

미하엘 엔데가 마티니가 든 잔을 들어 댄에게 권했다.

댄은 그것을 받은 뒤 망설인 끝에 입에 가져갔다. 그러고는 조심스레 물었다.

"이번 글 괜찮았나요?"

"물론이죠. 아주 독특한 관점이었습니다. 아, 첫 문단이 흥미를 끌 수 있다면 좀 더 좋았을 것 같네요."

댄은 리드의 성공을 이끈 미하엘 엔데 편집장이 신경 쓸 만한 칼럼니스트가 아니었다.

그의 글은 정확한 정보를 담고 있지만 몹시 딱딱하여 몇몇 잡지에서 전문성을 갖추기 위해 간간이 등재할 뿐, 인기가 없었다.

그러나 미하엘 엔데 편집장은 경험상 알고 있었다.

비록 현재 큰 인기를 끌지 못하더라도 댄과 같이 노력하는 글쟁이는 언젠가 한 번은 '기회'를 거머쥐었다.

드문 일도 아니었다.

그때를 함께하기 위해 지금처럼 주목받기 전에 관계를 맺어, 성공 후 함께하는 것이 미하엘 엔데 편집장의 능력이었다.

댄은 아무것도 아닌 자신의 글을 챙겨 보았다는 미하엘 엔데 편집장의 말과 단순한 조언으로 또 힘을 낼 수 있었고.

앞으로도 미하엘 엔데에게 호감을 간직할 터였다.

"그럼 부디 즐기시길 바랍니다. 아, 참고로 직원들에게 따로 이야기해 두었으니 돌아갈 때 디저트 챙겨 가세요. 꼭."

"네, 네. 감사합니다."

"별말씀을."

댄과 인사를 나눈 미하엘 엔데 편집장은 주변을 둘러보았다.

'어디.'

파티장을 둘러보던 그는 앳된 아이를 발견할 수 있었다.

차채은이었다.

그녀는 삼삼오오 모여 대화를 나누는 어른들과 달리 조금 떨어진 곳에서 턱을 괴고 있었다.

지루해하는 표정이었다.

'저러면 쓰나.'

초대한 이에게 홀대받았다는 인상을 줄 수 없었기에 미하엘 엔데는 곧장 발을 옮겼다.

그의 예상대로 차채은은 행사에 참가한 것을 후회하고 있었다.

조금 떨어진 곳에서 들리는 이야기는 한심해서 조금도 함께하고 싶지 않았다.

'내가 여길 왜 왔지?'

'독자'와 '배도빈'을 주제로 무슨 대화를 어떻게 풀어내야 할지 고민하던 차채은은 혹시 이곳에 오면 답을 얻을 수 있지 않을까 생각했다.

클래식 음악이나 글에 대한 진지한 이야기를 기대했다.

그러나 다들 고양이가 새끼를 낳았다든지 어느 축구팀이 이겼다, 여행을 다녀왔다 등 시시콜콜한 이야기를 나눌 뿐이었다.

유명 잡지 리드에서 연 파티라고 해서 뭔가 다를 것으로 믿었건만 그와 같은 분위기에 실망하고 말았다.

무엇을 해야 할지도 모르겠고 무슨 의미가 있는지도 알 수 없었다.

'갈래.'

차채은이 막 일어서려 할 때 미하엘 엔데가 말을 걸었다.

"반갑습니다, 차. 미하엘 엔데라고 합니다."

미하엘 엔데는 정중하게 인사하곤 명함을 건넸다.

중년 남성에게 예를 갖춘 대우를 받은 적은 처음이라 차채은은 조금 당황했다.

이필호 편집장으로부터 그가 얼마나 대단한 편집자인지 들었던 터라 더욱 그러했다.

"안녕하세요."

미하엘 엔데가 빙그레 웃으며 샴페인을 권했다.

"술 못 마셔요."

"하하. 알코올은 없으니 걱정 말아요. 후회하지 않을 겁니다."

떨떠름하게 무알콜 샴페인을 받은 차채은은 미하엘 엔데를 보았다.

그가 눈썹을 들어 올리며 웃어 어쩔 수 없이 맛을 보니 사과향과 백포도향이 짙게 어우러져 상큼하고 달콤했다.

적당한 탄산도 훌륭했다.

"맛있어!"

"그렇죠?"

미하엘 엔데는 차채은이 음료를 좀 더 즐길 수 있게 기다려준 뒤 입을 열었다.

"재작년에 발표한 베토벤을 계승한 자는 정말 인상 깊었습니다. 절묘한 스토리도 있어 시간 가는 줄 모르고 읽었죠."

"아."

"정말 멋지더군요. 베토벤과 배도빈이라. 보통 모차르트와 비교하는데, 차의 글을 읽은 뒤로는 그런 생각이 들지 않더라고요. 음악사조를 베토벤과 푸르트벵글러, 배도빈까지 이어 풀어내는 과정은 정말 명쾌했습니다."

말뿐이 아니었다.

미하엘 엔데 편집장은 칼럼니스트 차채은을 무척이나 높이 평가하고 있었다.

그녀의 글은 폭발적인 인기를 끄는 것은 아니었지만 시대 흐름을 아우르는 듯했다.

2년 전.

오케스트라 대전 때만 해도 배도빈은 신동이라는 이미지 때문에 곧잘 모차르트와 비교되곤 했다.

그러나 작년부터 그러한 이야기도 차츰 묻히기 시작했는데.

학계에서는 루트비히 판 베토벤과 빌헬름 푸르트벵글러 그리고 배도빈까지 이어지는 역사성에 주목했고 팬들도 그 매력적인 스토리에 열광했다.

미하엘 엔데는 그러한 분위기를 차채은이 이끌었다고 믿었고.

작년과 올해를 통해 확신하게 되었다.

올해 또다시 변한 흐름.

차채은이 배도빈이라는 새로운 기준이 들어섰다는 글을 쓰고 몇 개월이 흐른 현재.

학계는 물론 여러 언론과 팬들마저 더는 배도빈을 과거 천재들과 비교하지 않았다.

도리어 배도빈이 기준이 되어 여러 음악가가 평가되고 있었는데 이 역시 그 시작점에 차채은이 있었다.

오랜 시간 편집자로 일했던 그의 직감이 말해주고 있었다.

차채은에게 흐름을 파악하는 능력이 있거나, 흐름을 만드는 힘이 있는 거라고.

글을 쓰는 사람으로서 너무나도 매력적인 재능이었다.

그래서 느꼈던 바를 그대로 전했거늘 차채은의 반응은 그리 좋지 못했다.

"감사합니다."

글을 좋게 봐줘서 고맙긴 하지만 차채은은 당장 뭘 써야 할지 막막한 상태였다.

자신의 장점이 무엇이고 그것을 어떻게 살릴 수 있는지 자각하지 못한 어린 글쟁이는 그저 앞으로 쓸 글에만 관심이 있었다.

과거를 칭찬받아도 그리 기쁘지 않았다.

"어머. 채은이잖아."

그때 차채은이 싫어하는 목소리가 그녀를 불렀다.

"엔데 편집장님도 함께 계셨네요. 안녕하시죠?"

"그럼요. 이번 일 축하드립니다."

미하엘 엔데가 한이슬 평론가를 반갑게 맞이했다.

오늘 파티에 참가한 칼럼니스트 중에서 가장 왕성히 활동하고 또 인기를 끌고 있는 한이슬은 리드지의 VIP이기도 했다.

'미친. 존예.'

차채은은 감탄했다.

한이슬은 갈색으로 염색한 머리를 사이드 웨이브로 우아하게 넘기고 있었다.

자연스러운 화장에 입술에만 포인트를 주어 흰 트라페즈 드레스가 잘 어울렸다.

차채은의 시선을 느낀 한이슬이 웃었다.

"왜 연락도 없었어. 독일은 어때?"

"그냥 그래요."

"다행이네. 별문제 없으면 잘 지내는 거지. 참, 편집장님. 저번에 말씀하신 기획 기사 말인데요."

"토스카니니 말씀이시군요."

"네. 아무래도 런던 떠날 것 같거든요. 레몽 도네크가 후임으로 올라서려고 준비한다는 이야기를 들었어요. 기사 올라갈 즘 발표되면 묻힐 테니까 기획 다시 해야 할 것 같아요."

"흐음. 이건 중요한 일이군요. 차, 저는 잠시."

"채은아, 나중에 또 봐."

두 사람이 자리를 뜨고 차채은은 남은 샴페인을 털어 넣었다.

'뭐야.'

이동하는 중에도 파티장에 있던 많은 사람이 한이슬 평론가와 미하엘 엔데 편집장에게 다가갔다.

차채은은 여유로운 태도로 그들을 대하는 한이슬을 멋있다고 생각했다.

♪

집으로 돌아오고 나서도 차채은은 한이슬 평론가의 모습을 잊을 수 없었다.

짜증 나는 인간이지만 리드지의 편집장처럼 대단한 사람과 동등하게 이야기할 수 있고, 또 음악계 흐름을 깊이 알고 있는 것은 분명했다.

그 프로페셔널한 모습은 잘 가꾼 외모와 더불어 차채은에게 어떤 의지를 심어주었다.

'칼럼니스트가 글만 잘 쓰면 되지 왜 그렇게 꾸미고 다닌대?'

차채은이 속으로 궁시렁거리면서 화장하는 법을 검색했다.

그러나 아무리 찾아도 무슨 이야기를 하는지 알 수 없어, 평소 활동하던 인터넷 커뮤니티에 글을 올렸다.

ㄴ화장품 같은 거 어디서 사?

ㄴ아리따움?

ㄴ아니 그렇게 예쁘진 않은데. 화장 좀 해보려고.

ㄴ아니…… . 아리따움이라고 화장품 파는 데 있어…… .

ㄴㅋㅋㅋㅁㅊㅋㅋㅋㅋ쓰니 왤케 귀여웤ㅋㅋㅋㅋ

'아, 쪽팔리게.'

차채은이 글을 바로 지워버리곤 괴상한 소리를 냈다.

"아으아으아으으으으아."

아무리 생각해도 이러고 있을 때가 아니었다.

좀 더.

좀 더 창작욕을 불러일으킬 만한 이야기를 쓰고 싶은데 그
것을 찾아야 하는데 생각나는 것이 없어 답답했다.

'음악회라도 갈까.'

책상에 엎드려 오늘 무슨 연주회가 있는지 떠올렸다.

"뭐 해?"

"깞!"

차채은이 깜짝 놀라 괴성을 질렀다.

덕분에 놀라게 할 생각이 없었던 최지훈은 억울하게 언어맞
았다.

"죽을래! 놀랐잖아!"

"아하하하하. 미안. 미안."

최지훈을 한참 때리던 차채은이 순간 멈추었다.

최지훈은 싱글벙글 웃으며 갑자기 자신을 빤히 바라보는 차채은과 눈을 마주했다.

"이거다!"

"이거?"

"오빠랑 가우왕 아저씨랑 지메르만 할머니 이야기 써야겠어."

'이거' 취급받은 최지훈이 고개를 갸웃했다.

"무슨 이야기?"

"예전에 도빈 오빠가 오빠랑 가우왕 아저씨 피아노는 다르다고 했거든. 깔끔하다고 했나?"

차채은이 무슨 이야기를 하는지는 이해했지만, 최지훈은 그녀가 크리스틴 지메르만, 가우왕, 본인의 특징을 이해하고 있을지가 궁금했다.

배도빈조차 최근에야 이해하기 시작했고 어지간한 음악가들도 큰 차이를 느끼지 못하는, 완벽을 추구하는 피아니스트의 고집 같은 영역이었다.

"차이점을 알겠어?"

"몰라."

차채은의 즉답에 최지훈이 웃고 말았다.

"모르는데 어떻게 쓰려구."

"공부하면 돼!"

공부해서 알 수 있는 영역이 아니었다. 스스로 재능이 없다고 여기는 최지훈조차 청력만큼은 타고났다고 여기는데 여러 경험과 지식도 결합된 능력이었다.

그것을 차채은이 이해할 수 있을지 의문이었고 이해할 수 있다 해도 독자들에게 설명할 수 있을지는 더 큰 문제였다.

"어려울 텐데 괜찮겠어?"

최지훈이 걱정스레 물었다.

"괜찮아. 그런 일이야."

차채은이 침대에 누웠다.

"좋아하면 알고 싶어지잖아."

사람이든 음악이든 정말 그랬다.

단지 피아노가 좋아서 국제 메이저 콩쿠르 2연패라는 불가능에 가까운 일을 해냈던 최지훈은 그 말을 깊이 이해할 수 있었다.

"굳이 똑똑하지 않아도 돼. 어려워도 좋아하니까 별수 없잖아."

최지훈이 차채은을 따라 웃었다.

"독자도 같은 입장이니까 내가 해야지."

"그건 무슨 뜻이야?"

"내 글 읽는 사람들 말이야. 음악 좋아하니까 더 알고 싶을 거 아냐."

차채은이 벌떡 일어났다.

"아빠가 그러는데 요즘 세상은 자기 일 하는 것만으로도 바빠서 취미활동을 할 여유가 없대. 그래서 나처럼 리뷰해 주는 사람으로 대리만족하는 거고."

"아."

"다들 여유만 있었으면 스스로 찾아보고 공부할 텐데 그게 안 되니까 짧은 시간에 볼 수 있는 걸 찾는대. 그러니까 나는 그런 사람들이 만족할 수 있게 해주는 거야. 친구들이랑 말하는 것처럼."

"멋지네."

"응. 어려운 말 쓰지 않고 쉽고 이해할 수 있게 친구랑 말하는 것처럼. 음악을 더 알고 싶어서 내 글을 읽는데 그게 어려우면 말이 안 되잖아."

차채은이 다짐하듯 말했다.

"난 어려워도 괜찮아. 음악 공부하는 거 좋아하니까. 그리고 엄청 쉽게 풀어주는 거지."

그 당찬 모습에 최지훈은 자신의 생각이 짧았음을 자각했다. 극소수의 사람만이 인지하는 '영역'을 표현하고 이해시키는 일이 힘들고 어려운 것은 사실이지만, 그것이 글을 쓰지 말아야 할 이유는 아니었다.

음악도 마찬가지.

난해하고 복잡하다 해서 그 곡을 연습하지 않을 이유는 될 수 없었다.

치고 싶으니까.

쓰고 싶으니까.

그 마음이 가장 중요했다.

어려우니까 다른 주제는 어떻겠냐고 물어보려던 최지훈은 섣부른 조언 대신 웃어주었다.

"기대할게."

"그래! 기대해라!"

두 사람이 마주 보고 웃었다.

"그럼 도빈 오빠한테 물어야지!"

차채은이 벌떡 일어나자 최지훈이 무엇인가를 떠올렸다.

"도빈이 지금 녹화 중일 텐데?"

"녹화?"

"응. 너만 모름이라는 프로그램에 나간다고 했어."

음악 전문 토크쇼 '너만 모름'은 프로그램 역사 최초로 2부 확대 편성이란 승부수를 띄웠다.

1부와 2부 총 120분에 달하는 방송 시간을 단 한 사람의 빅게스트를 위한 특집으로 준비한 것.

지나치게 재미없는 독일 방송 중에서 그나마 유의미한 시청률을 기록하고 있는 '너만 모름'은 배도빈 특집에 전력을 기울였다.

"우진 씨, 이 기회 놓치면 안 돼요. 2주 전부터 홍보해 왔다고요."

"잘 알죠. 그 난리를 피웠는데."

"반응이 좋아요. 배도빈이 나온다고 하니 다들 본방 사수한다고 난리도 아니에요. 우리 기록 한번 세우자고요."

"걱정 말아요. 지난번 한스 짐이랑 했던 방송 반응 기억 안 나요? 다들 제 드립에 깔깔댔잖아요."

"아, 네. 그래요. 배도빈 빈정 상하지 않게 헛소리는 자제하시고요."

"헛소리라뇨. 내 개그가 얼마나."

"재미없어요."

"……"

"아무튼 또 대본 무시하고 했다간 진짜 가만 안 놔둘 거예요."

사회자 우진도 제작진의 간곡한 부탁에 크게 부담을 느끼고 있었다.

"아니, 뭐 이리 많아?"

작가들이 준비해 준 대본을 확인한 그는 어지러움을 느꼈다.

배도빈의 활동 이력만 해도 A4용지를 가득 채우고 있었다.

중요한 곡 정도는 들어봐야 할 듯하여 추려 달라 부탁했거늘, 공부해야 할 것이 너무 많았다.

한두 번 훑어보는 데만 해도 여유 시간을 모두 투자해야 했고 덕분에 그에 대해 어느 정도 파악할 수 있었다.

그렇게 녹화 당일이 되었다.

"고품격 음악 전문 토크쇼 너만 모름의 우진입니다. 오늘은 정말 특별한 분께서 찾아와 주셨습니다. 베를린의 마왕이라 불리죠. 배도빈 씨를 모시겠습니다."

방청객들의 환호와 함께 배도빈이 세트장에 모습을 드러냈다.

귀찮은 기색이 꼭 일요일 아침 만화영화를 봐야 하는데 교회에 끌려 나온 아이 같았다.

"반갑습니다, 마에스트로."

"배도빈이면 됐어요."

악수한 두 사람이 자리에 앉았다.

"알려진 것처럼 작진 않으시네요. 하하하!"

심드렁하던 배도빈의 얼굴에 짜증이 묻어 나왔다.

실패한 드립에 방청객은 깜짝 놀랐고 제작진은 좌절하여 손으로 얼굴을 가렸다.

잠시 촬영이 중단되고 PD에게 엉덩이를 걷어차인 조연출이 우진에게 다가가 귓속말을 했다.

"헛소리하면 정말 죽이시겠답니다."

우진이 고개를 돌리자 PD가 엄지손가락으로 목을 그어 보였다.

침을 꿀꺽 삼킨 우진은 두 손을 들어 진정하라는 제스처를 취하곤 조연출에게 부탁했다.

"다시 가자. 이 반응이면 나 배도빈 팬한테 죽을지도 몰라."

"그렇겠죠. 그러니까 왜 그랬어요."

"신났나 보지! 나도 쫄리니까 그만 좀 닦달해!"

조연출을 보낸 우진이 배도빈에게 사과했다.

"죄송합니다, 도빈 씨."

우진의 말에 진심이 묻어 나와 배도빈도 사과를 받아들였다. 그러고는 녹화가 재개되기 전 함께 온 이자벨 멀핀을 찾았다.

"오늘 이런 식으로 계속되진 않겠죠?"

"제작진 측에 강력히 대응했으니 걱정 마세요."

믿음직스러운 대답에 만족한 배도빈이 세트로 돌아가려다가 문득 돌아서 멀핀을 빤히 보았다.

"무슨 문제 있나요?"

"아뇨."

멀핀을 한참을 바라본 배도빈은 예전과 다른 느낌을 받았다.

처음 만났을 때는 분명 그녀를 올려다보았는데, 어느 순간부터 살짝 내려다보게 되었다.

최근 계속해서 무릎이 쑤시던 걸 떠올렸다.

"멀핀."

"네."

"저 컸어요?"

"……그러고 보니."

이자벨 멀핀이 고개를 끄덕였다.

"시작하죠."

이유는 알 수 없지만 배도빈의 기분이 무척 좋아 보였기에 촬영은 다시 적당한 분위기로 재개되었다.

"지금까지 정말 많은 곡을 발표하셨습니다. 부활, 가장 큰 희망, 베를린 환상곡 최근에 발표하신 세 개의 손을 위한 소나타까지 하나같이 명곡들인데 이렇게 많은 곡을 만들 수 있는 원동력은 무엇인가요?"

"어려운 질문이네요."

"하하. 편히 말씀하시면 됩니다."

"모르겠습니다."

배도빈의 대답에 우진의 동공이 흔들렸다.

혹시나 아직 기분이 안 풀린 건 아닌지 우려했지만 배도빈의 표정은 밝았다.

다행히 그가 답변을 이어나갔기에 우진은 속으로 안도했다.

"하고 싶은 걸 할 뿐이죠. 자신을 표현하는 건 방법과 정도에 차이가 있을 뿐, 누구에게나 자연스러운 일입니다. 특별한 게 아니에요."

"자신을 표현한다라. 그렇네요. 누구나 자기 이야기를 하고 싶어 하죠."

배도빈이 고개를 끄덕였다.

"자기 이야기란 말이 나와서 여쭙습니다만, 최근 개봉되었던 배도빈 씨의 어린 시절을 다룬 애니메이션이 큰 화제가 되었습니다. 전 세계 흥행 수익 10억 달러를 돌파하며 마무리되었는데 도빈 씨는 어떻게 보셨는지 궁금해지네요."

"엉망입니다."

배도빈의 대답에 방청객과 우진이 격하게 반응했다.

웃음이 잦아들고 우진이 질문을 이어나갔다.

"이거 그냥 넘길 수 없겠네요. 어떤 점이 엉망인가요?"

"애니메이션에서는 제가 무슨 카레에 중독된 사람처럼 표현되어 있는데 실제로 그렇지 않습니다. 더군다나 단원들을 괴롭히다니. 말이 안 되죠."

"좋습니다. 이건 양쪽 말을 다 들어봐야 알 것 같네요."

배도빈이 눈썹을 좁혔다.

"베를린 필하모닉의 찰스 브라움 악장과 마누엘 노이어 수석을 모시겠습니다."

바이올린 협주곡 '찰스 브라움'이 연주되면서 미모의 남성과 근육질의 남성이 등장했다.

최고의 바이올리니스트이자 베를린 필하모닉의 악장 찰스 브라움은 과장된 미소를 지으며 배도빈 옆에 앉았고.

마누엘 노이어는 놀란 배도빈을 보며 즐겁게 웃고 있었다.

두 사람이 출연한다는 말을 듣지 못한 배도빈은 이자벨 멀핀을 찾았지만 이미 그녀가 숨은 뒤였다.

"흔쾌히 출연해 주신 두 분께 감사 인사드리겠습니다. 먼저 브라움 씨께 여쭤보죠. 애니메이션이 사실과 다르다고 하셨는데 실제로는 어떤가요?"

"중독자라 볼 순 없죠. 카레 때문에 삶이 피폐해지거나 하진 않으니까."

경계하고 있던 배도빈이 찰스 브라움의 대답에 의외라는 듯 고개를 끄덕였다.

"아니, 아니지. 아무리 생각해도 맞는 말이야. 이 녀석 피는 카레랑 1 대 1 비율이라고."

"하하하하."

마누엘 노이어의 발언에 우진과 방청객들이 웃었다.

"자, 노이어 씨께서 재밌는 말씀을 해주셨는데 준비된 영상으로 확인해 보도록 하죠."

세트장 앞의 대형 스크린에 베를린 필하모닉의 직원 식당이 나왔다.

최고 수준의 설비와 주방장을 자랑하는 직원 식당의 전경이 소개됨에 따라 방청객들이 호응했다.

-그런 이곳에 특별한 점이 있다고 합니다. 어떤 점인가요?

-역시 4개국 카레가 항상 준비된다는 거겠죠. 보스의 유일한 지시사항이거든요.

짧은 인터뷰 뒤에 인도, 영국, 일본, 한국식 카레가 소개되었다.

"저 봐. 웃긴 건 매일 점심으로 먹는 주제에 퇴근할 때도 슈퍼 슈바인인지 뭔지 하는 곳에 들른다니까요?"

"슈퍼 슈바인이요?"

"카레집입니다."

"지금 보니 확실히 중독이군."

우진과 방청객 그리고 제보자 마누엘 노이어가 찰스 브라움의 소감에 크게 웃었다.

이어 '반성회'라는 이름으로 빌헬름 푸르트뱅글러부터 베를린 필하모닉의 오랜 관습이 소개되었다.

오후 4시부터 시작된 반성회는 7시가 되어서야 끝났는데, 영상을 확인한 마누엘 노이어가 푸념하듯 말했다.

"처음 들어왔을 때부터 악마가 따로 없었다니까? 기사 찾아봐요. 내가 얼마나 힘들었는데."

"지금은 나아졌지만 작년 이맘 때는 고용노동부에 신고할 뻔했지."

찰스 브라움이 노이어의 말을 받았고 방청객들이 또 한 번 터지고 말았다.

아무도 그가 진심으로 한 말이라고는 생각지 않았다.

"하하하하. 그만큼 열정적이라 지금의 베를린 필하모닉이 있었겠죠. 정말 대단합니다."

우진이 베를린 필하모닉의 이미지를 포장하자 불평하던 마누엘 노이어도 슬쩍 웃으며 인정했다.

"그럼 또 오케스트라 대전 이야기를 빼먹을 수 없죠. 애니메이션에서는 아쉽게 포함되지 않았는데, 첫 대회에서 우승과 준우승을 나란히 차지하셨습니다. 기억에 남는 이야기는 없을까요?"

"이 인간 치질 걸렸던 거요."

찰스 브라움과 마누엘 노이어에게 얻어맞고만 있었던 배도빈이 때를 놓치지 않고 반격했다.

"황향향향향황!"

마누엘 노이어가 미친 듯이 웃었고 찰스 브라움은 눈이 거의 튀어나왔다.

"배도빈!"

"당신이 먼저 시작했잖아!"

"황학학향학!"

"웃지 마!"

흥분한 두 사람은 저만 웃는 마누엘 노이어에게 눈길을 돌렸다.

노이어는 방송 상황이 너무 웃겨 웃음을 멈출 수 없었다. 점점 웃음이 격해졌고 그러다 그의 가발이 벗겨지고 말았다.

"하하하하하!"

그러자 이번에는 배도빈과 찰스 브라움이 웃기 시작했고 마누엘 노이어는 조용히 가발을 손에 쥐었다.

방청객들은 웃어야 할지 말아야 할지 알 수 없어 손으로 입을 막고 있는 상황.

"……PD님, 이거 방송 내보낼 수 있는 거예요?"

"그럴 거 같냐?"

너만 모름의 PD는 과열된 분위기를 간신히 진정시키고 출연자에게 간곡히 부탁했다.

적당한 웃음이 있다면 더할 나위 없겠지만 '너만 모름'은 어디까지나 시사 교양 프로그램이었다.

"도빈 씨, 브라움 씨, 노이어 씨. 저희 프로그램 위해서 웃기게 말씀하시는 건 정말 감사하지만 무리 안 하셔도 됩니다."

한참을 싸운 세 명의 위대한 음악가는 제발 평소처럼 행동해 달라는 PD의 부탁에 차마 평소대로였다고 솔직하게 답할 수 없었다.

♪

'너만 모름'의 배도빈 특집은 담당 PD의 우려와 달리 큰 호응을 얻었다.

지금까지 범접할 수 없는 거인으로만 여겨졌던 배도빈과 애매하게 고귀한 혈통의 찰스 브라움 그리고 깐깐하고 마초적인 이미지가 강했던 마누엘 노이어의 모습은 팬들에게 색다르게 다가갔다.

ㄴ내 왕자님은 저렇지 않아 ㅠㅠ

ㄴ찰스도 사람이야. 치질 좀 걸릴 수 있지.

ㄴ배도빈 진짴ㅋㅋㅋㅋ 마누엘 노이어 가발 벗겨졌을 때 슬쩍 등 쓸어주는 거 봤어?

ㄴ이상한 데서 스윗함ㅋㅋㅋ

ㄴ하……. 방송국 새끼들 진짜 답도 없다. 배도빈은 물론이고 찰스 브라움이랑 마누엘 노이어도 얼마나 대단한데 저딴 식으로 표현해 놓냐. 작가들 다 짤라야 함.

ㄴ싫었으면 저 세 사람이 저렇게 했겠어?

ㄴ또또 과몰입하네. 다 방송이고 대본이잖아. 실제로 배도빈이랑 찰스 브라움이랑 마누엘 노이어가 저러고 놀겠어?

ㄴ아니, 음악만 해도 충분한데 저렇게 광대짓 할 필요가 있나?

ㄴ베를린 필하모닉 자체가 팬에 올인하는 악단인데 뭐. 팬 서비스
난 좋구만.

ㄴ난 저런 게 더 멋있더라. 괜히 권위적인 것보다 훨씬 나음.

ㄴ맞아. 무대에선 진지하고 무대 밖에선 허물없는 게 베를린의 장점
아님?

여러 반응이 있었지만 팬들은 카리스마의 배도빈과 고결함
의 상징과도 같은 찰스 브라움, 베를린의 상남자 마누엘 노이
어가 모두 팬을 위해 일부러 망가졌다고 받아들였다.

아무도 그들의 본 모습일 거라 믿지 않아, 베를린 필하모닉
으로서는 다행이었다.

"방송은 되도록 나가지 말자."

"네, 그게 좋을 것 같아요."

베를린 필하모닉의 실세 카밀라 앤더슨과 이자벨 멀핀은 방
송 출연 제안은 신중히 결정하기로 결탁하였다.

한이슬 평론가가 영국으로 떠나기 전 차채은에게 연락했다.
그녀는 어린 나이에 세계 클래식 음악의 중심, 베를린으로 유

학 와 꾸준히 좋은 글을 쓰는 차채은이 귀여워 미칠 지경이었다.

글에는 다소 어린 티가 남아 있지만 어리니까 어쩔 수 없는 일이라 생각하며, 이 당차고 유망한 후배에게 조금이라도 도움을 주고 싶었다.

문제는 차채은이 그녀를 싫어한다는 것이었다.

"채은아, 나 내일 런던 가는데 그 전에 차 한잔하자."

-왜요?

"왜긴. 보고 싶으니까. 어떻게 지냈는지도 궁금하고."

-전 안 궁금한데.

"그러지 말구~"

-알겠어요.

두 시간 뒤.

차채은의 집에서 얼마 떨어지지 않은 카페에서 만난 두 사람의 태도는 정반대였다.

한이슬은 파란색 저지에 두툼한 패딩을 대충 걸치고 나온 차채은을 손까지 흔들며 반갑게 맞이했고.

차채은은 세미 정장을 단정하게 입은 한이슬을 떨떠름하게 여기며 마주 앉았다.

"왜 불렀어요?"

"그냥. 글 이야기로 수다 떨고 싶어서?"

한이슬의 말에 차채은은 조금 놀랐다. 답답한 마음에 음악과 글에 관해 이야기 나누고 싶었던 그녀는 리드가 주최한 파티장을 찾았고 실망했다.

업계 사람들과 만나면 갈증이 조금 해소될 줄 알았지만 친분을 나눌 뿐, 깊이 있는 이야기를 나누는 자리는 아니었다.

또 편집장만 인사를 건넸을 뿐, 어린 그녀에게 먼저 관심을 가져주는 사람도 없었다.

"……저 말고도 많이 이야기하시던데."

"응. 업무적으로는. 하지만 다들 체면 차리느라 솔직하진 못해. 나도 그렇고. 아, 뭐 마실래?"

차채은이 메뉴를 보다가 답했다.

"에스프레소……."

"그럼 난 바닐라 파르페. 여기 이거 맛있더라."

잠시 후 주문한 음료가 나왔다.

어린애로 보이기 싫어서 주문한 에스프레소를 맛본 차채은이 얼굴을 심하게 구겼다.

처음 느껴보는 쓴맛에 놀란 차채은이 잔을 내려놓자 한이슬이 슬쩍 물었다.

"그거 좀 빌려도 돼?"

"가져가요."

한이슬이 웃으며 바닐라 파르페에 에스프레소를 끼얹었다.

"이렇게 먹으면 진짜 맛있거든. 자."

경계하던 차채은이 수저를 들었다.

에스프레소에 젖은 바닐라 아이스크림은 과자와 함께 어우러져 혀를 녹이는 듯했다.

"맛있어."

"그치?"

한이슬이 한 번 더 파르페를 떠먹는 차채은을 보다가 입을 열었다.

"요즘엔 무슨 글 써?"

"그냥 여러 가지 생각하고 있어요."

"난 레몽 도네크 이야기 쓰고 있어. 그 사람, 오케스트라 대전 이후로 정말 칼을 갈았나 봐. 토스카니니 그 꼬장꼬장한 인간이 후계자로 낙점했을 정도니까."

차채은은 그러든 말든 파르페에 정신이 팔려 있었다.

"평단에서도 최근에 그가 지휘했던 모차르트 협주곡을 주목하고 있어. 빈 필하모닉 이상의 완벽한 시대연주였다고."

"네."

"하지만 팬들은 그들이 얼마나 대단한지 잘 모르니까. 너무 안타깝지."

훌륭한 음악이 대중에 미처 다 전달되지 못하는 것은 차채은이 생각하기에도 아쉬운 일이었다.

차라리 런던 필하모닉이라면 긴 역사와 훌륭한 연주로 인정

받는 편이었다.

특히나 토스카니니가 총감독으로 부임한 뒤로는 베를린, 빈, 암스테르담, 런던 심포니와 함께 유럽 빅5에 손꼽힐 정도였다.

하지만 상대적으로 베를린과 암스테르담이 너무나 앞서간 탓에 실질적인 매출 차이는 크게 벌어져 있는 상황이었다.

"그렇겠네요."

"응. 그래서 이번 일을 시작으로 조명받지 못하는 악단이나 음악가들을 소개할 생각이야."

차채은은 이제 인정할 수밖에 없었다.

여러 잡지와 대등한 입장에서 스스로 기획하여 어떤 일을 하려는 한이슬을 부러워하고, 그녀를 동경하고 있다는 것을 깨달았다.

어른스러운 점도 성공한 커리어 우먼이라는 점도 모두 그러했다.

"좋은 일인 거 같아요."

차채은이 솔직하게 반응하자 한이슬이 테이블에 기댄 채 상체를 앞으로 살짝 숙였다.

그러고는 웃으며 말했다.

"이게 우리 일이니까. 그렇지?"

차채은이 고개를 끄덕였다.

"그럼 네 이야기 좀 들려줘."

"뭘요?"

"음~ 나 싫어하는 이유?"

차채은이 눈을 크게 뜨자 한이슬이 소리 내어 웃었다.

"그렇게 티 내는데 모를 거라 생각했어? 난 너 좋은데. 당돌한 것도 어린데도 생각 깊은 것도 또 글에 진지한 것도. 친하게 지내고 싶어서 그래."

바닐라 파르페와 글에 대한 생각이 같음을 확인한 덕에 차채은이 가지고 있던 마음의 담도 조금 무너져 있었다.

"오케스트라 대전 때 지훈 오빠가 못 할 거라 해서요."

"내가? 내가 그랬어?"

차채은이 고개를 끄덕이자 한이슬이 곰곰이 당시 상황을 떠올리더니 아 하고 탄성을 냈다.

"그랬네. 하지만 지금 생각해도 그건 최지훈과 배도빈이 잘했다는 생각밖에 안 들어. 그 엄청난 무대에서 스무 살도 안 된 아이가 그런 일을 해낼 거라고 누가 상상이나 했겠니?"

"그래도 연주도 안 듣고 먼저 생각하는 건 안 좋은 거 같아요."

"그것도 그렇네. 나도 색안경이 있나 봐. 주의해야겠는데?"

차채은은 자신의 말을 그대로 받아들이는 한이슬이 정말 어른 같다고 생각했다.

"그리고?"

한이슬이 눈을 깜빡이며 관심을 보였다. 귀여운 후배가 마음을 열어주고 있는 것 같아서 기쁘기 그지없었다.

차채은이 부끄러워하기 시작했다.

'한가하네.'

한동안 여기저기 상 받으러 돌아다니고 방송에도 출연하느라 바빴지만 그마저 처리하고 나니 확실히 전과 달리 여유가 생겼다.

정기 연주회 정도만 신경 쓰면 됐는데 그마저도 케르바 슈타인이 지휘자로서의 면모를 갖추며 한결 수월해졌다.

크루즈는 여름에 개시될 예정이고 그 준비는 착실히 해나가고 있다.

하여 무료하게 시간을 보내는데 그간 무리했던 것의 반동인지 자꾸만 졸고 만다.

오늘도 낮잠을 자고 말았다.

늦은 점심을 해결하기 위해 식당으로 갔더니 나윤희가 커피를 마시고 있었다.

최근 계속 피곤해 보이는데 오늘따라 유독 더 몸이 안 좋아 보인다.

"무슨 일 있어요?"

걱정스레 묻자 고개를 저으며 힘없이 웃는다.

"아니."

"있는데."

다시 한번 물으니 기지개를 켜며 말했다.

"불면증인가 봐. 잠을 잘 못 자서. 오늘 푹 쉬면 괜찮아질 거야."

평소 카페인이 든 음료를 마시는 사람도 아니라 더 걱정되어 마주 보고 앉았다.

조금씩 마르고 있다는 생각은 했는데 확실히 작년보다 여위었다.

'일이 너무 많나.'

나윤희는 악장으로서의 자질을 갖추기 위해 나와 발그레이에게 따로 강습을 받기도 하고, 밴드와 A, B, C팀을 오가기도 했다.

확실히 악단 내에서 가장 많은 일을 소화하는 중이다.

건강이 염려되어 밴드와 B팀 업무에서 제외하긴 했지만 아직 부담을 느끼고 있을지도 모른다.

약한 소리는 절대 안 하는 사람이니 더 걱정된다.

"로테이션을 좀 바꿀래요?"

"어?"

"당분간 쉬는 것도 괜찮아요. 이제 손이 부족하진 않으니까."

"일은 즐거운데."

"네."

나윤희가 손을 꼼지락대며 우물쭈물했다. 한숨을 내쉬고 입술을 꼬물대는 걸 기다려 주니 결국 입을 열었다.

"……새로 들어온 단원들 때문에."

"네?"

어떤 배워먹지 못한 개자식이 소중한 악장을 속 썩이게 하는지 물어보려던 차 나윤희가 테이블 위에 늘어졌다.

"다들 너무 잘 따라줘서 부담스러워."

좋은 일 아닌가 싶어서 눈을 깜빡이고만 있자 진달래가 늘어지게 하품을 하며 식당으로 들어왔다.

"으하우아우움. 좋은 아침."

오후 3시다.

물을 따라 마신 녀석이 나윤희 옆에 앉고는 그녀와 같이 테이블에 너부러졌다.

"다들 언니 멋있다고 하긴 하더라."

"으으으."

아무래도 이해가 안 된다.

"그게 왜 부담스러워요?"

"쯧쯧쯧."

진달래가 혀를 찼다.

"이 언니 악장 되고 나서 단원들에게 안 좋은 영향 줄까 봐 약까지 먹으면서 토도 안 하잖아. 에메트롤이라 했나?"

몰랐다.

"새로 들어온 단원들은 대부분 불새 때 모습만 기억하고 있고 매일 악장님, 이것 좀 봐주세요. 이건 어때요? 저 이게 힘들어요 하는데 윤회 언니 입장에선 얼마나 부담스럽겠어? 그치?"

나윤회가 고개를 끄덕였다.

정말 불면증의 원인이 그 때문인 것 같다.

사실 악장 취임 후 본래 내면에 가지고 있었던 모습이 드러나고 있다고만 생각했다.

악단에 익숙해지면서 뿌리 깊은 나무처럼 견고한 심성을 볼 수 있어 내심 기뻐했거늘, 이런 고충이 있을 줄은 몰랐다.

"단원들이 좋아하는 걸 어쩔 순 없네요."

"응. 그렇게 의지해 주니까 나도 기뻐. 그냥 내가 너무 소심해서⋯⋯. 제대로 알려주고 있는 건가 하고."

그간 바쁜 와중에도 나와 니아 발그레이의 강의를 열심히 들었던 이유가 학구열 때문만은 아니었던 것 같다.

더 열심히 공부해야 단원들에게도 정확한 지식을 전달할 수 있을 테니 말이다.

정말 이런 사람을 악장으로 두어 다행이다.

"너무 걱정 마. 익숙해지겠지. 흐."

"맞아. 다들 좋아하니까 언니도 너무 부담가지지 마. 사람이 어떻게 완벽하겠어?"

"응."

나도 딱히 근본적인 해결책이 떠오르지 않아 응원하면서 그녀가 조금이라도 편히 잘 수 있는 방법이 없을까 고민했다.

'잠이라.'

수면의 질을 높일 수 있는 음악이 있을까 고민하며 방으로 올라왔다.

자장가라든지 아니면 빗소리 같은 것이 수면에 도움이 되긴 할 텐데 막상 가장 효과적인 방법이 떠오르지 않았다.

그러다가 문득.

정말 문득 한국 초등학교 교장 선생의 목소리가 떠올랐다.

90악장 ·
저주

'아주 완벽한 수면 치료제였지.'

그녀의 목소리와 특유의 어조는 입학식 날 햇병아리들에게 덕담을 해줬을 때부터 매주 월요일 아침마다 날 단잠에 빠지게 했다.

그때도 자장가를 만든다면 참고할 수준이라 생각했는데 나윤희가 잠이라도 푹 이룰 수 있게 참고하는 것도 나쁘지 않겠다.

단원 중에도 말 못 할 스트레스로 불면증을 겪는 이가 알게 모르게 있을 터.

공개적인 일을 하면 정도의 차이만 있을 뿐 그러지 않을 수 없다.

'괜찮겠지.'

잘 때 듣는 편안한 곡을 만들어 봐야겠다.

다음 날.

멀핀을 호출했다.

"한국에 일주일 정도 다녀올 거예요. 푸르트벵글러나 케르바 일정은 어때요?"

"조절 가능합니다. 두 분이 어렵다 해도 파울 리히터 악장도 있으니까요. 유장혁 회장님께서 반가워하시겠네요."

"할아버지도 만나겠지만 녹음하러 가는 거예요."

멀핀이 의아한 듯 되물었다.

"예정된 일은 없습니다만 혹시 새로 뭔가 구상 중이신가요?"

"네."

멀핀이 기쁘게 웃는다.

"여유가 생겨도 쉬지 않으시네요. 좀 더 편히 계셨으면 하지만 보스의 새 음악을 들을 수 있다고 생각하니 기쁩니다."

멀핀이 부끄러운 말을 아무렇지도 않게 했다.

아부처럼 들리지 않아 그녀의 신뢰에 더욱 고마울 뿐이다.

나름대로 추측을 내놓는다.

"설비는 이쪽이 나으니 굳이 한국까지 가서 하려고 하신다면 중요한 사람이 있기 때문이겠죠. 혹시 차명운 지휘자인가요?"

"아뇨."

"아, 설마 박건호 피아니스트."

"아니에요."

"최성신은 유럽에 있으니…… 어쩌면 손가을 피아니스트일 지도 모르겠네요. 아니. 피아니스트라면 가우왕 씨가 있으니. 모르겠네요."

혼자서 이런저런 추측을 하던 멀핀이 웃으며 이제 알려 달 라고 하기에 흔쾌히 대답해 주었다.

"박말자 선생님이요."

"……네?"

눈을 굴리며 곰곰이 생각하던 멀핀이 다시 물었다.

"한국에는 천재가 여럿 있다고 들었는데 알려지지 않은 사 람도 있나 보네요."

"초등학교 다닐 때 교장이었어요."

"교육자셨군요. 보스가 함께할 정도로 음악에도 조예가 있 다니 대단한 분이시네요."

"그러진 않을걸요?"

멀핀이 답답하다는 듯 눈썹을 들어올리며 설명을 바랐다.

"그건 아닌데 사람을 재우는 데는 최고였어요."

"네?"

일주일 뒤.

케르바 슈타인과 파울 리히터에게 뒷일을 부탁하고 한국으 로 향했다.

〈피델리오〉 아시아 투어 때도 들렸지만 공연 때문에 콘서트홀과 호텔에만 있었을 뿐. 이렇게 여유를 가지고 온 것은 오랜만이다.

분명 조용히 왔는데, 어찌 알았는지 가는 곳마다 난리도 아니었다.

"배도빈! 배도빈이야!"

"배도빈 씨! 이번 귀국 목적은 무엇입니까!"

"진짜 배도빈이네? 많이 컸다!"

"예정 중인 행사가 없는 것으로 알려져 있는데 무언가 준비 중이신 건가요!"

팬과 기자들이 마구잡이로 뒤엉켜 달려들었다.

너무 많은 사람이 몰려 있어 누군가 다치진 않을까 걱정될 정도였다.

〈피델리오〉와 천만 관객을 넘긴 〈THE DOBEAN〉 덕분에 한 번 더 인지도가 높아졌다고는 들었지만 이 정도일 줄은 몰랐다.

"한 말씀만 부탁드립니다!"

"이쪽! 이쪽 좀 봐주세요!"

"다음 한국 공연은 언제쯤 예정되어 있습니까!"

"오빠! 어떡해! 나 방금 눈 마주쳤어!"

"미친. 왤케 착하게 컸어?"

"NBC에서 나왔습니다! 인터뷰 부탁드립니다!"

방송국에서도 온 모양.

피델리오 투어 때는 3개 대륙을 연속해서 이동하는 바람에 그 외 일정은 최소화했는데 아쉬움이 남은 모양.

달래줘야 했다.

"조만간 자리 한번 만들 테니 그때 하죠. 오시느라 고생하셨겠네요."

"고생했습니다! 그러니까 10분, 아니, 5분만요!"

"아저씨! 좀 비켜요! 도빈이 안 보이잖아요!"

방송국은 어떻게든 스케줄을 잡으면 되지만 어떻게 알았는지 모여든 팬들은 한 번 만나는 것도 어렵다.

이렇게 되었으니 인터뷰는 못 해도 저들과 잠시라도 시간을 보내야겠다.

"와 주셔서 감사합니다. 다른 분들께 피해 가지 않도록 사인은 저쪽에서 해드릴게요."

"사진! 사진 찍어주세요!"

"그래요."

"대박. 대박! 나 미칠 것 같아!"

"미치지 마요."

사진 한 장으로 좋아해 주니 이쪽이 더 고맙다.

4시간 뒤.

아쉬움을 뒤로 하고 할아버지 댁으로 향했다.

꽤 오래 기다리셨을 텐데 인근에 와서 전화를 드리자 대문까지 냅다 뛰어나오셨다.

"어이구, 내 새끼!"

근육질 풍채는 여전하시다.

꽉 끌어안으시는 힘이 버거울 정도라 숨이 막혔다.

"잘 지내셨죠?"

"못 지냈다! 연락 좀 자주 하면 어디 덧나느냐!"

호탕하게 웃으시는 걸 보니 건강하신 듯해 안심했다.

"그래, 얼마나 머물다 가느냐?"

"일주일 정도 있으려 해요."

"에잉. 한 일 년쯤 푹 쉬다 가지. 도빈아, 원래 회사라는 건 말이다 주인이 없어도 굴러가게 해야 하는 법이야."

"그럼 돌아갈 때 할아버지도 같이 가시면 되겠네요."

"그럴까?"

고개를 끄덕였다.

진지하게 생각하시는 것 같다.

가족이 함께 있는 것만큼 행복한 일도 없으니 가능하다면 그러고 싶은데 가능한지 모르겠다.

"그래, 피곤할 테니 일단 쉬어라. 저녁 때 보자꾸나."

인사를 나누고 어렸을 적 쓰던 방을 찾았다.

예전 그대로 먼지 하나 없이 관리되어 있는 모습에 할아버지의 마음을 느낄 수 있었다.

'청소하시는 분이 하셨겠지만.'

아무튼 그리운 곳이다.

똑똑-

"도련님, 접니다."

"네. 들어오세요."

김재식 실장이다.

미리 부탁했던 일을 알려주려 온 모양.

한국으로 오기 전 재학 당시 한국 초등학교 교장 박말자의 소식을 알아봐 달라고 청했는데 벌써 찾은 듯하다.

역시 유능하다.

"고생하셨어요. 지금은 어디 계신대요?"

"안타깝게도 재작년에 타계하셨다고 합니다."

"아."

하긴, 시간이 꽤 흘렀다.

정확한 나이는 모르지만 그 당시에도 꽤 고령이었던 것으로 기억하니 무리는 아니다.

속으로 애도했다.

"고생하셨어요. 어쩔 수 없네요."

"별말씀을. 73세에 큰 병환 없이 가셨다고 합니다."

요즘에는 고령이라는 기준이 달라져서 그리 많은 나이처럼 느껴지진 않았다.

그렇다고 해서 눈을 감기 이상한 나이도 아니다.

주변 사람들의 나이를 헤아렸다.

"할아버지가 올해 아흔이셨나요?"

"여든아홉이십니다."

할아버지는 조금 특이한 경우.

10년 전에도 10년은 더 살 것 같다고 생각할 정도로 건강하셨는데 지금도 그리 다르지 않다.

아무리 의학이 발달한 지금이라 해도 89세라면 고령 중의 고령이다. 내 전의 삶과 지금의 삶을 합한 것보다 많을 만큼.

방금 보았던 그 건강한 모습이 도리어 신기할 정도다.

조금 걱정되는데 그 마음이 얼굴에 드러났는지 김재식 실장이 고개를 끄덕였다.

"그래도 꾸준히 관리하신 덕에 정정하십니다."

그는 웃으며 말을 이어나갔다.

"어머님이 태어난 뒤로 회장님도 많이 달라지셨습니다. 버릇처럼 아빠가 아니라 할아버지로 생각하면 얼마나 슬프겠냐고 하셨죠. 정말 꾸준히 관리해 오셨습니다."

다른 형제 없는 어머니.

게다가 늦둥이셨다고 하니 할아버지가 어머니를 얼마나 사랑하셨을지 짐작할 수 있다.

"그리고 지금은 두 분 이야기를 하시면서 오래 살아야 한다고 하십니다. 자주 연락해 주세요. 회장님은 항상 도련님들 이야기만 하십니다."

"그럴게요."

진심으로 그리 생각했다.

김재식 실장이 방을 나섰다.

'시간이 많이 흐르긴 했어.'

할아버지도 그렇고 다른 사람도 그렇다.

나이를 굳이 묻지 않아 잘은 몰라도 아마 푸르트벵글러가 한국 나이로는 벌써 여든일 것이다.

작년에 크게 앓았던 사카모토도 비슷한 나이니 세월이 야속하다.

처음 만났을 땐 팔팔하던 히무라가 벌써 쉰을 코앞에 두고 있으니 주변 사람들에게 건강에 좋은 음식이라도 보내줘야겠다.

하려던 일이 없어지니 요 며칠은 정말 휴가다운 휴가를 보낼 수 있었다.

따로 시간 낼 여유는 없어 한국에 온 김에 신체검사를 받고 제주도에 있는 별장에 머물렀는데 할아버지와 함께 음악과 산해진미를 즐기고, 산책도 하며 풍욕을 즐기다 보니 그간 쌓였던 피로가 씻기는 듯했다.

아직 봄이 오지 않아 제법 추울 거로 생각했지만 쌀쌀할 뿐, 도리어 기분 좋은 날씨가 이어졌다.

다만 할아버지가 새벽잠이 없는 것이 걱정되었다.

"하하! 나이가 들면 자연스러운 일이야. 걱정 말거라. 그보다 도빈아, 가지고 싶은 건 없느냐?"

"갑자기요?"

"생일이지 않았느냐."

"그런 거 안 챙겨도 돼요."

"껄껄. 스무 살이 되더니 어른스러워졌구나. 할애비한테는 괜찮으니 말해 봐."

베를린의 저택, 베를린 필하모닉, 푸르트벵글러호, WH해운을 주셨으면서도 더 주고 싶으신 모양이다.

그러고 보니 구입하진 않았지만 스트라디바리우스도 사주시려고 했다.

"이번엔 제가 해드릴게요."

"음?"

"어서요."

할아버지가 눈을 끔뻑끔뻑하시더니 호탕하게 웃으셨다.

"기특하구나. 기특해. 하지만 할아버지는 괜찮다."

"후회하지 말고요."

"흐음. 그렇다면 받고 싶은 게 있긴 한데 말이다."

배영빈의 〈THE DOBEAN〉으로 얻은 로열티가 800억 원 정도였으니 여유롭다.

뭘 바라시든 어지간하면 사드릴 수 있을 거다.

"김 실장."

"네, 회장님."

"가서 종이랑 색연필 좀 가져오게."

김재식 실장은 조금 당황한 듯했지만 고개를 숙였다.

"뭐 하시게요?"

"그런 게 있다. 껄껄껄."

잠시 후.

할아버지께서 흰 종이와 색연필을 건네주셨다.

"자, 불러줄 테니 고대로 쓰면 된다. 알겠지?"

"뭔데 그러세요?"

"아, 어서."

순순히 색연필을 들자 고민도 없이 곧장 입을 여셨다.

"안마권. 나 배도빈은 할아버지가 바랄 때 30분간 어깨를 주물러 드린다."

질색하며 고개를 들었다.

"아, 어서!"

"진심이에요?"

"다른 부모들은 다 받는다더라! 진희 고 녀석도 너도 도진이도 도대체가 귀여움이 없잖느냐! 철만 일찍 들어가지고! 가끔 어, 재롱이라도 부려주면 얼마나 좋으냐!"

아무래도 진심이신 듯하다.

안 그래도 목청 좋으신 분이 성을 내며 소리치니 귀가 아플 정도다.

"어서!"

한숨을 쉬며 바라는 대로 해드렸다.

"여기요."

"이 녀석이, 해준다고 할 때는 언제고 왜 이렇게 짜게 굴어? 열 장은 줘야지!"

"……."

내 나이 75세에 이런 걸 쓰게 될 줄이야.

세상 오래 살고 볼 일이다.

♪

노천욕을 즐기고 있자니 나른해져 무심코 졸고 말았다.

의식이 반쯤 잠든 상태에서 들려오는 바람은 날카롭기 짝이 없어 온천물의 열기와 대조되었다.

'이런 상황에서도 잠이 오는구만.'

억지로 몸을 일으켰다.

"후우."

밖은 쌀쌀하기 그지없건만 이렇게 편안할 수 없다.

할아버지의 취향대로 만들어진 이곳 별장은 바다를 향해 시야가 트여 있고 그 주변을 숲이 감싸고 있다.

편백나무로 이루어진 노천탕과 부드러운 온천물, 드넓게 펼쳐진 바다 그리고 다디단 오렌지 주스를 즐기고 있다 보면 어느덧 잠에 취하고 만다.

이곳에서만큼은 불면증도 힘을 쓰기 어려울 것이다.

때때로 나무가 바람에 스친다.

사락사락 귀를 간질이고 찬 공기가 폐부를 채우는데도 이렇게나 나른할 수 있다니.

숙면을 위한 음악이라 해도 아주 잔잔할 필요는 없을 것 같다.

얼마나 안락함을 느끼는지가 더 중요하지 않나 싶다.

평화 속에서 평온을 느끼기 힘들 듯 반대로 대조적인 상황을 보며 현재의 내 상태에 만족할 수 있으리라.

이런 느낌을 표현하려면 어떤 악기가 좋을까.

'현악기가 좋겠네.'

활을 사용하는 방법에 따라 음색이 다양해지는 현악기, 그

중에서도 바이올린이 좋겠다.

가장 어울리는 사람은 역시 나윤희.

온화한 면에서는 찰스 브라움이 낫겠지만 부드러운 가운데 치미는 불꽃을 표현하기에는 나윤희만 한 바이올리니스트도 없다.

악기와 연주자 그리고 분위기를 떠올리니 조금씩 악상이 만들어진다.

하강하다가 한 번 감고 다시 내려가는 선율.

'화음은 배제하는 게 좋겠지.'

전개에 중점을 두고 박자 변화도 크게 주진 않는다.

심장이 뛰는 속도에 맞춰 템포를 잰 다음 평온하게 이어가는 중간마다 가시 같은 불협화음을 배치하자.

장미 덤불을 지나는 것처럼 조심스럽게.

그러나 길게 이어가면 도리어 수면을 방해할 뿐이다.

장미 덤불을 지나면 짧은 잔디와 아담한 공터를 보여주자.

아니, 집이 있는 것이 나으려나.

기왕이면 현대적인 건물보다는 주변과 어울리는 모습이 낫겠지.

침대는 넓고 이불은 보드랍게.

베개는 세 개쯤 있는 것이 좋겠다.

'괜찮네.'

수마가 또 모습을 드리운다.

고개를 저어 겨우 정신을 차렸다.

어느 정도 구도를 잡았으니 목욕이나 하면서 시간을 허비할 수 없다.

'어머니랑 아버지도 좋아하실 것 같은데.'

언젠가 한 번쯤 가족이 다 함께 오고 싶다.

이틀 뒤.

참고할 자료를 구할 수 없어 시간이 걸릴 거라 예상했는데, 제주도에서의 휴가가 꽤 도움이 되었다.

주선율을 만들고 나서는 이야기가 막히지 않고 이어져 금세 만족스러운 곡을 완성할 수 있었다.

보강 작업 없이 처음 이뤘던 느낌 그대로 끝까지 작업했다.

수정을 반복해야 만족하는 나로서는 꽤 드문 일이다.

느낌이 괜찮다.

몸도 마음도 충족되었고 곡도 완성했으니 슬슬 베를린으로 돌아가려 하는데, 멀핀에게서 전화가 왔다.

"멀핀."

-목소리가 좋네요. 잘 지내시죠?

"그럼요. 작업도 만족스러워요."

-다행입니다. 이번 곡도 기대하고 있습니다만 그간의 피로를 푸는 것도 중요합니다.

"걱정 말아요. 더할 수 없이 푹 쉬었으니까."

멀핀이 웃고는 본론을 꺼냈다.

-문의가 들어와 확인차 전화 드렸습니다. 혹시 한국에서 기자회견이나 방송 출연 약속하셨는지요?

그러고 보니 공항에서 그랬던 기억이 있다.

팬들과 시간을 보내기 위해 기자들을 그리 달랬다.

"네."

-그러셨군요. 다름이 아니라 한국 언론사에서 문의가 쇄도하고 있습니다. 괜찮으시다면 휴가를 좀 더 길게 잡으시고 한 번 정도 나서시는 것도 좋을 것 같습니다.

그리 내키지 않는다.

몇 주간 방송이든 시상식이든 공식 행사에 계속해 나갔기 때문에 충분하다고 생각했지만 멀핀의 말을 듣곤 고개를 끄덕일 수밖에 없었다.

-유럽 팬들에게는 더할 나위 없는 한 달이었을 테지만 한국에서는 아니었죠. 활동을 많이 하지 않으셨음에도 보스를 사랑하는 분들이 많습니다. 이번 기회에 인사드리는 게 좋지 않을까요?

내 생각도 그렇다.

공항에서 기자들보다 팬들을 먼저 챙긴 것도 그 때문이었다.

팬이 바란다면 한 번만 더 출연하는 것도 나쁜 일은 아니리라.

"맞네요. 그럼 이번 주 안에 적당히 일정 잡아주세요."

-알겠습니다. 그리고.

무슨 일인가 싶어 기다리니 멀핀이 평소답지 않게 우물쭈물 했다.

"편하게 말해요."

-독일 정부에서 추크슈피체산에 기념물을 제작한다고 합니다.

남부의 큰 산이다.

알프스 산맥과 이어진 곳으로 알고 있는데, 그런 곳에도 사람의 손이 닿는 모양이다.

"그런데요?"

-큰 업적을 세운 위인들의 얼굴을 조각한다고 하는데, 세프와 보스를 포함한다고 합니다. 통보받은 일이라 선택권은 없어서 알려드릴 뿐입니다.

"제가 할 일은 없죠?"

-네, 그렇습니다만.

"그럼 문제없네요. 고맙다고 해주세요."

멀핀의 반응이 평소와 달랐지만 귀찮은 일은 없다고 하니 신경 쓰지 않았다.

통화를 마치고 완성한 '잠자는 숲속의 공주'를 다시금 살폈다.

G장조의 바이올린 소나타.

완성했다는 느낌이 확실히 들어 마무리했지만 처음부터 끝까지 연주해 보지는 않은 터라 어떨지 확인해 봐야겠다.

캐논은 가지고 다니기에는 부담스러워 베를린에 고이 모셔 둔 터라 한국에서 구한 기성품을 들었다.

제법 말을 잘 듣는 좋은 물건이다.

할아버지께도 들려드릴 겸 서재로 향했다.

뭔가 어려운 책을 읽고 계신다.

저 나이에 책을 읽을 수 있다니 정말 믿기지 않는 건강에 안도하고 감사할 뿐이다.

"잠깐 괜찮아요?"

"물론이고말고."

고개를 돌리고는 반색하신다.

"오, 할애비한테 바이올린을 들려주려고?"

"새로 만든 곡인데 어떤지 한번 들어주세요."

"그런 일이라면 얼마든지 해줘야지. 어디."

할아버지가 자세를 고쳐잡고 앉으셨다.

바이올린을 어깨에 받치곤 바이올린 소나타 G장조, 잠자는 숲속의 공주를 연주하기 시작했다.

장미 덤불을 그리듯 고혹적인 선율로 마음을 빼앗는다.

아름다움에 취한 이는 저도 모르는 사이에 덤불 사이로 들어서고 가시에 찔리는 것조차 느끼지 못한다.

서서히.

서서히 빠져나올 수 없는 곳으로 이끌려 간다.

주 선율의 아름다움에 취하면 어둡기 짝이 없는 전주를 잊고 만다.

사이마다 날카롭게 들어서는 불협화음을 느낄 때야 비로소 무엇인가 이상함을 느낄 터.

두려움이 엄습한다.

그러나 이내 장미의 아름다운 자태와 향기가 유혹하고.

악마에게 영혼을 붙잡힌 채.

한정된 자유 속에서 서서히 저항의 의지조차 잃은 채 수마가 이끄는 대로 몸과 영혼을 맡길 뿐이다.

"드르렁."

연주가 채 끝나기도 전에 할아버지가 코를 골았다.

'효과 좋잖아.'

숙면을 위해 만든 곡에 이보다 좋은 반응도 없을 것이다.

"할애비 안 잔다."

곤히 잠드신 듯해 담요라도 덮어드릴 생각으로 움직이니 잠든 줄 알았던 할아버지가 작게 읊조렸다.

"더 해요?"

"……."

대답이 없어 조금 더 연주하니 나도 조금씩 졸립다.

돌아가서 자려고 하는데.

"안 잔다."

이제 보니 잠꼬대를 하시는 모양.

만족스러운 반응을 얻었으니 푹 주무시게 나가봐야겠다.

배도빈이 제주도에 머물고 있을 때.

베를린 필하모닉에서는 퍼스트 피아니스트 가우왕과 악장 찰스 브라움의 신경전이 이어지고 있었다.

개성과 자존심이 강한 두 스페셜리스트는 밴드 공연에 있어 한 치의 양보도 허용치 않았다.

"네 멋대로 연주할 거면 악보는 왜 봐?"

"하도 지루해서 가만있을 수가 있어야지."

"천박하기 짝이 없군. 프란츠."

"네, 네!"

"당장 이놈 파트 빼서 악보 수정해 와."

"웃기고 있네. 야, 뚱보. 나를 두고 저 뺀질이를 세우려는 멍청한 생각은 하지 않겠지?"

두 사람의 싸움이 과열될수록 밴드의 악보를 담당하고 있는 프란츠 페터의 등만 터져나갔다.

"이봐. 프란츠가 불쌍하지도 않아? 연습 때마다 이게 대체 무슨 짓이야? 그만들 해."

오늘도 어김없이 맞붙은 두 사람은 최연장자 다니엘 홀랜드가 나서도 서로를 향한 이빨을 감추지 않았다.

"삐, 뺀질이? 이 천박한 대머리가 대체 어디까지 무례할 셈이냐!"

"대, 대머리! 치질 걸린 버터 놈이 귀먹은 거로도 모자라 눈까지 삐었나 본데! 어딜 봐서 내가 대머리야!"

두 사람의 유치한 말싸움에 나윤희와 왕소소, 진달래, 다니엘 홀랜드, 프란츠까지 밴드 전체가 진이 빠지고 말았다.

"아! 지긋지긋해! 아저씨들 대체 뭐 하는 거야! 연습 안 해?"

진달래가 소리쳤다.

"이 녀석이 마음대로 트릴을 넣는 걸 보고만 있으라고!"

"듣기 좋더만!"

"거 봐! 네놈은 내가 튀는 게 싫을 뿐이지!"

"너 때문에 내 파이어버드의 아름다운 목소리가 묻히니 하는 말이다!"

찰스와 가우왕의 언쟁이 다시금 가열되자 그 모습을 지켜보고 있던 왕소소가 나지막이 입을 열었다.

"최지훈 언제 와."

그녀는 가우왕이 당장 베를린 필하모닉에서 나갔으면 했다.

오빠가 들어온 뒤로 한시도 조용할 날이 없었다. 마음 같아서는 당장 쫓아내고 싶었다.

옆에 있던 나윤희가 어색하게 웃었다.

"그래도 가우왕 씨 들어오고 나서 활발해졌잖아."

"귀찮아. 지겨워. 재수 없어."

왕소소는 단호했다.

반면 두 사람의 싸움을 단 한 사람만이 관심 있게 지켜봤는데 테메스 마을의 천재 스칼라는 언쟁에 적극적으로 참여했다.

"네가 쓸데없는 걸 계속 연주하니까 들어갈 박자를 자꾸 놓치잖아!"

"신경 쓰지 말고 네 연주나 해! 조율은 내가 알아서 하니까!"

"그럼 그쪽 바이올린은 나한테 맡기는 게 어때?"

"넌 또 뭐야!"

"두 사람이 겹치는 부분 때문에 싸우니까 차라리 내가 하면 되지 않을까 싶어서. 피아노와 어울리는 하프라니, 궁금하지 않아?"

"그래, 이 버터 놈과 붙어 있을 바에는 촌뜨기가 낫겠어."

"훌륭한 판단이야."

"웃기지 마!"

상황이 이렇게 된 이상 더 이상의 연습은 불가능할 것 같았다.

김이 샌 진달래는 나윤희와 왕소소 곁으로 다가가 풀썩 주저앉았다.

"저 사람들 진짜 지금까지 어떻게 살았대? 아주 자기만 잘났어."

동생의 불평에 나윤희가 웃었다.

그녀가 보기에도 찰스 브라움과 가우왕은 저런 성격으로 어떻게 사회생활을 하는지 궁금할 정도로 꽉 막혀 있었다.

그러나 그것이 자신의 음악에 대한 강한 자부심 때문이라는 것도 잘 알고 있었다.

"그래도 잘 들으면 결국에는 음악 이야기하고 있잖아."

나윤희의 말에 진달래가 여전히 언성을 높이고 있는 두 사람을 향해 고개를 돌렸다.

나윤희가 말을 이어나갔다.

"자기가 옳다고 확신하고 있으니 저럴 수 있지 않을까? 자기 생각 솔직하게 말할 수 있는 사람 멋있는 것 같아."

"아니야, 언니. 멋있는 건 아니야."

진달래는 아무리 생각해도 찰스 브라움과 가우왕이 동네 바보 이상으로 보이지 않았다.

연주할 때를 제외하곤 그들이 대체 이 험한 세상을 어떻게 살아왔는지, 신기할 지경이었다.

'스타를 파헤치다'는 유명 인사를 초빙하여 팬들이 궁금해할 만한 이야기를 거침없이 질문하는 NBC의 간판 예능 프로그램이었다.

연예인, 운동선수, 정치인까지 유명인이라면 가리지 않고 센스 있는 질문을 하여 큰 인기를 끌고 있었는데, 그러다 보니 제작진도 자부심을 가지고 촬영에 임했다.

다른 프로그램에서는 차마 물어보지 못할 질문도 서슴없이, 아주 사소한 정보라도 팬들이 원한다면 물어보는 것이 그들의 좌우명이었다.

"……미쳤다. PD님, PD님."

"왜?"

"우리 일정 바꿔야 할 것 같아요."

"뭔 소리야?"

"이번 주에 촬영 가능하냐고 물었어요."

이명욱 피디는 다음 출연자를 누구로 할지 회의를 하던 중, 작가가 꺼낸 어이없는 말에 불쾌함을 감추지 않았다.

대한민국 최고의 예능 프로그램 '스타를 파헤치다'는 출연하고 싶은 사람이 줄을 이루고 있었다.

어지간한 사람은 넘볼 수도 없을 만큼 일정이 빠듯했는데, 지금도 그들 중 누구를 선택할지 의견을 나누는 중이었다.

어떤 건방진 인간이 촬영 일자를 정해두고 연락을 했는지 기가 막힐 일이었다.

"하여튼. 인기 조금 얻으면 건방이 하늘을 찌르지. 언 놈이야?"

"배도빈이요."

"헐."

다른 작가들이 놀라 어이가 없어진 와중 이명욱 피디는 말문이 막히고 말았다.

"어, 어디."

작가 곁으로 다가선 이명욱 피디는 그녀가 보여준 모니터 화면을 확인하곤 입을 다물 수 없었다.

"이거. 이거 지, 진짜야?"

"이게 거짓말처럼 보이세요?"

"배도빈이 왜? 아니, 아니지. 왜가 아니지. 그래. 당장 촬영 일정 바꿔."

"이번 주에 녹화하기로 한 건 어쩌죠?"

"그게 문제야? 갠 다음 주도, 다음 달에도 찍을 수 있잖아! 알아서 처리하고 당장 애들 불러. 빨리!"

이명욱 피디는 베를린 필하모닉을 통해 들어온 요청을 직접 답변했고 동시에 제작진을 소집했다.

"진짜 대박이네."

"한국에서 방송 출연하는 게 대체 몇 년 만이에요?"

"인터뷰 제외하면 거진 10년 가까이 되었지. 원래 방송 출연 안 하는 데다 줄곧 유럽에 있었으니까."

배도빈은 유학을 준비하면서 한국뿐만 아니라 모든 대외 활동을 중단했었다.

베를린 필하모닉에 입단하고 나서는 거의 유럽에만 있었는데, 그 때문에 그를 사랑하는 한국 팬 입장에서는 너무나 안타까운 일이었다.

그가 이뤄낸 기적은 매번 뉴스 헤드라인을 장식했지만 정작한국에서의 활동은 좀처럼 드물었다.

팬들은 어쩔 수 없이 독어나 영어 방송을 위안으로 삼아야했다.

더군다나 〈THE DOBEAN〉과 〈피델리오〉의 대흥행으로인하여 그 주가가 더 오를 수 없을 정도로 치솟은 지금.

배도빈의 기존 팬이나 새로 유입된 이들 모두 배도빈을 보고 싶은 마음이 부풀 대로 부푼 건 당연했다.

"다들 당장 하던 일 멈추고 대본부터 짜. 어서!"

이명욱 피디는 이 기회를 놓칠 수 없다고 판단.

'스타를 파헤치다'의 모든 스태프가 달라붙어 촬영을 위한준비를 서둘렀고.

그렇게 며칠 뒤.

한국 팬들이 그토록 바라던 일이 성사되어 전파를 타게 되었다.

"스타의 모든 것을 파헤치다! 오늘은 정말 특별한 분께서 나와주셨습니다. 안녕하세요, 배도빈 씨. 시청자 분들께 인사 부탁드릴게요."

"네, 안녕하세요. 배도빈입니다. 오랜만에 뵙습니다."

배도빈이 인사하는 모습이 화면에 비치자 인터넷으로 지켜보던 팬들은 뜨겁게 반응했다.

ㄴ세상에ㅠㅠ 도빈이가 TV에서 한국말 하는 걸 볼 줄이야ㅠㅠ

ㄴㅋㅋㅋㅋㅋㅋ한국에서 인터뷰 한 것도 한국말로 하잖알ㅋㅋㅋ

ㄴ아닌 게 아니라 뉴스 빼고 한국 정규 방송에서 나오는 건 진짜 한 10년 만에 처음일걸? 기사나 영상 찾아보지 않으면 어색할 만도 하지.

ㄴ한국인인데 왜 한국말 쓰는 모습이 어색하냐ㅋㅋㅋ

ㄴ어렸을 때는 연주회도 많이 해줬는데 ㅠㅠㅠ

ㄴ도빈이 진짜 잘 컸다ㅠㅠ

ㄴ그러게. 어렸을 때 얼굴이 남아 있긴 한데 진짜 참하게 잘 컸다.

방송을 접한 팬들이 불판을 달궜다.

특히나 가려움을 해소해 주기로 유명한 프로그램에 출연한 것이었기에 배도빈이 어떤 모습을 보여줄지 기대되었다.

"정말 가까이 있으니까 제 가슴이 다 떨리는데, 너무 멋있습니다. 올해 스무 살이 되셨죠?"

"네."

"경력을 보면 스무 살 풋풋한 나이가 무색해지네요. 첫 활동이 네 살 때였으니 벌써 16년이나 되었습니다. 정말 많은 일이 있었는데, 오늘 차근차근 짚어 보도록 하겠습니다. 준비되셨나요?"

"네."

"답변은 즉시, 단답으로 해주시면 됩니다."

배도빈이 살짝 고개를 끄덕이자 사회자가 '스타를 파헤치다'의 메인 코너 '질문과 답'을 시작했다.

"생일은 언제이신가요?"

"2006년 2월 4일입니다."

"별명이 있나요?"

"……"

배도빈이 사회자를 보며 난감하다는 사인을 보냈지만 그녀는 천역덕스럽게 웃을 뿐이었다.

어쩔 수 없이 입을 열었다.

"희망, 마왕, 천. 여기까지 하죠."

시청자들은 항상 당당하고 카리스마 넘치던 배도빈이 눈을 지그시 감고 입을 굳게 닫는 모습에 열광했다.

ㄴ말하기 싫어 한닼ㅋㅋㅋ

ㄴ부끄러워하넼ㅋㅋㅋㅋ

ㄴ배도빈도 자기 뭐라고 불리는지 알고 있었구나ㅋㅋㅋㅋ

└예전에 인터뷰에서 나를 지칭할 말은 배도빈이라는 이름뿐이라고 했는데.

└크으~ 배도빈이면 그렇게 말할 만하지.

└인류의 희망, 샛별, 루시퍼, 베를린의 마왕, 시대의 구도자, 격정의 선지자, 세기의 천재, 베토벤을 계승한 자, 콩콩이, 빌어먹을 꼬맹이 이렇게 많은데 왜 다 말 안 해줘ㅠㅠ

└야잌ㅋㅋㅋㅋ 콩콩이랑 빌어먹을 꼬맹이 뭔뎈ㅋㅋㅋㅋ

└bean이 콩이잖아. 도빈이 작고 귀여워서 콩콩이라 하고 팬들 콩깍지라 불림.

└마누엘 노이어랑 가우왕이 빌어먹을 꼬맹이라고 부름 ㅇㅇ

"베를린 필하모닉의 소유주이자 예술 감독이신데 단원들로부터 가장 많이 듣는 말은?"

"살려줘."

"……네?"

"살려줘요."

배도빈의 솔직한 답변에 시청자들은 또 한 번 뒤집어졌다.

사회자의 동공에 지진이 일었지만 그녀의 프로 정신이 질문을 이어나가게 했다.

"어렸을 적부터 피아노, 바이올린, 비올라, 기타, 얼후 등 여러 악기를 다루기로 유명했습니다. 그런 배도빈이 가장 좋아하는 악기는?"

"오케스트라."

"돌잡이 때 쥔 것은?"

"만 원."

"……네?"

"돈이요."

ㄴ아닠ㅋㅋㅋㅋㅋ 누가 봐도 악보나 리코더 같은 악기를 기대하고 물은 거잖앜ㅋㅋㅋㅋ

ㄴ돈 뭔데ㅋㅋㅋㅋㅋㅋ

ㄴ어려서부터 돈 좋아하던 아이가 한 해 수천억 원을 버는 인간이 되었습니다.

ㄴ사회자 당황하는 거 왤케 웃겨 ㅋㅋㅋㅋ

"어렸을 적 존경했던 음악가는?"

"바흐."

"현재 가장 존경하는 음악가는?"

"배도빈."

"가장 친한 음악가는?"

"최지훈."

"거리를 두고 싶은 음악가는?"

"아리엘 얀스."

    ㄴ아리엘 의문의 1패

    ㄴ고민도 안 하넼ㅋㅋㅋㅋ

    ㄴ자기가 자길 존경햌ㅋㅋㅋㅋ 나 잘못 들은 줄ㅋㅋㅋㅋㅋ

    ㄴ엄청 친한 모양이네 저런 질문에 곧장 대답할 정도면.

    ㄴ진달래랑 사귀니까 배도빈이랑도 접점이 있긴 하겠지. 친한 줄은
몰랐다.

    ㄴ슬슬 매운맛 질문 나오네. 이래야 스타를 파헤치다지.

"현재 연애 중이십니까?"

"아닙니다."

"연애 경험은?"

"없습니다."

"최근에 사치한 적이 있으십니까?"

"어느 정도까지가 사치죠?"

사회자는 이번에도 배도빈의 질문에 답하지 않았다.

배도빈은 잠시 고민 끝에 입을 열었다.

"카레에 계란프라이 두 개 얹기."

배도빈의 답변을 들은 사회자가 잠깐 멈칫했다. 그러더니 이
번에는 못 넘어가겠다는 듯 캐물었다.

"푸르트벵글러호라든지 최근 SNS에 올라온 4,200만 원짜리 헤드폰보다 계란프라이 두 개 없는 게 사치라고요?"

"푸르트벵글러호는 베를린 필하모닉의 음악을 듣고 싶어 하는 분들을 위한 투자고 헤드폰은 좀 더 나은 음질을 위해서니까 사치가 아니죠."

사회자가 눈을 몇 번 깜빡이더니 나름 납득하고 질문을 이어나갔다.

시청자들은 납득해 버린 사회자의 반응에 또 즐거워하였다.

"보유하고 있는 차는?"

"무르시엘라고. 마이바흐 랜롤렛. 아우디 R8. 다른 것도 포함인가요?"

"네?"

"배나 비행기, 헬리콥터라든지."

"……네, 네! 말씀해 주세요."

당황해서 잠시 멈칫했던 사회자가 고개를 끄덕였다.

배도빈은 몇 개의 모델명을 말하다가 생각이 잘 안 나는지 길게 이어지던 답변을 멈췄고.

그 놀라운 스케일에 놀란 팬들은 채팅창을 달구었다.

"정말 대단하시네요. 역시 슈퍼 리치라는 말이 어울리시는데, 혹시 그러면 비행기나 헬리콥터 조종도 가능하신가요?"

"그런 취미는 없어요."

사회자가 고개를 끄덕였다.

"그렇다면 자동차 운전면허는 있으신가요? 성인도 되셨고 없으시다면 따고 싶으실 텐데."

"필요 없어요."

"네?"

"기사님들이 있잖아요."

└아닠ㅋㅋㅋㅋ 그래도 운전 정돈 할 줄 알아야 하는 거 아닌갘ㅋㅋ
└그냥 이동수단이라는 거 이상으로는 관심이 없는 거짘ㅋㅋ
└사고방식이 진짜 다르긴 다르다.

"정말 대단하시네요. 그렇다면 다음 질문, 좋아하는 음식은?"

"카레, 연근조림, 무말랭이, 두릅 나물, 냉이 된장찌개, 마들렌, 마카롱, 티라미수, 몽블랑."

"싫어하는 음식은?"

"하이라이스."

"어? 왜요?"

"가짜니까요."

사회자의 머릿속에 의문표가 가득 차버렸다.

"가짜?"

"가짜 카레."

'얘 뭐야.'

사회자는 질문을 이어갈수록 배도빈이라는 인간을 이해할 수 없었다.

도무지 종잡을 수 없는 캐릭터라 리액션을 어떻게 해야 좋을지 알 수 없었다.

'하이라이스가 왜 가짜 카레야. 아니 그보다 얘야 할아버지야?'

디저트와 건강식을 좋아하는 취향을 어떻게 정리해야 할지 갈팡질팡하던 사회자는 다음 질문을 서둘러 꺼냈다.

"밝혀지기 싫은 것이 있다면 이 자리에서 하나 공개해 주세요."

"밝히기 싫은 걸 왜 말해요."

배도빈이 짜증을 내자 사회자는 기가 죽어 울상이 된 채 대본을 보여주었다.

"하지만 여기 대본에……."

"싫어요."

"마지막 질문입니다. 최근 가장 기뻤던 일은?"

"할아버지께 신곡을 들려드렸는데 주무시더라고요."

└할아버지?

└유장혁 회장이겠지.

└듣다가 졸았다는 건 안 좋은 거 아니야?

└ㅇㅇ 안 좋은 일 같은데.

시청자들의 생각과 녹화 당시 사회자의 심정은 똑같았다.

"할아버지라면 역시 유장혁 회장님을 말씀하시는 걸 텐데, 많이 피곤하셨나 보네요."

"아뇨. 같이 휴가 갔을 때라 그러진 않았어요."

이번에도 '신곡이 지루해서 졸았다'는 말에 어찌 반응해야 좋을지 알 수 없었던 사회자는 화제를 돌렸다.

"그럼 신곡 이야기를 들려주실 수 있으실까요? 어떤 곡인가요?"

"멋진 곡이에요. G장조 바이올린 소나타인데 프레스토 아다지오 안단테로 이어져요."

배도빈의 말을 이해할 수 없었던 사회자가 웃고 말았다.

"저 혹시 제가 싫으신 건 아니죠?"

웃으면서 우는 사회자의 모습에 배도빈은 의아해했고 시청자들은 즐겁게 웃었다.

한국에서의 마지막 날에는 할아버지와 함께 홍승일의 묘를 찾았다.

"오늘은 도빈이도 왔다."

할아버지는 무덤 앞에 앉아 씁쓸하게 웃으셨다.

"네가 바라던 것처럼 우리 도빈이 아주 잘났다. 어딜 가도 이 녀석 이야기뿐이야."

나와도 서로를 깊이 이해하던 친구였지만 할아버지에게는 친구라 할 수 있던 유일한 사람.

무슨 생각을 하시는지.

그의 무덤을 마주하고 앉은 채 말이 없어진 할아버지의 뒷모습이 평소와 달리 유독 쓸쓸해 보였다.

할아버지께 베를린에서 함께 살자고 말씀드렸지만, 나이가 들면 추억이 많은 곳에 있고 싶다는 이유로 거절하셨다.

"껄껄. 걱정 마라. 보고 싶으면 안마권을 쓰면 되니까. 남자가 한 입으로 두말하진 않겠지? 할애비가 쓴다고 하면 냉큼 와야 한다."

"그럴 거면 그냥 베를린으로 가요."

"싫다, 요놈아. 껄껄껄껄!"

잠시 주변을 보았다.

곧 봄이 올 듯하다.

"네가 이번에 만든 곡 있지 않느냐."

"네."

"좋은 일이다."

홍승일의 묘를 찾아 그런지 할아버지는 다소 감상적으로

말했다.

"음악이 참으로 힘이 되더구나. 이런저런 일로 스트레스 받으며 사는 사람들에게 위로가 될 게다."

더 바랄 것 없는 일이다.

"생각해 보면 정말 그랬다. 힘들 때마다 승일이 저 친구의 연주가 참 큰 힘이 되었지."

"네."

"아버지, 네 외증조부께 가업을 물려받고 앞만 보고 달렸다. 이 나이 먹을 때까지 모든 걸 다 이뤘다고 생각했는데 그게 아니더구나."

고개를 돌렸다.

할아버지는 작게 웃고 있었다.

"이제 돈이 없어 피죽이나 끓여먹지도, 독재자 때문에 고통받지도 않지만 또 다른 문제가 생기더구나."

"뭔데요?"

"외롭지. 인간답게 살던 그때가 아니야. 이 몸뚱아리가 아니라 정신이 힘든 게야. 그러니 다들 가슴에 화병이 남아 잠도 못 자고 하는 거다."

"……"

"할애비는 말이다. 남은 시간을 그런 걸 조금 바꿔보고 싶단다. WH라이프는 그걸 위한 곳이야."

WH라이프라면 얼마 전에 설립된 곳이다.

도진이가 전공하는 분자생물학에도 투자하기도 했지만 일부일 뿐, 범지국적 복지사업을 위한 곳이라고 알고 있다.

"몸은 떨어져 있어도 할애비나 너나 같은 일을 하고 있는 게지. 그러면 같이 있는 거란다."

사람을 위한 일.

할아버지가 말씀하시는 것처럼 큰 효과를 바라지는 않지만 분명 같은 일을 하고 있다고 생각했다.

"그러네요."

"그렇지. 하하하하!"

좀 더 자주 찾아뵈어야겠다고 생각했다.

한국에서의 일정을 마친 배도빈은 어머니 유진희의 화랑에서 하루를, 동생 배도진과 하루를 보낸 뒤 복귀했다.

그가 자리를 비운 사이 큰 문제는 없었다.

유능하고 풍족한 인력이 제 역할을 해주었기에 긴 휴가 끝에 배도빈이 처리할 일은 그리 많지 않았다.

다만 가우왕과 찰스 브라움의 기싸움만이 문제가 되었다.

"뭐가 문제예요?"

배도빈이 두 사람을 불러다 앉혀 놓고 물었다.

"저 빌어먹을 인간이 내 피아노에 멋대로 간섭하려는 게 문제지."

"저 대머리가 쓸데없이 겉멋만 부려서 파이어버드의 노래를 방해하는 게 문제다."

"뭐?"

만나자마자 싸우기 시작한 두 사람 때문에 배도빈은 기가 차고 말았다.

솔로였을 때부터 둘 사이가 안 좋았다는 건 알고 있었지만 이 정도일 줄은 몰랐다.

가우왕이 비록 성격이 개차반이고 찰스 브라움이 유독 자기애가 강하다고는 해도 두 사람 모두 최고 수준의 스페셜리스트였다.

음악에 있어서만큼은 솔직한 두 사람이라면 서로를 인정하게 될 거라 생각했는데, 이렇게 못 잡아먹어 안달이 나 있으니 배도빈으로서는 이해할 수 없었다.

'동족 혐오 같은 건가.'

두 사람 모두 자기 잘난 맛에 살았고 덕분에 친구가 없었다.

오직 실력만으로 각자 분야에서 최고 자리에 올랐으니, 그 고집은 바뀌지 않을 터.

배도빈이 관자놀이를 누르다가 입을 뗐다.

"서로 일정 겹치지 않게 할 테니까 일단 진정해요."

두 얼간이는 배도빈의 말을 받아들일 수 없었다.

본인이 옳으니 상대가 굽혀야 하는데 일정을 분리하겠다니.

'틀린 상대'가 무대에 올랐을 때 그걸 지켜만 볼 순 없었다.

"저 치질 환자가 여기서 어떤 대접을 받았는지는 모르겠지만 이대로라면 다들 질리고 말걸."

가우왕이 입을 열었다.

"밴드잖아. 라이브라고. 무대 위에서의 즉흥 연주까지 간섭하는 독재자하고 누가 일을 같이하겠어?"

"네 그 천박한 시도가 다른 사람에게 피해를 준다고는 왜 생각지 않지?"

배도빈이 두 사람의 말을 들어보니 양쪽의 말 모두 틀리지 않았다.

그러나 동시에 서로 이해할 수 있는 이야기이기도 했다.

가우왕이나 찰스 브라움과 같이 뛰어난 음악가라면 충분히 서로 조절하여 더 나은 방향을 잡을 수 있는 일이었다.

'뭔가 있네.'

문제가 다른 곳에 있음을 인지할 수 있었다.

"말해봐요."

"뭘?"

"말 같지도 않은 걸로 싸우는 이유가 대체 뭐예요?"

"말 같지도 않다니! 너 지금까지 무슨 말을 들었어?"

"들었던 그대로다."

두 사람이 격하게 반응했지만 배도빈은 속지 않았다.

멍청이라고는 해도 음악에 있어서만큼은 배도빈마저 인정하는 두 사람이었다.

더 나은 연주를 위해서라면 무엇이든 하였고 그럴 역량을 갖춘 두 거장이 이런 식으로 나온다는 게 말이 안 되었다.

배도빈이 말없이 기다리자 찰스 브라움이 일어났다.

"더는 못 있겠군. 난 가보겠어."

배도빈도 굳이 그를 잡지 않았다.

차라리 따로 이야기하는 게 나을지도 모른다고 생각해, 찰스 브라움이 떠난 뒤 가우왕에게 물었다.

"찰스랑 무슨 일 있었어요?"

"……."

"저 약속 있어요."

배도빈이 한 번 더 재촉하자 가우왕이 머리를 벅벅 긁으며 짜증을 냈다.

"예전 일이야."

배도빈이 소파 팔걸이에 손을 얹고는 턱을 괴었다.

가우왕은 그런 배도빈을 보다가 하려던 말을 삼키곤 일어났다.

"간다."

그는 배도빈이 잡을 새도 없이 자리를 떴고 남겨진 배도빈은 눈썹을 좁혔다.

'두 사람이 접점이 있었나?'

클래식 음악계가 좁긴 해도 두 사람 모두 독주를 주로 해왔기에 접점이 많았을 리 없었다.

대체 왜 저렇게 서로를 싫어하는지 알 수 없어 고민하던 와중, 배도빈의 핸드폰이 울렸다.

차채은이었다.

[언제 와! 다 왔는데!]

차채은이 보낸 메시지 아래 고깔모자를 쓴 차채은과 얼굴을 맞대고 있는 진달래, 그 두 사람 사이에 껴 얼굴을 붉히고 있는 나카무라 료코.

그 뒤에 배도진과 함께 마주보고 웃고 있는 최지훈을 담은 사진이 올라왔다.

배도빈이 그것을 확인하곤 작게 웃으며 답장을 보냈다.

[30분 정도 걸려.]
[ㅇㅇ! 늦으면 딱밤 백 대!]

잠시 후.

베스트 웨스턴 호텔에 이른 배도빈은 최지훈과 차채은에게 양쪽 팔을 빼앗겨 버렸다.

"왜 이렇게 늦었어!"

"무슨 생일 파티를 이렇게 요란스럽게 해?"

배도빈이 차채은의 생일 파티가 한창인 연회장을 둘러보며 말했다.

제법 괜찮은 장소에 여러 음식이 호화롭게 준비되어 있었다.

"아빠가 빌려줬지롱!"

안으로 들어서자 사진 속에 없던 사람도 몇 있었다.

배도빈이 모르는 사람도 있었는데 배도빈이 연회장에 들어서자 눈치를 보며 수군거렸다.

"저 사람들은?"

"아, 출판사 분들."

눈인사를 하고 안으로 들어서자 차채은이 어디론가 후다닥 뛰어갔다.

"형이다!"

배도진이 배도빈을 보자마자 녹은 초콜릿이 듬뿍 묻은 브라우니를 들었다.

그것을 받아먹은 배도빈이 고개를 끄덕였다.

테이블에 자리를 잡고 최지훈이 물었다.

"바빴나 봐."

"어. 망할 인간들이 계속 싸워서."

"망할 인간?"

"가우왕이랑 찰스."

최지훈이 어색하게 웃었다.

"멍멍이 아저씨랑 엉덩이 아저씨 싸워?"

배도진이 걱정스레 물으며 또 한 번 브라우니를 들었다.

"너 먹어."

배도진이 고개를 흔들었다. 배도빈은 어쩔 수 없이 한 번 더 받아먹곤 이야기를 계속했다.

"대체 뭐가 문제인지 모르겠어. 서로 나름대로 이유는 드는데 아무리 생각해도 납득이 안 되는 거야."

"뭐라고 하시는데?"

"서로 자기 연주 방해하지 말라고. 자기들이 언제부터 독주만 했어. 그런 거 이해 못 할 인간이 아닌데."

배도빈의 말을 듣고 있던 최지훈이 웃었다.

"두 분 모두 아직도 신경 쓰고 계신 모양이네."

"뭐 아는 거 있어?"

"왜, 다들 비교하잖아. 바이올린 협주곡 13번이랑 태풍. 최근에는 3개의 손을 위한 소나타까지도."

최지훈의 말을 이해하지 못한 배도빈이 고개를 살짝 갸울었다.

"몰랐어?"

"그게 무슨 말이야?"

"잠깐만."

최지훈이 핸드폰을 꺼내 펼쳤다.

둥근 바 모양의 핸드폰에서 액정이 넓게 펼쳐져 나왔다.

"가우왕 찰스 브라움."

곧 검색 결과가 나왔다.

그 내용은 배도빈과 가장 잘 어울리는 음악가와 단체에 대한 앙케이트 조사 결과였다.

실시간으로 계속해서 집계되고 있었다.

1ˢᵗ 베를린 필하모닉(37.0%)

베를린 환상곡(13.1%), 베토벤 교향곡 운명(13.0%), 드보르자크 교향곡 신세계로부터(10.9%)

2ⁿᵈ 사카모토 료이치(18.8%)

Honor(14.7%), 악마의 축복(4.1%)

3ʳᵈ 가우왕(16.4%)

세 개의 손을 위한 소나타(9.4%), Dobean, 두 대의 피아노를 위한 협주곡, 태풍(7.0%)

4ᵗʰ 찰스 브라움(16.3%)

배도빈 바이올린 협주곡 13번(9.3%), 스트라빈스키 불새(7.0%)

5th 나윤희(8.8%)

스트라빈스키 불새(8.8%)

해당 설문조사를 확인한 배도빈은 신기한 나머지 목록을 쭉 살폈다.

나윤희 아래 로스앤젤레스 필하모닉과 최지훈만이 1퍼센트를 넘겼을 뿐이었다.

로스앤젤레스 필하모닉은 '가장 큰 희망'과 '용감한 영혼' 두 곡으로 6위, 최지훈은 오케스트라 대전 2차전에서 함께했던 차이코프스키 피아노 협주곡 1번으로 7위를 차지하고 있었다.

"이거 기준이 뭔데?"

"실시간으로 계속 투표가 이루어지니까 아무래도 최근에 했던 게 높은 비율을 얻나 봐."

"그렇다고 하기엔 베를린 환상곡은 꽤 된 곡인데 제일 높잖아."

"그만큼 좋았으니까?"

최지훈의 설명에 일단 납득한 배도빈은 혹시나 하는 마음에 피아노 협주곡 C장조, A108을 찾았다.

그러나 누구도 A108을 투표하진 않았다.

그가 그것을 씁쓸하게 여기고 있던 중 최지훈이 손으로 가우왕과 찰스 브라움을 가리켰다.

"얼마 전까지만 해도 브라움 씨가 3등이었고 가우왕 씨는 5등이었거든."

"근데?"

"세 개의 손을 위한 소나타로 순위가 바뀌었지?"

"그러네."

"그 전에는 태풍이 엄청 인기 있었어. 그래서 2등까지 올랐던 적도 있었고. 13번 바이올린 협주곡 발표되었을 때는 브라움 씨가 제일 위였고."

"……대체 뭐가 문제야?"

"가우왕 씨도 브라움 씨도 지고 싶지 않은 거 아닐까?"

"설마."

배도빈은 설마 그 두 사람이 이런 것 때문에 그 난리를 피웠을 거라고는 전혀 생각지 않았다.

표를 살펴보니 최지훈의 말대로 언제 했는지에 따라 영향을 많이 받는 듯했고 때문에 객관적인 수치로 받아들일 수는 없었다.

"그 둘이 아무리 바보라 해도 그 정도까지는 아닐 거야."

배도빈은 둘 사이에 어떤 심각한 일이 있었을 거로 생각했다.

"난 맞는 거 같은데?"

최지훈이 즐겁다는 듯 방실방실 웃었다.

♪

배도빈이 화제를 돌렸다.

"아무튼 기운 차린 거 같아서 다행이네."

"응. 한동안 적응 못 해서 힘들어했으니까."

차채은은 생일 파티에 초대한 이들을 맞이하고 있었다.

그 모습이 무척 밝아, 배도빈과 최지훈은 안도했다.

파티에 참석한 사람은 두 사람의 예상보다 많았는데, 배도빈이 익히 알고 있는 사람도 차채은의 또래도 있었다.

배도빈은 갑작스레 유학 와서는 독일어가 어렵다고 징징대던 차채은을 떠올리곤 속으로 웃었다.

"얼마 전에는 한이슬 평론가랑 친해졌나 봐. 같이 찍은 사진 보여주더라."

배도빈도 들어본 이름이었다.

그나마 괜찮은 글을 쓰는 사람으로 기억하고 있던 배도빈은 차채은이 진로를 바꾸지 않는 한 그녀에게서 좋은 영향을 받을 수 있으리라고 생각했다.

"괜찮겠지."

"형, 나 저 케이크 먹고 싶어."

배도진이 배도빈의 옷을 잡아당겼다.

"그래 음식 좀 떠 오자. ……잠깐."

고개를 돌린 배도빈은 연회장 한쪽에 떡하니 서 있는 11층

케이크를 보곤 깜짝 놀랐다.

층별로 서로 다른 색을 이루고 있는 거대 케이크는 거대한 리본 말고도 여러 액세서리와 데코레이션용 초콜릿으로 화려하게 장식되어 있었다.

배도진이 눈을 빛내며 물었다.

"맛있겠지?"

"먹을 수 있는 거 맞아?"

"응. 내가 선물한 거야."

확인차 물어본 질문에 최지훈이 답했다.

"네가?"

"차를 사 줄까 했는데 이미 아버님께 받았다고 해서. 실은 다른 게 생각나지 않았거든. 생일이니까 케이크. 무난하지?"

"무난하다고?"

거대 케이크는 키가 2m 가까운 피서 디스카우나 진칠삼만 했다.

"형들 거도 가져다줄까?"

배도진이 최지훈과 배도빈을 번갈아 보며 물었다.

최지훈이 기특하게 여기며 응했다.

"그럼 조금씩만 부탁할게."

"맡겨줘."

"조심해."

"응."

믿음직스럽게 대답한 배도진이 자리에서 일어났다.

잠시 후.

"안녕."

케이크를 가지러 갔던 배도진이 양손에 접시 하나씩, 왕소소가 4개의 접시를 가득 채워 나타났다.

나윤희와 진달래, 나카무라 료코도 함께 있었다.

'어떻게 들고 있는 거야.'

왕소소는 온갖 디저트를 종류별로 산처럼 쌓은 4개의 접시를 능숙하게 들고 전투 의지를 불태웠다.

디저트를 좋아하는 배도빈조차 엄두를 못 냈다.

"그게 다 뭐예요?"

"스트레스."

왕소소가 신경질적으로 자리에 앉아 디저트를 입에 넣기 시작했다.

나윤희가 도진이를 도와 같이 들고 있던 케이크를 내어놓았다.

"무슨 일 있어요?"

배도빈이 케이크를 건네받으며 물었다.

"가우왕 씨랑 브라움 악장님이 싸워서 속상한가 봐."

왕소소가 먹다 말고 배도빈을 보았다. 그와 시선을 마주하자 진심을 담아 말했다.

"쫓아내면 안 돼?"

"이미 벌어진 일이잖아요. 내년에 가우왕이 우승 못 하는 걸 바라야죠."

배도빈의 대답에 왕소소는 좌절했고 최지훈은 주먹을 쥐며 의욕을 보였다.

어렸을 적부터 우상이었던 가우왕을 상대로 선전포고를 했던 만큼 다소 고무되어 있었다.

"……역시 저주뿐인가."

혼잣말한 소소가 다시 음식을 먹기 시작했다.

어떻게 반응해야 좋을지 몰라 모두가 어색해하고 있는데 배도진이 케이크를 먹으며 물었다.

"저주가 뭐야?"

"배가 아프게 한다든지 넘어지길 바라는 거."

"바라면 이루어져?"

"이루어져."

"어떤 원리야?"

소소가 나름대로 설명을 시작했고 배도진은 그것을 관심 있게 들었다.

"이상해. 놀리는 거지?"

"아냐, 도진아. 저주는 있어."

"암암. 있고말고."

소소의 말을 이해할 수 없었던 배도진은 나카무라 료코와 진달래까지 나서자 고장 나기 시작했다.

그 모습을 보고 있던 최지훈이 웃으며 배도진을 달랬다.

"아, 누나."

"응?"

즐겁게 웃던 나윤희가 배도빈의 부름에 고개를 돌렸다.

"내일 퇴근 전에 잠깐 내 방에 들려줘요."

나윤희는 군이 무슨 일인지 묻지 않고 웃으며 고개를 끄덕였다.

그러던 중에 차채은은 본인이 직접 사회를 보며 파티를 진행했다.

"축하합니다~ 축하합니다~"

생일 축하 노래를 함께 부를 무렵에는 분위기가 무르익었다.

경품 추첨, 진달래의 축가, 선물 개봉식 등 일행은 준비된 일정을 충분히 즐겼다.

그날 가장 반응이 좋았던 선물은 진달래가 주문 제작한 베토벤 봄 점퍼였다.

등에 베토벤의 험악한 얼굴이 대문짝만하게 박혀 있었는데, 다들 그 특이한 디자인에 웃고 말았다.

♪

다음 날 퇴근 시간 즈음.

어제 했던 약속대로 배도빈을 찾은 나윤희는 깜짝 놀라고 말았다.

배도빈이 악보를 건넸기 때문.

예상하지 못한 일에 그녀는 놀라 눈을 동그랗게 뜨고 입만 뻥긋거릴 뿐이었다.

바이올린 소나타 G장조, 잠자는 숲속의 공주.

그 아래 '바이올리니스트 나윤희에게'라고 적혀 있었다.

"누나가 제일 잘 연주해 줄 거 같아요."

고개를 들었다가 숙였다가 하며 악보와 배도빈을 번갈아 보던 나윤희는 한참을 그런 뒤에야 숨을 크게 들이마셨다.

"새, 생각도 못 했어. 정말, 정말 받아도 돼?"

"그럼요."

불새는 찰스 브라움을 위한 곡을 대신 연주한 경우였고, 온전히 곡을 받기는 처음이었다.

더욱이 가장 좋아하는 작곡가에게 뜻하지 않게 받았으니, 바이올리니스트 나윤희의 기쁨은 이루 다 말할 수 없었다.

너무나 큰 행복과 놀라움을 어떻게 표현할지 몰라, 나윤희의 눈과 입이 웃을 듯 말 듯 움찔거렸다.

그 반응만으로도 그녀가 얼마나 기뻐하는지 알 수 있어, 배도빈도 흡족했다.

"무리하지 말아요. 난도가 높진 않아서 괜찮을 것 같지만."

"응!"

나윤희가 고개를 힘차게 끄덕였다.

그러고도 믿기지 않아 악보를 다시금 살폈다.

"고마워."

나윤희가 몸을 들썩였다.

"한 달 정도면 되죠?"

"아, 아니. 2주. 아니, 1주일이면 괜찮아."

"너무 급하게 하지 말고 일정은 멀핀이랑 상의하고 적당하게 잡아요."

나윤희가 고개를 끄덕였다.

이제는 들썩이는 걸 넘어서 발을 동동 굴렀는데 당장에라도 나가고 싶은 눈치였다.

배도빈이 웃으며 물었다.

"먼저 퇴근할까요?"

"응. 난. 흐."

나윤희가 쑥스러워 작게 웃었다.

곡을 새로 받았으니 내일까지 기다릴 수 있을 리 없었다.

기쁨을 숨기지 못하는 그녀의 모습에 배도빈이 입가를 들어 올렸다.

"그럼 그렇게 해요."

두 사람이 집무실을 나섰다.

"먼저 들어가."

"네. 너무 늦게까지 있진 마요."

나윤희는 배도빈을 먼저 보내곤 그 길로 개인 연습실을 찾았다.

마치 크리스마스 아침, 선물 포장지를 뜯는 아이처럼 악보를 펼쳤다.

'좋다.'

악보를 살피는 것만으로도 아름다운 그림이 펼쳐졌다.

'잠자는 숲속의 공주'라는 부제처럼 어떤 이야기가 느껴져, 연주하지 않았음에도 즐거웠다.

'어렵진 않을 것 같아.'

배도빈의 말대로 난도가 그리 높은 곡은 아니었다.

도리어 기교가 뛰어난 나윤희에게는 다소 심심할 정도였는데 연주를 시작하니 그 아름다운 선율에 취해버릴 것 같았다.

'아.'

잔잔함이 좋았다.

반복되는 주선율이 조금씩 달라지는데 그것을 어떻게 더 부드럽게 표현할 수 있을지 고민하면 즐거웠다.

선율 사이마다 끼어 있는 불안한 화음들은 아직 뜻을 이해할 수 없었지만 곡의 흐름을 크게 방해하지 않는 선에서 긴장 감을 더했다.

전체적인 분위기를 읽고자 틀리더라도 멈추지 않고 연주했다.

"으음."

초견을 마친 나윤희가 바이올린을 내렸다.

'피곤한가?'

좀 더 공부하고 싶은데 오늘따라 몸이 나른했다.

그러나 곡을 받았다는 기쁨에 고개를 저어 잠을 쫓고는 다시 연주하기 시작했다.

이번에는 각 지시문의 의미를 조금 더 이해하고자 구역을 나눠서 연습했다.

자연스레 이미지가 구체화되었다.

'도빈이는 천재야.'

글과 영상이 아니라 단지 음악만으로 이렇게나 선명한 서사를 그려낼 수 있다니.

배도빈의 천재성에 감탄하지 않을 수 없었다.

'아. 이런 느낌이구나.'

나윤희는 머릿속에 잡히기 시작한 저주받은 공주 이야기에 심취했다.

밤이 깊어졌다.

시간 가는 줄 모르고 계속해서 연습하던 나윤희는 어느 정도 곡에 익숙해졌고 다시 처음부터 끝까지 연주해 보기로 마음먹었다.

30분간 이어지는 소나타.

너무도 큰 기쁨 탓에 피로도 잊고 무리했던 탓인지.

연주하던 나윤희는 자신도 모르게 잠들었다.

♪

너무 놀라 비명조차 나오지 않았다.

'미쳤어. 미쳤어.'

정신을 차리고 보니 연습실 안에서 목이 부러진 바이올린과 잠들어 있었다.

대학생 때부터 쓰던 정든 바이올린을 이 지경으로 만들다니, 아무리 피곤했어도 무슨 생각이었는지 이해할 수 없었다.

'어떡해.'

고칠 수 있을까.

자세히 살펴보니 목만 부러진 게 아니라 뒷판도 조금 들어가 있다.

"하아아."

곡을 받았다고 너무 들떴던 것 같다. 이렇게 칠칠찮아서야 어떻게 베를린 필하모닉의 악장이라고 할까.

혼란스러워 아무것도 할 수 없었다.

얼마나 이러고 있었을까.

간신히 정신을 차릴 수 있었다.

'몇 시지?'

시간을 확인해 보니 오전 11시.

'세상에.'

어제 대충 1시쯤까지 연습했던 것 같은데, 이렇게나 오래 잠 들었을 거라고는 상상도 못 했다.

소소랑 료코, 달래, 도빈이가 보낸 메시지와 전화가 잔뜩 와 있다.

'걱정하겠지.'

막 일어서려던 찰나 연습실 문이 벌컥 열렸다.

깜짝 놀랐지만 도빈이가 다급해 보이는 얼굴을 보니 미안함 이 앞섰다.

그가 한숨을 쉬었다.

"미, 미안해. 걱정했지."

"놀랐잖아요."

무심해 보여도 정이 많으니 걱정했을 거다.

최근에 가우왕 씨 일도 있었으니까.

"무슨 일……."

무슨 일이냐고 물으려던 도빈이가 테이블에 놓아둔 바이올린을 보고 말았다.

이런 모습 보여주기 싫었는데.

악장이 되고 나서는 똑 부러진 모습 보여주고 싶었는데, 자기 악기 하나 관리하지 못하니.

'싫다.'

나 같은 건 악장으로 있을 자격도, 도빈이의 곡을 받을 자격도 없다.

뭘 잘했다고 자꾸 울려는 걸까.

간신히 눈물을 참았다.

"어떻게 된 거예요?"

"……피곤했나 봐. 연습하다가 잠들었는데."

진심 어린 눈을 보니 더는 말을 이을 수 없었다.

실망했겠지.

"오늘은 일단 들어가서 쉬어요. 차 불러줄게요."

"아, 아니야. 괜찮아."

"쉬어요. 걱정되니까."

"……응."

달리 무슨 말을 할 수 있을까.

"효과 좋잖아."

막 돌아가려는데 도빈이가 알 수 없는 말을 꺼냈다.

무슨 뜻인지 알 수 없어 고개를 들자 도빈이는 망가진 바이올린을 살피고 있었다.

"이거 못 쓰겠네요. ……미리 말을 해줄걸. 미안해요."

"그, 그게 무슨 말이야. 자기 악기 하나 간수 못 하는 내 잘못이야."

정말 구제불능이다.

"아뇨. 저도 이거 연습하다가 계속 잠들었거든요."

"……어?"

"불면증 겪는 사람들에게 좋은 음악을 만들려고 했는데 괜찮게 나온 모양이에요. 누나까지 잠들었을 정도면."

도빈이의 말을 이해할 수 없었다.

"설명하지 않아도 잠이 오는지 궁금했어요. 오늘은 돌아가서 쉬고 저녁 때 같이 악기 보러 가요."

"나 아직 뭐가 뭔지……."

"제대로 연주한 거 같아요. 하루 만에 익힐 거라고는 생각 못 했는데, 많이 기뻤나 봐요."

"으, 응."

"신경 쓰지 말아요. 누나 잘못 없으니까. 바이올린 망가진게 미안한데……."

도빈이는 가끔 알 수 없는 이야기를 한다.

♪

다음 날.

나윤희와 악기상을 찾았다.

니아 발그레이가 추천한 곳이라 무척 기대했는데 여러 현악기가 줄지어 있어 과연 장관이었다.

양질의 올드와 준수하게 음을 틔운 모던까지.

세계 각지의 마이스터들이 만든 작품을 빠짐없이 모아둔 듯하다.

'이런 곳이 있었나.'

나윤희도 놀랐는지 고개를 바삐 움직인다.

"허허. 귀한 손이 오셨구려."

매장 안으로 들어서자 푸근한 인상의 노인이 우리를 맞이했다.

이 사람이 니아 발그레이가 말했던 바이올린 제작의 명장, 로렌초 조반니인 모양.

이탈리아 크레모나 출신이라 들었다.

"반갑소. 로렌초 조반니라 하오."

"반가워요. 배도빈입니다."

"나, 나윤희라고 합니다."

"베를린 필하모닉의 주인과 불새를 모를 리 없지. 허허."

로렌초 조반니가 푸근하게 웃었다.

서글서글하니 좋은 인상이다.

"그래, 무슨 일로 오셨는가?"

나윤희가 망가진 바이올린을 꺼내 선반 위에 올렸다. 다소 걱정스러운 눈치. 혹시나 하는 미련이 남은 모양이다.

"고칠 수 있을까요?"

"어디 봅시다."

로렌초 조반니가 목에 걸고 있던 안경을 쓰곤 면장갑을 꼈다.

목이 부러진 바이올린을 안타깝게 관찰하더니 감상을 늘어놓았다.

"20세기 초 프랑스 제품이로군."

올드와 모던을 나누는 100년이란 시간에 걸쳐 있는 바이올린이었던 것 같다.

"마감 상태를 보니 실력 있는 사람이 만든 듯한데 어떻소."

조반니가 나윤희를 보았다.

"모르겠어요."

누가 만들었는지 라벨이 붙어 있는 경우도 드물고, 있다 하더라도 바이올린에 붙어 있는 라벨은 믿을 게 못 된다.

위조가 많아 100년 이상 된 올드 바이올린의 경우에는 직접 연주해 봐야만 그 가치를 가늠할 수 있다.

나윤희도 마찬가지였으리라.

로렌초 조반니가 곧 천천히 고개를 저었다.

"좋은 물건이지만 놔줘야 할 듯싶소. 애석하게 됐네."

예상했던 일이기는 해도 아쉬운 건 어쩔 수 없는지 나윤희의 표정이 안 좋아졌다.

대학 입학을 기념으로 아버지께 선물 받은 바이올린이었으니 족히 8년을 함께했을 터다.

연주만으로도 그녀가 얼마나 열심히 길들였는지 알 수 있어, 안타까웠다.

나윤희가 자책하고 있는 것은 더더욱.

"많이 좋아하나 보오."

"네……."

흐음 하고 신음한 로렌초 조반니가 턱을 쓸며 다시 한번 나윤희의 바이올린을 살폈다.

"어디 해보는 데까지는 해보도록 하지요."

"아!"

반가운 소식에 나윤희의 축 처진 어깨가 바로 섰다.

"최대한 흉내는 내보겠지만 본래 소리와는 달라질 수밖에 없으니 크게 기대하진 마시게."

그러나 조반니는 현실을 확실히 해두었다.

"원래 있던 녀석의 아들이라 생각하시오. 허허허."

쓰고 있던 바이올린을 고친다 해도 한 번 망가진 바이올린이 제 성능을 내기란 여간 어려운 일이 아니다.

수리는 어디까지나 조반니의 말대로 위로로 여길 뿐이다.

나윤희도 잘 알고 있을 텐데, 실망감을 감추지 못했다.

"부탁드립니다."

그래도 그나마 위로가 된 모양.

나윤희가 마음을 굳히고 케이스째 넘겼다.

수리를 맡기곤 전시되어 있는 바이올린을 구경했다. 아무래

도 무대 위에서 쓸 물건이라 신중하게 찾게 된다.

"이건 어때요?"

짙은 고동색의 바이올린을 가리키자 의뢰받은 바이올린을

두고 나온 조반니가 웃으며 나섰다.

"허허. 역시 안목이 있구려."

그가 바이올린을 내려 나윤희에게 보여주었다.

앞판과 뒷면에 남은 거친 느낌이 확실히 오래된 물건처럼 보

인다.

"200년 정도 되지 않았을까 추측하고 있는 물건이오. 소리

가 기가 막히지."

조반니가 활을 건네며 안쪽의 시연실을 가리켰다.

머뭇거리는 나윤희의 등을 밀어 연주해 보게 했더니 생각대

로 음색이 부드럽다.

다만 그리 만족스러운 표정은 아니었다.

"어디 불편해요?"

"조금 어색해서."

나윤희가 바이올린을 받치곤 어깨와 팔로 크기를 가늠했다.

스크롤을 감쌀 수 있어 딱 맞는 사이즈라 생각했는데 그렇지도 않은 모양이다.

같은 4/4 사이즈라 해도 장인마다, 악기마다 조금의 차이가 있을 수밖에 없다.

더군다나 그녀만 한 바이올리니스트가 한 바이올린을 오래 사용했으니 아주 작은 차이라도 크게 느껴질 터다.

"약간 큰 거 같아요. 조금 더 작은 사이즈는 없을까요?"

본인만 아는 느낌이니 이렇게 솔직하게 말해주는 편이 좋다.

"좀 더 작은 거라……. 잠시 기다려 보시오."

조반니가 세 개의 바이올린을 더 가져다주었지만 다들 무엇 하나씩 빠진 느낌이었다.

"이건 울림이 부족한 거 같아요. 좀 더 큰……."

다섯 번째 바이올린도 거절한 나윤희는 조금씩 우울해졌다.

망가진 바이올린에 대해서도, 앞으로 당장 무대에 올라야 하는 일도 모두 걱정하고 있을 것이다.

어쩌면 자꾸만 거절해서 조반니에게 미안해하고 있을지도 모른다.

"조급하지 말아요."

"아, 으, 응."

"악기 고르는 일이잖아요. 타협하지 말고 충분히 생각해요."

너무 걱정하지 말라는 말 따위 위로가 될 리 없다.

본래 사려 깊어 걱정도 많은 나윤희에게는 안 하느니만 못한 위로다.

지금은 앞으로 사용할 바이올린을 고르는 일에 집중해야할 때.

그 중요한 일을 소홀히 할 순 없다.

"충분히."

나윤희도 그것을 모를 리 없다.

단지 성격상 걱정이 많을 뿐.

자신이 옳다는 걸 지지해 주는 것만으로도 그녀는 앞으로 걸어 나갈 수 있다.

그런 사람이다.

"네. 충분히."

"……응."

다행히 표정이 한결 나아졌다.

"조반니 선생님, 저것 좀 보여주실 수 있으세요?"

"그러도록 하지요."

로렌초 조반니도 기꺼이 나윤희가 처음 지목한 바이올린을 꺼내 보였다.

그러나 이번에도 마음에 안 드는 모양이다.

"오늘 당장 살 필요는 없어요. 일정은 소소나 한스가 대신해 줄 테니까."

혹시 조급해할까 봐 입을 여니, 나윤희가 고개를 저었다.

"폐를 끼칠 순 없으니까. 게다가 바이올린이 없으면 연주도 못 하고."

인제 보니 단 하루 손에서 바이올린을 떼고 있는 것만으로도 안달이 났던 모양.

'그런 이유라면 말릴 수 없지.'

마음껏 구경할 수 있게 한 걸음 물러났다.

나나 조반니의 추천을 받지 않고 스스로 악기를 지목해 살피고 있다.

그 모습을 지켜보고 있자니 즐겁다.

어쩔 수 없는 바이올리니스트.

세계 각지의, 유서 깊은 바이올린들 사이에서 어느새 활기를 찾고 있다.

"혹시 사운드포스트 조정해 주실 수 있으신가요?"

"물론이지요."

얼마나 지났을까.

전시해 놓을 첼로를 볼까 싶은데 나윤희가 크게 놀랐다.

듣기 드문 고양된 목소리다.

"1, 15만 유로요?"

다가가니 한눈에 봐도 괜찮은 물건이 놓여 있다.

15만 유로면 2억 원쯤 하려나.

물건에 비하면 도리어 싼 편인 듯하나 나윤희에게는 연봉과 맞먹는 금액이다.

"마음에 들어요?"

"소리가 얇은 거 빼곤 마음에 들어서 여쭸는데."

진심인 듯하다.

"가격 생각은 말고 마음에 드는 걸 찾아요."

"아, 안 돼. 괜찮아. 내가 살 거야."

"이번 건 베를린 필하모닉에서 선물해 주는 거니까 부담가지지 말아요."

"……."

그냥 사 준다고 하면 이렇게 나올 것 같아서 미리 준비한 말인데 예상대로 별말 않는다.

'사적인 선물은 부담스러워도 법인 카드로 사는 물건은 괜찮거든요.'

처음 들었을 땐 이해할 수 없었지만 아무튼 이자벨 멀핀의 조언은 정확했다.

"천천히 둘러보시게. 어차피 다른 손님도 없으니."

"감사합니다."

나윤희는 천천히 넓은 매장을 둘러보았다.

이제 온전히 자기 페이스로 쇼핑을 하는지 문득문득 서 있다가 중얼거리길 반복했다.

"아."

그러다 반응을 해서 다가가 보니 타오르는 듯한 진홍빛 바이올린이 유리 케이스 안에 전시되어 있었다.

"흐음. 그건……."

로렌초 조반니가 난감하다는 듯 케이스를 열었다.

당장에라도 흘러내릴 것만 같은 무늬가 꼭 이탈리아 토스카나에서 나오는 포도주 같은 색이다.

"워낙 새침한 아이라 잘 보여주진 않는 물건이오만 한번 연주해 보겠소?"

"네……."

"아무도 없으니 여기서 해도 괜찮소."

나윤희가 진홍색 바이올린을 들었다. 어깨에 받치고는 자세를 잡으니 마치 처음부터 그녀의 물건인 듯 안정적인 모습이다.

조심스러운 손짓.

활을 현에 살짝 얹었다.

표면을 충분히 느끼고는 '잠자는 숲속의 공주'를 연주하기 시작했다.

'좋은데.'

한 단어로 표현하자면 농염.

고혹적인 목소리로 빠져들 수밖에 없는 몽마 같은 음색이다.

짧게 시연한 나윤희는 얼떨떨한 표정을 짓고 있었다.

"너무 좋아요."

"그거 참으로 영광이로군. 허허."

반응이 의아하여 방금까지 바이올린을 보관하고 있던 유리 케이스 옆에 로렌초 조반니의 이름과 1998년이라는 제작연도가 적혀 있었다.

"직접 만드셨군요."

그가 푸근하게 웃으며 고개를 끄덕였다.

"한창때 만들었는데 지금까지 주인을 못 찾았던 딸이지."

자기가 만든 바이올린을 딸로 여기는 듯하다.

"따, 따님을 주실 수 있으신가요?"

"……."

"……."

나윤희가 진홍색 바이올린을 꼭 안고 말했다.

어이가 없어 가만있는데 로렌초 조반니가 크게 웃었다.

"껄껄껄껄. 이런 손님은 처음이군. 내 많은 사람에게 내 바이올린을 팔았지만 정말 재밌는 사람이구려."

나윤희가 얼굴을 붉혔다.

"블러드 와인."

조반니가 나윤희에게 다가가 바이올린을 건네받았다. 애잔

한 눈으로 그것을 살피며 입을 열었다.

"음색이 너무 짙어 제대로 사용할 사람이 없었는데, 그대라면 이 고집쟁이를 잘 다뤄줄 수 있을 듯하오."

"치, 친하게 지낼게요."

나윤희는 이미 블러드 와인에 푹 빠져버린 것 같다.

그 모습이 마음에 들었는지 마이스터 로렌초 조반니는 두 손으로 블러드 와인을 들어 나윤희에게 넘겼다.

"베를린 필하모닉의 불새와 함께라면 이 아이도 즐거울 테지. 부탁하오."

"가, 감사합니다."

제작자와 연주자가 모두 만족하니 이보다 좋은 거래는 없을 것이다.

케이스나 보증서 등 따위를 챙기고 계산을 하려 하니 나윤희가 침을 꿀꺽 삼켜, 그 소리가 다 들릴 정도였다.

"그냥 가시오."

"네?"

"딸을 어떻게 돈을 받고 팔 수 있나. 그냥 가져가시오."

"그럴 수는……."

"고마우면 이 로렌초 조반니의 딸이라고 소문 좀 내주시구려. 허허허."

듣고 있다 보니 훈훈하긴 한데, 이만한 물건을 받고 값을 치르지 않는 것은 말이 안 된다.

그렇다고 딸을 팔 수는 없다는 로렌초 조반니의 말을 무시할 수도 없으니 고민하던 차.

블러드 와인이 든 케이스가 눈에 들어왔다.

"이 케이스는 얼마죠?"

"허허. 같이 드리는 거니 걱정 마시게."

"리보니에서 만든 것보다 품질이 좋아 보이네요. 자수도 직접 넣으신 것 같고."

"아니, 다른 것은 수제긴 해도 원단은 공장에 의뢰한 건데."

"아, 이 손잡이도 좋은 느낌이네요. 누나, 쥐어 봐요. 그립이 괜찮죠?"

"으, 응? 응."

"이 습도계도 참 좋네요. 세심해요."

"관리하려면 당연히……. 아니, 그보다 기성품인."

조반니의 말을 끊었다.

"30만 유로 정도는 되는 케이스네요. 이것도 같이 사죠."

당황한 그에게 카드를 넘겼다.

블러드 와인을 얻은 나윤희는 곧장 개인 연습실에 들어

박혔다.

새로 만난 친구와 친해지기 위함이었는데, 제작자 로렌초 조반니의 말대로 새침하기 이를 데 없는 바이올린이었다.

어르고 달래야 겨우 반응해 주어 기존보다 신경이 배는 더 쓰였다.

그러나 사랑에 빠진 나윤희에게는 길이 들지 않은 음색마저도 귀엽게 느껴질 뿐이었다.

정기 연주회 마지막 무대로 편성된 배도빈 바이올린 소나타 G장조 발표회가 하루 앞으로 다가온 지금도, 블러드 와인을 향한 그녀의 사랑은 한없이 부풀고 있었다.

가우왕이라는 재난을 피해 피난 온 왕소소는 쿠션에 기댄 채 반쯤 누워 있었다.

최근 즐겨 보는 한국 드라마를 감상 중이었고 나윤희는 그 옆에서 블러드 와인에 묻은 송진 가루를 닦아내고 있었다.

"흐."

자꾸만 실실대서 드라마 내용이 눈에 들어오질 않았다.

소소가 타박타박 다가가 블러드 와인을 살피자 나윤희가 오늘만 세 번째 물었다.

"예쁘지?"

"웅."

블러드 와인의 진홍빛 외관은 너무나 고혹적이라 언뜻 이

세상의 물건이 아닌 듯했다.

"어떻게 이런 색이 나와?"

나윤희는 친구가 던진 사소한 질문에 냉큼 달려들었다.

"얘 단풍나무로 만들어졌거든. 단풍잎 같은 색 내려고 엄청 노력하셨대. 천연염료로는 이런 색이 나오기 어려워서 덧입히고, 덧입히고. 그래서 그런지 소리가 엄청 진해. 여기 머리 마감 너무 예쁘지? 무늬가 다른 애들보다 훨씬 깊은 거 같아."

의자에 쪼그리고 앉아 설명을 듣던 왕소소가 입을 열었다.

"들려줘."

"그럴까?"

왕소소는 너무나 반갑게 반응하는 친구를 보며 미소 지었다.

얼마 전까지만 해도 바이올린이 망가진 탓에 우울해했던 모습이 거짓말처럼 느껴졌다.

곧 블러드 와인이 노래를 시작했다.

누구보다도 아름다운 목소리를 지녔으면서도 수십 년간 제 주인을 찾지 못했던 블러드 와인은 서린 한을 풀어냈다.

가장 달콤한 말로 속삭였다.

'좋아.'

소소는 블러드 와인의 노래를 듣는 순간 나윤희가 왜 저 바이올린에 매료되었는지 이해할 수 있었다.

바이올린의 소리에 영향을 주는 요소는 수없이 많지만 그

중에서도 가장 중요한 것은 공명.

현을 타고 나온 소리가 몸체에서 어떻게 공명되는지에 따라 음색이 결정되었다.

다행히 블러드 와인은 소리가 퍼지지 않았다.

우수한 목재와 장인 로렌초 조반니의 세심한 덧칠 그리고 세공 덕분.

그러나 지금의 목소리를 찾기까지 순탄치만은 않았다.

오랜 시간 주인 없이 잠들어 있던 탓에 블러드 와인은 새것 그대로였고 그 탓에 제 목소리를 낼 수 없었다.

하나 주머니 속의 송곳을 감출 수 있을까.

나윤희는 블러드 와인의 매력을 알아보았고 지난 한 달간 블러드 와인의 소리를 틔우기 위해 애썼다.

노래를 시작한 블러드 와인은 처음으로 목에 압박을 느꼈다.

복부도 마찬가지였다.

현의 장력으로 인해 바이올린의 목에 압력이 가해지고, 연주할수록 사운드포스트로 인해 뒷판이 밀렸다.

나윤희는 조급하지 않았다.

그녀를 설득하는 작업이 쉽지 않았지만 애정을 쏟았다.

천천히 블러드 와인이 제 목소리를 낼 수 있게 어르고 달랬다.

C와 G현이 본래 소리를 내지 못한다고 해서 사운드포스트를 급히 조절하지도 않았다.

시간을 두고 충분히 팽팽해졌을 때야 조금씩 깎아냈다.

그 과정을 거친 뒤에.

새침했던 블러드 와인은 온전한 목소리로 노래할 수 있었다.

지금처럼.

"내일 기대된다."

나윤희가 연주를 마치자 소소가 박수로 화답했다.

"응. 내일 컨디션 좋아야 할 텐데."

오랜만에 홀로 무대에 설 것을 상상하니 오늘도 잠을 제대로 이룰 수 없을 것 같았다.

"G장조 소나타 연주하면 잘 수 있다고 하지 않았어?"

"그래서 망가뜨렸으니까."

나윤희가 방 한쪽에 장식해 둔 예전 바이올린에 눈길을 줬다.

"연습하다 보니까 의외로 신경 써야 할 부분도 많고 그러다 보니 괜찮아졌어."

배도빈이 선물해 준 소중한 곡을 완벽히 연주해내기 위한 집념과 또다시 바이올린을 망가뜨릴 수 없다는 마음 덕분이었다.

베를린 필하모닉의 정규 연주회는 항상 특별하지만 오늘은 배도빈의 신곡이 발표되는 날이었다.

올해 초 가우왕의 '세 개의 손을 위한 소나타'가 크게 성공한 이후 석 달 만의 일이었고 '푸르트벵글러호'의 첫 공식 항해전 마지막 무대.

더욱이 제1회 오케스트라 대전을 통해 이름을 떨친 불새 나윤희의 독주였기에 팬들에게는 너무나 중요한 전야제였다.

몇 해 전 확장된 베를린 필하모닉의 콘서트홀을 가득 채우는 것으로 모자라, 공연 시작 전부터 디지털 콘서트홀에 3백만 명의 시청자가 대기하고 있었다.

└신곡! 신곡!

└아직 시작도 안 했는데 시청자 수 미친 너~무 현실적이다.

└ㅋㅋㅋㅋㅋㅋ배도빈+나윤희 조합인데 적은 게 이상하지.

└푸르트벵글러 브람스잖아. 신곡이랑 나윤희 없어도 충분히 좋아할 사람 많음. 애초에 베를린 필하모닉 시청자 수 많기로 유명하고.

└꼭 이렇게 아는 척하는 인간들 껴 있더라. 베를린 필 인기 많은 거 몰라서 저러냐? 푸르트벵글러 브람스 유명한 거 몰라서 저래?

└제가 보기에는 님도 저 님도 똑같음.

└오오 시작한다.

└ㅠㅠ왜 다들 머리가 벗겨졌어ㅠ

└A팀 평균 연령이 50은 될걸? 이승희가 A팀에서는 그나마 어린 축인데 올해 마흔둘이잖아.

첫 무대는 빌헬름 푸르트벵글러 지휘, A팀이 연주하는 브람스 2번 교향곡이었다.

느긋하게 시작되어 서정적인 선율이 이어지는 브람스 D장조 교향곡은 특유의 비장미는 옅으나 쾌활하고 힘 있는 곡이었다.

감정을 고조시키는 일에 있어 따라올 자가 없는 푸르트벵글러 특유의 해석은 그가 왜 브람스 최고 권위자인지 말해주었다.

사교회장.

첼로와 베이스가 기품 있게 나서자 호른이 분위기를 틔운다.

바이올린도 우아한 자태로 나선다.

첼로와 비올라가 그에 화답하듯 곱게 춤추며 어우러진다.

곡은 한 차례 절정으로 치닫고.

푸르트벵글러의 지휘 아래 강렬하고 빠른 연주가 이어진다.

경쾌하게 춤추는 아가씨들과 그 뒤에서 흥을 돋우는 연주자들.

목관 악기들이 펼치는 리듬에 맞춰 현악기들이 스텝을 밟는다.

1악장이 끝나고.

2악장이 시작되자 사교회장이 다소 잠잠해졌다.

열정적으로 춤추던 이들도 연주자들도 모두 숨을 돌리며 이런저런 이야기를 주고받았다.

팀파니가 작게 울리며 창문을 열고.

이승희 수석이 이끄는 첼로와 다니엘 홀랜드의 베이스가 고조되었던 분위기를 달랜다.

그러나 휴식도 잠시.

열정적인 이들은 곧 다시 춤추기 시작한다. 플루트와 오보에가 어우러져 박자를 놀리고.

즐겁기만 한 사교회장 속에서 조금씩 어두운 기운이 스며든다.

권력을 향한 욕망과 시기.

파티가 무르익을수록 적대 세력을 향한 숨길 수 없는 적의가 드러난다.

관객들은 아름다운 광경을 즐기다 문득 떠오른 불안함에 가슴 졸인다.

그러나 천재 작곡가 요하네스 브람스는 그저 운만 띄울 뿐, 3악장까지 관객들을 안심시키지 않는다.

애태우고 또 애태워.

4악장에 이르러서도 모든 악기로 하여금 춤추게 한다.

더러운 속내를 감춘 채 우아하고 고운 노래들이 이어지고.

푸르트벵글러는 거기에 더해 지난 모든 걱정을 불식시키듯 가장 활기찬 연주를 명한다.

춤추는 이들의 발이 더욱 빨라지고 숨은 차오른다.

거짓된 아름다움 속에서 맞이하는 클라이맥스.

그 활기찬 연주에 관객들은 깜빡 속고 만다.

트롬본이 앞서 무대의 마지막을 알리고 푸르트벵글러가 팔을 크게 돌려 모든 악기의 음을 한 점으로 모은 뒤.

허공에 마침표를 찍으며 끝을 고했다.

"브라보!"

베를린 필하모닉이 연주를 마치자 여태까지 가슴을 졸여왔던 관객들이 하나같이 일어서 박수를 보냈다.

대기실에서 지켜보고 있던 나윤희는 푸르트벵글러의 선곡에 감사했다.

긴장을 이완시키고 잠들 수 있게 돕는 '잠자는 숲속의 공주'에 앞선 연주가 이렇게 힘차게 끝난다면 크게 대조될 수밖에 없었다.

그로 인해 '잠자는 숲속의 공주'의 효과가 배가 될 것은 자명한 일이었다.

나윤희는 신곡 발표에 앞서 분위기를 만들어 준 셰프에게 감사하며, 대기실의 문을 열었다.

ㄴ좋은데?

ㄴㅇㅇ 중간에 좀 의미심장한 게 있어서 쫄리는데 딱히 갈등은 없네. 시원하고 듣기 좋구만.

ㄴ성격 나쁜 아저씨가 만든 곡임. 실컷 불안하게 해놓고 오래오래

즐겁고 행복하게 살았답니다 엔딩임.

  ㄴ왜 그렇게 삐뚤게 보냙ㅋㅋㅋ 좋기만 한데.

  ㄴ헉헉헉. 신곡 빨리. 빨리!

  ㄴ쟨 아까부터 신곡 타령이네.

  ㄴ배도빈 신곡 더 가져와! 아니지. 다 가져와!

디지털 콘서트홀에서 호평이 이어지는 도중 현장에서도 푸르트벵글러 특유의 과감한 해석에 대한 찬사가 이어졌다.

"역시 브람스는 푸르트벵글러네."

"다음 오케스트라 대전에서 못 보는 게 아쉽지."

"왜? 배도빈이 아니라 푸르트벵글러가 출전할 수도 있잖아. 사카모토 료이치가 복귀했으니 고집을 부릴 만도 하지 않아?"

"아, 그런가? 하긴. 결판을 못 냈으니까 두 사람."

"에이. 당연히 배도빈이 나서겠지. 무슨 소리야."

"그럴 수도 있다는 말이지."

한 일행의 대화가 끝날 무렵.

무대 위에 또각 구두 소리가 번졌다.

머리카락을 단정히 말아 묶어 올린 나윤희는 에크루 컬러 바탕에 세 개의 세로줄이 검게 들어간 시스 드레스를 입고 있었다.

모던함을 갖춘 고운 자태였다.

그러나 관객들의 시선을 사로잡은 것은 그녀가 들고 있는 진홍색 바이올린이었다.

블러드 와인은 당장이라도 타오를 듯한 선명한 색을 과시하며 나윤희의 품에서 노래할 준비를 하였다.

'저게 뭐야?'

'새 바이올린인가?'

'명품인가? 처음 보는데.'

'파이어버드 아니야?'

'파이어버드는 채도가 낮다고 해야 하나. 좀 더 어둡잖아.'

여러 반응 속에서 배도빈 바이올린 소나타 G장조, '잠자는 숲속의 공주'가 연주되기 시작했다.

경쾌한 도펠그리프가 경사를 알렸다.

공주가 태어났다.

국왕은 사랑스러운 딸을 위해 축제를 열어 온 나라의 요정을 초대한다.

나윤희의 블러드 와인은 청아하고 때론 상냥하게 울며, 공주를 위해 축복하는 요정들을 그렸다.

느긋하고 평온한 멜로디.

앞서 질주하는 듯한 연주를 들었던 관객들은 조금씩 그 화목함에 이완되기 시작했다.

그러나 그때.

평화롭던 멜로디 사이에 찢어지는 듯한 소리가 끼어들었다.

분위기는 순식간에 반전되었다.

불길한 소리를 제치고 나선 고약한 몽마가 성을 낸다.

'감히 나만 빼고 파티를 열어?'

'이 아이는 성인이 되는 생일에 물레 바늘에 찔려 죽게 될 거야!'

몽마의 저주에 깜짝 놀란 왕과 왕비는 두려움에 떨지만 미처 축복을 내리지 못했던 요정이 희망을 남긴다.

'사랑스러운 공주님, 걱정하지 마세요. 당신은 바늘에 찔려도 깊이 잠들 뿐, 죽진 않아요.'

시간이 흐르고.

공주는 총명하고 밝게 자란다.

나윤희의 부드러운 아르코가 공주의 활기찬 모습을 그리나 관객들은 여전히 앞서 나온 불안한 멜로디를 잊지 못했다.

그들의 예상대로 곧 신경을 긁는 소리가 끼어들었다.

숨바꼭질하며 숨을 곳을 찾던 공주는 어느 외딴 방에 들어서고 물레를 발견한다.

그녀는 처음 보는 물건에 관심을 보인다.

국왕이 나라 안의 물레는 모두 태운 탓에 그것이 자신을 위협할 물건이라는 것을 알지 못했다.

조금씩 엇나가는 멜로디.

불규칙적으로 변화하는 박자.

관객들은 가슴을 졸인다.

평화롭고 경쾌하던 멜로디는 어느새 날카로워져 있었고.

1악장이 끝나는 순간.

나윤희가 현을 뜯어 비극을 알렸다.

'아악!'

공주가 바늘에 찔리고.

백 년의 시간이 흘렀다.

아무도 접근하지 못하게 몽마는 공주가 잠든 탑을 장미 덤불로 감쌌다.

그간 이웃 나라의 노련한 장군과 유능한 마녀, 용감한 왕자가 공주를 구하기 위해 노력했지만 소용없었다.

그들이 접근할 때마다 몽마가 다가와 속삭였다.

세상에서 가장 아름다운 목소리로 그들이 바라는 것을 이뤄주겠다고 속삭였다.

블러드 와인의 농후한 음색이 '잠자는 숲속의 공주'의 느린 멜로디와 만나 조금씩, 조금씩 그들을 끌어내렸다.

잠든 장군은 전쟁이 없어진 꿈에서 깨어날 수 없었고, 공주를 구해 핍박에서 벗어나고 싶었던 마녀는 모두에게 사랑받는 꿈을 꾸었다.

가장 깊이 진입했던 왕자마저 결국 몽마의 유혹에 빠져 공주와 행복하게 사는 꿈에서 벗어날 수 없었다.

'충분히 눌러야 해.'

나윤희는 그 어떤 때보다 집중했다.

배도빈이 만든 이 완벽한 선율을 온전히 연주하는 것만 생각했다.

그럴수록 그녀의 신경은 예민해져 활을 쥔 손과 귀는 조금의 흐트러짐도 없었다.

감정은 충만히 이어졌다.

2악장이 고요하게 끝나고.

또다시 시간이 흘렀다.

이제는 얼마나 긴 시간이 지났는지조차 헤아릴 수 없다.

수백 년간 불어난 장미 덤불은 비대해졌고 사람들은 이제 그곳에 공주가 잠들어 있는지조차 잊고 말았다.

몽마마저 죽고 사라진 가운데 잠든 공주.

막 잠들었을 때와 같은 모습으로 누워 있는 그녀를 위로하는 건 요정들이 남긴 축복뿐이었다.

천천히.

천천히.

숨을 쉬는 소리마저 들릴 정도로 고요히.

연주를 마친 나윤희가 콘서트홀에 마지막 음이 충분히 스며들 때까지 자세를 풀지 않다가.

'해냈어.'

첫 공연을 무사히 마쳤다는 생각과 함께 비로소 눈을 떴다.

그녀를 반기는 것은 오직 고요함뿐이었다.

♪

콘서트홀은 마치 저주라도 걸린 듯 적막했다.

블러드 와인은 몽마처럼 농후하고 고혹적인 목소리로 관객들을 유혹했다.

그들이 바라는 위로를 들려주었다.

그 달콤함에, 저마다의 이유로 지친 관객들은 저항할 수 없었다.

그저 단잠을 이룰 뿐.

최고의 휴식이 주는 쾌락에 천천히 몸과 마음을 맡기고 있었다.

쌔액쌔액.

"드르렁. 컥."

어렴풋이 들리는 숨소리와 코골이 소리를 듣는 순간 나윤희는 그 어떤 박수갈채를 받았을 때보다 기뻤다.

'자고 있어!'

나윤희는 지금껏 받았던 가장 적은 박수를 받으며 객석을 향해 고개를 숙였다.

한편 배도빈 바이올린 소나타 G장조, '잠자는 숲속의 공주'

가 스트리밍 되고 있는 베를린 필하모닉 디지털 콘서트홀의 채
팅창도 새로운 글이 올라오는 속도가 현저히 느려져 있었다.

> ㄴ살아 있는 사람? 채팅 왜 아무도 안 쳐.
> ㄴ와 씨. 이게 뭐냐? 나 중간부터 졸아서 못 들음.
> ㄴ우리 아빠 지금 코골고 계심.
> ㄴ지루한 건 아닌데 정신차리고 보니 졸고 있었네.
> ㄴ그렇게 졸림? 난 게임하면서 들어서 잘 모르겠는데.
> ㄴ객석 봐. 다들 자고 있넼ㅋㅋㅋ

　잠에서 깬 이들이 조금씩 늘어나며 채팅창이 다시 활발해
질 무렵에야 콘서트홀의 관객들도 정신을 차리기 시작했다.
　배도빈의 신곡을 분석하기 위해 나선 평론가나 기자 중 일
부를 제외하고는 대부분 잠에 취한 상태였다.
　"뭐지."
　"오늘은 너무 피곤한데."
　배도빈의 신곡이니, 평소라면 공연이 끝나자마자 수백 개의
기사가 올라오는 게 당연했지만 이번만큼은 그러지 않았다.
　몇몇 언론에서 오늘의 이해할 수 없는 일을 전했을 뿐.
　고요한 밤이었다.
　'잠자는 숲속의 공주'가 제대로 알려지기 시작한 것은 그다

음 날부터였다.

[배도빈 바이올린 소나타 G장조, 충격의 현장 속에서!]

[베를린의 마왕이 가장 상냥한 흉기를 만들었다!]

[불새 나윤희, 세계를 잠재우다]

[콘서트홀을 찾은 관객 모두 잠들어버리다]

[배도빈, "불면증을 겪는 분들을 위해 만들었습니다."]

[나윤희, "관객 대부분 주무셔서 기뻤어요."]

[가우왕, "아니 그래서 마지막은 어떻게 끝나는데? 들을 수가 없잖아!"]

3,500명의 관객을 모두 재워버린 '잠자는 숲속의 공주'에 대한 반응은 뜨거웠다.

작곡가 배도빈과 연주자 나윤희의 인터뷰가 공개되면서 클래식 음악에 관심이 없던 이들조차 달려들게 되었다.

이유는 단 하나.

숙면하고 싶지만 그러지 못하는 이들조차도 '잠자는 숲속의 공주'를 들으면 잘 수 있다는 소문 때문이었다.

방송과 SNS을 포함한 1인 미디어에서 나윤희의 연주를 듣고 10분 만에 자게 되었다는 경험담이 올라왔다.

└안 졸렸는데요, 자버렸습니다.

└수험생 금지곡 추가요.

└아 진짜 너무 신기해ㅋㅋ 진짜 틀고 생각 없이 듣다 보면 졸려ㅋㅋ

└도저히 처음부터 끝까지 들을 수가 없다.

└중간부터 들으면 됨 ㅋ

└나윤희 최소 푸린 아냐?

실제로도 첫 발표회 이후 이틀 더 공연이 있었지만 관객이 전멸되는 현상이 이어졌고.

베를린 필하모닉이 첫 공식 항해 준비를 마쳤을 무렵에는 유럽 내 몇몇 상담센터와 정신과에서 불면증 환자에게 배도빈 바이올린 소나타 G장조를 듣는 것을 추천하게 되었다.

상황이 이 정도 진행되자 음악계는 물론 의학계 등 학계에서도 관련한 연구를 진행하게 되었고.

베를린 국립 음대 음악치료 대학원의 전임 교수이자 학계 최고 권위자 브레멘 슈마허는 언론을 통해 자신의 견해를 밝혔다.

"우리는 잠자는 숲속의 공주가 발표되고 계속해 관심을 두고 있었습니다. 많은 분께서 실제로 효과가 있는지 물으시지만 이미 여러 경험담을 통해 수면 현상이 밝혀졌습니다."

"인정하신다는 말씀이신가요?"

"그렇습니다. 다만 그 이유에 대해서는 여러 요인이 있는 듯합니다. 가장 비슷한 사례는 빗소리입니다. 잠자는 숲속의 공주는 하나의 멜로디가 불규칙하게 변형되며 이어집니다. 연주자는 음량을 최대한 얇고 깊게 표현해 듣는 사람으로 하여금 일종의 최면 상태로 빠지게 하죠. 수면에 이르기를 돕기도 하며 수면의 질을 높이는 데에도 효과가 있다고 봅니다."

"불특정 다수가 듣는 곡이 수면을 유도하는 데에 대한 우려의 목소리도 나오고 있습니다. 거기에 대해서는 어떻게 생각하십니까?"

"조사 결과 크게 걱정할 문제는 아닌 듯합니다. 300명의 실험군을 대상으로 한 결과 어느 하나의 일에 집중하고 있는 상태에서는 수면 효과가 크지 않았습니다. 초연 때 관객 대부분이 잠들었던 것에 반해 기자와 평론가들은 대부분 깨어 있었죠."

"무조건 잠드는 건 아닌가 보군요."

"수면 자체가 여러 요인이 충족되었을 때 가능한 일입니다. 약물을 사용하지 않는 이상 그런 일은 드물죠. 그러나 잠자는 숲속의 공주가 수면의 기본 조건을 충족시키는 것만은 확실합니다."

브레멘 슈마허 교수의 발언 이후에도 여러 권위자가 '잠자는 숲속의 공주'에 대한 긍정적인 의견을 내었다.

이미 나윤희의 연주로 불면증을 어느 정도 해소했던 이들은 아예 앨범을 구입하거나 베를린 필하모닉 콘서트홀의 장기 이용권을 구매한 상태였고.

그 어떤 곡보다 빠른 추세로 사용되기 시작했다.

배도빈에 가장 어울리는 음악가 앙케이트에도 해당 현상이 반영되는 것은 당연한 수순이었다.

1st 베를린 필하모닉(35.0%)

베를린 환상곡(12.6%), 베토벤 교향곡 운명(12.5%), 드보르자크 교향곡 신세계로부터(9.9%)

2nd 나윤희(23.1%)

바이올린 소나타 G장조, 잠자는 숲속의 공주(14.1%), 스트라빈스키 불새(9.0%)

3rd 사카모토 료이치(18.5%)

Honor(14.5%), 악마의 축복(4.0%)

4th 가우왕(14.4%)

3개의 손을 위한 소나타(9.4%), Dobean, 두 대의 피아노를 위한 협주곡, 태풍(5.0%)

5th 찰스 브라움(7.3%)

배도빈 바이올린 협주곡 13번(5.3%), 스트라빈스키 불새(2.0%)

그것을 확인한 가우왕의 눈이 거의 튀어나왔다.

"이게 뭐야!"

가우왕은 자신이야말로 배도빈이라는 천재가 쓴 곡을 가장 잘 소화할 수 있는 사람으로 여겼다.

베를린 필하모닉이야 어쩔 수 없다 해도 거장 사카모토 료이치조차 자신 앞에 있는 것을 납득할 수 없었다.

'빌어먹을 버터'는 더더욱 인정할 수 없었거늘 생각지도 못한 순위 반전에 손을 벌벌 떨었다.

한편 찰스 브라움도 기겁하기는 마찬가지였다.

그는 나윤희를 유망한 후배로 아끼며 그녀의 열정을 아낌없이 도왔지만 설마하니 자신을 제치고 올라갈 거라고는 생각지 못했다.

"내, 내가 새끼 사자를 키웠나."

이미 배도빈이 찰스 브라움을 위해 편곡했던 스트라빈스키의 불새는 찰스 브라움이 아니라 나윤희의 상징으로 잡아가고 있었다.

스트라디바리우스 파이어버드에 가장 잘 어울리는 곡을 빼앗겼던 찰스 브라움은 어쩔 수 없는 일이라 여겼지만 무섭게 치고 올라오는 나윤희에게 처음으로 두려움을 느꼈다.

그리고 무엇보다.

"아니지."

찰스 브라움이 이를 바득 갈았다.

"배도빈의 곡을 가장 잘 연주하는 건 나다……. 베를린 필하모닉 이외에 그런 자가 존재할 리 없어!"

♪

"엣취!"

"감기?"

나윤희가 티슈로 코를 닦으며 고개를 저었다.

다음 주부터 푸르트뱅글러호에서 9박 10일을 보내야 했기에 컨디션 관리는 철저히 했으니 그럴 리 없었다.

"조심하고 있는데. 왜 이러지."

소소는 나윤희를 의심스러운 눈으로 살폈다.

"왜, 왜?"

"컨디션 관리하는 얼굴로는 안 보이는데. 여기."

소소가 나윤희의 눈 주변을 가리켰다. 짙진 않지만 다크 서클이 내려와 있었다.

"요즘도 못 자?"

"……응."

"왜? G장조 소나타 틀어."

"그게."

나윤희가 머뭇머뭇하더니 한숨을 푹 내쉬었다.

"실황 녹음된 게 마음에 안 들어서. 듣다 보면 아, 여기 왜 이렇게 했을까. 조금 더 눌렀어야 했는데. 천천히 했어야 했는데 하다 보니까 예전보다 더 잘 수가 없어."

예전 자신의 연주가 마음에 들지 않아 더 잠들 수 없다니.

침대 위에서마저 어떻게 하면 더 완성도를 높일까 고민하는 게 나윤희답기도 하면서.

"바보잖아."

안타깝기도 했다.

"신경 쓰이는데 어떡해."

나윤희가 테이블에 엎어졌다.

양팔을 쭉 펴고 의미 없이 빈둥대고 있는데 마침 휴게실 문이 열렸다.

"아, 가우왕 씨. 안녕하세요?"

"흥!"

가우왕은 나윤희를 보자마자 콧방귀를 뀌고 지나가 버렸다.

어제까지만 해도 잘 지냈기에 나윤희는 크게 놀랐고 왕소소는 돌아버렸다.

자판기에서 음료수를 뽑으려는 가우왕의 등을 있는 대로 갈겼다. 날카로운 소리와 함께 가우왕이 비명을 질렀다.

"뭐야!"

"윤희한테 왜 그래."

"내가 뭘!"

"왜 무시해."

"나, 난 괜찮아."

나윤희가 말렸지만 소용없었다.

"사과해."

왕소소가 눈을 부라리자 가우왕은 사과 대신 나윤희를 노려보았다.

영문을 알 수 없는 나윤희는 가우왕의 부리부리하고 부담스러운 눈빛을 피하려 했지만 가우왕은 나윤희를 정면으로 봐야만 했다.

"너."

"네, 네."

소소가 가우왕의 무릎 뒤를 걷어찼다.

가우왕은 반쯤 무릎을 꿇은 상태에서도 할 말을 계속했다.

"배도빈은 내 거야. 알아들어?"

"네?"

가우왕의 뜬금없는 선언에 나윤희의 동공이 흔들렸다.

대체 이 사람이 무슨 생각을 하는지 알 수 없었다.

"미쳤다 미쳤다 하니까 진짜 미쳤네."

왕소소도 기가 차서 이 답도 없는 멍청이를 어떻게 쫓아낼까 고민하던 중 또다시 휴게실 문이 열렸다.

찰스 브라움이었다.

깐깐하고 자기자랑이 심한 사람이지만 공정하고 상식적인 사람이라 나윤희도 불새 이후로 의지하고 있었다.

아니나 다를까.

찰스 브라움은 허리를 숙여 나윤희를 잡아먹을 것처럼 노려보는 가우왕에게 다가와 그를 밀쳤다.

"너 이게 무슨 짓이야!"

"짖지 마라, 멍멍이."

찰스 브라움은 고개를 돌려 놀란 나윤희를 보았다.

"괜찮아?"

"아, 네. 감사합니다."

"그럼 지금 당장 나 좀 봤으면 좋겠는데."

"네?"

"누구의 불새가 더 화려한지 알아봐야겠어."

나윤희가 눈을 깜빡였다.

그녀는 자신이 무엇을 잘못했는지 필사적으로 생각해 봤지만 조금이라도 짐작 가는 바가 없었다.

"이것들이 단체로 미쳤나."

왕소소가 나윤희를 대신해 찰스 브라움도 밀쳤다.

"당장 이번 해상 오케스트라 일정에 넣었으면 좋겠어. 배도 빈한테 가서 말하자고."

"흥. 괜찮겠어?"

상황을 지켜보고 있던 가우왕이 끼어들었다.

"뭐라고?"

"너 따위 나윤희에 비하면 개미 새끼만도 못하지. 어디 어르신들 노는데 끼어들어?"

가우왕의 도발에 찰스 브라움의 이마에 핏줄이 돋아났다.

'잠자는 숲속의 공주'의 반응은 작곡가 배도빈과 바이올리니스트 나윤희의 예상을 한참 웃돌았다.

불면증이 나았다.

시험을 망쳤다.

인생이 달라졌다.

밤마다 보채던 아기가 얌전히 자서 살 것 같다 등 여러 경험담과 함께 폭발적인 인기를 끌었다.

베를린 필하모닉 디지털 콘서트홀 재생 수가 단 일주일 만에 1억 뷰를 돌파하였고.

디지털 앨범 구매 수는 현재 판매 중인 베를린 필하모닉의 모든 곡 중에서도 가장 가파르게 상승 중이었다.

비록 곡 전체를 들은 사람은 몇 없었고 예술적 가치를 언급하는 사람은 적었으나 '잠자는 숲속의 공주'로 일상에서 작은 행복을 느꼈다는 사람이 늘어만 갔다.

그와 같은 인기에 힘입어 명실상부한 최고의 바이올리니스트로 입지를 굳힌 나윤희에 대한 러브콜이 잇따르는 것은 당연한 수순이었다.

가우왕의 전 소속사이자 세계적인 레코드사 도이치 오퍼, 도이치 그라모폰을 비롯한 여러 업체가 나윤희에게 솔로 활동을 제시하였는데.

그중에서도 인터스코프 레코드의 참전은 큰 화제를 끌었다.

힙합, 록, 팝 등 여러 음악을 다루며 세계 최고의 레코드사로 군림하는 음반사.

클래식 음악 시장 확대에 따라 그에 맞는 진출하려는 미국의 거대 자본이었다.

그런 그들이 베를린 필하모닉의 악장 나윤희를 스카우트하길 바라니 음악계의 시선이 집중되지 않을 리 없었다.

[인터스코프 레코드, "바이올리니스트 나윤희를 주목하고 있다."]

[매니 빅머니, "최근 가장 인상적인 바이올리니스트는 누가 뭐래도 나윤희."]

[인터스코프 레코드, "나윤희를 위해 천만 달러를 준비했다."]

└ㅁㅊㄷ ㅁㅊㅇ;;;

└나윤희 대박;;

└나 잘 이해가 안 돼서 그러는데 무슨 운동선수도 아니고 저렇게 다른 회사 소속 사람에게 대놓고 얼마 줄 테니 오라는 게 말이 돼?

└니 말대로 저렇게 언론에 대놓고 말하는 게 엄청 특별한 경우임.

└그렇긴 해도 문제는 없는 게 어차피 다들 기간제 계약이잖아. 나윤희가 올해로 계약이 끝나긴 할 테니 다른 곳에서 제안할 수도, 나윤희 본인이 더 좋은 조건 찾아보는 것도 당연한 일이지.

언론을 통해 적극적으로 구애에 나선 인터스코프 레코드는 그들이 나윤희를 얼마나 바라는지 대중과 나윤희 그리고 베를린 필하모닉에 각인하는 데 성공했다.

그러한 배경 속에서 나윤희와 접촉하였고.

인터스코프 레코드의 매니 빅머니 실장의 제안에 나윤희가 눈을 휘둥그레 떴다.

"반갑습니다. 매니 빅머니라고 합니다."

나윤희는 본인의 몸통보다 두꺼운 팔뚝과 비대한 흉근이 꿈틀거리는 것을 보곤 침을 꿀꺽 삼켰다.

시선을 마주할 수 없어 어려서 부모님께 혼날 때와 같이 바닥의 문양이 무엇과 닮았는지 찾아야 했다.

"올해 베를린 필하모닉과의 계약이 끝나고 우리와 함께하는 조건으로 2천만 달러를 드린다고 했습니다."

"네, 네?"

언론을 통해 밝힌 금액의 두 배.

기대치를 만들고 그것을 한참 웃도는 금액을 제시하는 고전적인 협상 방법이었다.

매니 빅머니가 더할 나위 없이 훌륭한 영업용 미소를 지으며 말했다.

'무서워.'

그러나 나윤희는 위협적인 체격에 험상궂은 얼굴의 매니 빅머니의 미소에 겁을 먹고 있었다.

"솔로로 활동해 보셔서 아시겠지만 베를린 필하모닉에 있을 때와는 비교할 수 없을 겁니다. 수익은 공평하게 분배될 것이고 당신의 콘서트는 최고 수준으로 보장해 드리겠습니다. 지금보다 팬들과 교류하는 것도 원활해질 테고요."

매니 빅머니의 말을 들은 나윤희는 고개를 꾸벅 숙이며 계약서 사본을 밀었다.

"죄, 죄송합니다."

매니 빅머니는 나윤희 영입이 쉽지 않을 거라고는 생각했지만 이런 식으로 단칼에 거절될 거라고는 예상치 못했다.

그녀에게도 좋은 기회라 판단했던 탓이었다.

나윤희는 누가 보아도 스타성을 갖춘 최고의 바이올리니스트.

베를린 필하모닉이 최정상의 오케스트라라고는 해도 개인의 역량을 십분 발휘하기에는 제약이 있을 수밖에 없었다.

특히나 배도빈, 찰스 브라움, 가우왕 등 몬스터 파워의 비르투오소들이 함께 있는 한 기회의 폭도 좁을 수밖에 없었다.

매니 빅머니는 진심으로 그것이 안타까웠다.

"당신은 정말 빛나는 재능을 가지고 있습니다. 그 날개를 좀 더 자유롭게 펼쳤으면 합니다."

'좋은 사람인가……'

그의 진심에 나윤희도 조금 안정하고는 고개를 숙였다. 그러고는 계약서 사본을 한 번 더 밀었다.

"감사합니다만 죄송합니다."

완전한 거절이었지만 이대로 포기할 수 없었던 매니 빅머니는 부드럽게 미소 지었다.

'여, 역시 무서워.'

"혹시 계약금이 부족하다 생각하신다면 얼마든지 조절 가능합니다. 백만 달러를 얹죠."

나윤희는 단 한 마디 말로 10억 원이 넘는 돈이 늘어나는 상황을 믿을 수 없었다.

이런 대우를 받을 거라고는 바로 저번 달까지만 해도 상상조차 할 수 없었다.

베를린 필하모닉에서 받는 연봉은 한화 약 2억 5천만 원.

각 연주회로 벌어들이는 인센티브는 때마다 달랐지만 보통 1년간 연봉의 400퍼센테이지를 넘기지는 않았다.

인터스코프 레코드가 제시하는 계약금과 추후 보장하는 내용과는 차이가 컸다.

그러나 나윤희는 단호했다.

"돈은 지금 버는 걸로도 충분해요. 하고 싶은 음악을 하는 게 더 중요하니까, 말씀은 감사하지만 그럴 수 없어요."

그녀의 대답에 매니 빅머니는 그녀를 설득하는 일이 애초부터 불가능했음을 깨달았다.

자신을 과시하지 않으면서 오직 음악만을 좇는 외골수 같은 면이 그녀가 왜 세계 최고의 자리에 이를 수 있었는지를 알려주는 듯했다.

"멋진 마인드네요."

매니 빅머니가 아쉬움을 담아 악수를 청했다.

나윤희는 흠칫 놀랐지만 곧 조심스레 그의 손을 맞잡고 흔들었다.

같은 날.

'너만 모름'에 초대받은 나윤희는 잔뜩 긴장해 있었다.

오전에 만났던 매니 빅머니도 그렇고 자신을 향한 관심이 너무도 과열된 탓에 정신을 차릴 수 없었다.

'으으으.'

잦은 청심환 섭취로 내성이라도 생긴 듯, 나윤희는 스튜디오에 오르기 전 발을 동동 굴렀다.

"어디 불편하세요?"

오늘 그녀의 보좌를 맡은 죠엘 웨인이 걱정스레 물었다.

"아, 아뇨. 네."

대답을 이해할 수 없었던 죠엘 웨인은 초조해하는 나윤희를 살피다가 입을 뗐다.

"악장께서는 멋진 음악을 하는 걸 꿈꾸셨죠?"

나윤희는 경황이 없는 상태에서 뜬금없는 질문을 받고는 머뭇거리다가 고개를 끄덕였다.

"멋있다. 이미 꿈을 이뤄나가고 계신 거네요."

"……흐. 그렇지 않아요."

"이런 자리 불편해하시면서도 꿈을 계속하기 위한 일이니까 나오신 거잖아요. 정말 멋져요."

나긋나긋한 호의에 나윤희는 쑥스러워 청심환 포장지를 만지작댈 뿐이었다.

죠엘이 웃으며 말했다.

"오전에 그 무서운 사람 앞에서도 소신 있게 말씀하시는 것도 멋있었어요."

나윤희가 고개를 들자 죠엘이 과장하여 몸서리를 쳤다.

그 모습이 재밌기도 했고 무엇보다 그녀가 자신을 알아주는 듯해, 나윤희는 또 한 번 힘을 내 스튜디오로 향했다.

"최근 전 세계를 잠재우신 분이죠. 베를린 필하모닉의 악장, 바이올리니스트 나윤희 씨를 모시겠습니다."

사회자 우진의 멘트에 맞춰 나윤희가 모습을 드러냈다.

방청객들이 크게 호응하였고 나윤희는 어색하게나마 인사를 하고 자리에 앉았다.

"반갑습니다, 나윤희 씨. 발음이 어렵네요. 주변 사람들은 나윤희 씨를 어떻게 부르나요?"

"윤희라고……."

우진과 나윤희가 시선을 마주한 채 눈을 깜빡였다.

"하하. 베를린 필하모닉에서 나오신 분들은 정말 하나같이 만만치 않으시네요. 베를린 필하모닉이 우리 방송 싫어하시는 건 아니죠?"

"흐. 조금요."

나윤희의 대답에 우진의 얼굴이 사색이 되었다.

"아, 그게 아니라 많이 좋아한다는 뜻이었어요."

"그 말씀은 좋아하지 않은 분도 계시다는……."

"셰프, 아, 빌헬름 푸르트벵글러 지휘자께서 싫어하세요. 케르바 슈타인 감독도 싫어하시고. 승희 언니랑 도빈이, 아니, 보스도. 아, 소소랑 찰스 악장도."

나윤희의 발언에 방청석이 터져 버렸다.

그녀가 언급한 인물 모두 베를린 필하모닉의 핵심 인력이었고 누가 들어도 아는 사람들이었다.

상처받은 우진이 멍한 표정으로 카메라를 응시했다.

그 모습이 더 웃겨 시사 교양 프로그램으로서의 '너만 모름'의 정체성이 흔들렸다.

담당 PD는 주먹을 꽉 쥐었다.

지난번 배도빈이 출연한 방송분이 '너만 모름' 역사상 최고 시청률을 기록하면서 유머가 필요하다고 판단한 그의 대본이 먹혀든 것이었다.

짜고 치고, 보는 사람도 농담이라고 생각할 수밖에 없는 이야기였지만 긴장한 나윤희가 말을 더듬는 바람에 효과가 괜찮았다.

'사실이지만 사실이 아닌 것처럼 꾸미면 되지. 다들 웃잖아?'

담당 PD는 자신의 천재성에 감탄하며 상황을 지켜보았다.

"자, 잠자는 숲속의 공주가 엄청난 반응을 보이고 있습니다. 대체 어떻게 만들어진 건가요?"

"불면증이 있어서 잠을 제대로 못 잤거든요. 보스가 그걸 보더니 며칠 뒤에 악보를 줬어요."

"말씀 중에 죄송하지만 실제로도 배도빈 씨를 보스라고 부르시나요?"

"공적인 자리에서는……."

"그럼 사적인 자리도 있다는 뜻이겠네요?"

"아."

대본에 없던 질문이라 나윤희가 당황하고 있는 사이, 우진은 오프닝 때 당한 것을 갚아줄 생각으로 음흉한 질문을 던졌다.

"제가 알기로 마에스트로 배도빈과 동거 중이라고 들었습니다."

담당 PD는 당장 녹화를 끊고 왜 대본대로 하지 않냐고 소리치고 싶었지만 방청객과 스태프들의 반응은 그러지 않았다.

"어머. 어머."

"세상에. 세상에."

지금까지 최지훈 이외에는 열애설이 없었던 배도빈의 사생활을 궁금해하는 것이었다.

배도빈의 출연으로 자본주의의 참맛을 맛본 담당 PD는 일단 상황을 지켜보았다.

"아, 네. 작년까지 하숙하다가 올해 숙소로 옮겼어요."

"……왜요?"

흥미진진한 이야기를 기대했던 우진이 진심으로 물었다.

"숙소가 있으니까요."

할 말이 없어진 우진은 급히 화제를 돌렸다.

'그럼 그렇지.'

담당 PD는 해당 부분을 편집하기로 마음먹고는 오늘이야 말로 우진의 돌출 행동을 교정하기로 다짐했다.

"또 한 번 화제가 되는 이야기가 있습니다. 새로운 바이올린을 구하셨다고 하던데 이야기 좀 들려주시죠."

블러드 와인 이야기가 나오자 나윤희가 적극적으로 나섰다.

"로렌초 조반니라는 분께서 1998년에 만드신 바이올린이에요. 이름은 블러드 와인이고요. 처음 만났을 때부터 아, 이 아이다 싶었어요. 새침했는데 지금은 너무나 잘 따라줘서 얼마나 고마운지 몰라요. 머리에 무늬가 엄청 진한데."

방언이라도 터진 듯 이야기를 시작한 나윤희는 우진이 웃으며 진정시킨 뒤에야 정신을 차렸다.

"네. 흐흐흐하핫. 네. 그 로렌초 조반니란 분이 대단하시다고 들었습니다."

"네. 신창연 명장께서도 인정해 주셨던 분이세요."

우진과 독일인 방청객도 신창연이란 이름이 나오자 감탄했다.

신창연은 바이올린 제작자로서 안토니오 스트라디바디에 가장 근접했다고 알려진 대한민국의 명장으로서 타계한 지 10년이 넘은 지금도 회자되는 인물이었다.

바이올린 제작자의 이름이 알려지는 경우는 극히 드물지만 신창연이라는 이름만큼은 일반인도 대부분 알고 있었기에 로렌초 조반니를 설명하기로는 좋은 시작이었다.

"바이올리니스트 사이에서는 유명하신 분이세요. 니아 발그레이 고문과 스노우 한 선생님도 로렌초 조반니 씨의 바이올린을 가지고 계시고요. 깊고 진한 음색이 정말 좋아요."

"그렇군요. 이거, 설명을 듣다 보니 안 들을 수가 없는데요?"

"아, 네. 그럼……."

보조 연출자가 블러드 와인의 케이스를 가지고 나왔다.

그것을 받아든 나윤희가 케이스를 열자 방청객들이 크게
호응하였다.

블러드 와인의 진홍색 외관은 화면을 통해 본 것 이상으로
타오를 것만 같았다.

"자, 모두 채널 고정하시고 베를린의 푸린, 나윤희 씨의 연
주를 감상하겠습니다. 잠들 수 있으니 에어컨과 가스는 지금
바로 끄시길 바랍니다."

우진의 소개에 나윤희는 얼굴이 화끈거렸다.

· 91악장 ·

사랑과 전쟁 in 푸르트벵글러호

함부르크 항구를 시작으로 아이슬란드를 경유하고 돌아오는 푸르트벵글러호 9박 10일 여행 패키지는 판매와 동시에 매진되었다.

　　성인 1인 기준 5,500유로라는 높은 가격대를 형성했지만 내용을 들여다보면 그렇지만도 않았다.

　　초호화 객실은 전 객실이 WH호텔, WH해운, WH항공만이 독점하고 있는 안락한 침구를 비롯해 WH호텔 수준으로 준비되어 있었으며.

　　탑승객들은 9박 10일간 열 명의 일류 셰프와 수십 명의 보조 조리사가 최고의 재료로 준비한 식사를 마음껏 즐길 수 있었다.

　　그뿐일까.

음악 교양을 갖춘 인솔자가 일정 내내 기본 생활은 물론 베를린 필하모닉 밴드와 C팀의 음악회를 안내, 해설해 주었다.

기항지 관광을 포함해(기항지 공연은 제외) 전체 일정을 포함한 비용이었으며 미성년자 또는 가족 단위의 경우 큰 폭으로 할인받을 수도 있어, 타 크루즈 패키지에 비하면 지나치게 저렴하였다.

그야말로 꿈같은 여행.

푸르트벵글로호에 탑승하는 가족과 연인, 친구들은 금빛 조명 아래 부푼 가슴의 고동을 느끼고 있었다.

"엄마, 아빠, 저기 봐요! 폭죽이에요!"

"세상에 맙소사. 여보 난 아직도 믿기지 않아. 이거 설마 진짜 금은 아니겠지?"

"이이가 진짜 주책이야. 존! 위험하잖니! 불꽃놀이는 배에 탄 다음에 봐!"

들뜬 승객 중 차채은의 가족도 있었다.

"엄마! 아빠! 빨리!"

선상에 오른 차채은은 그 어떤 날보다도 흥분해 있었다.

밤하늘을 아름답게 밝히는 폭죽들과 찬란하게 빛나는 금빛 성.

주변에서는 베를린 필하모닉의 연주가 흘러나왔고 평소에는 잘 느낄 수 없었던 맑은 공기가 폐 깊숙이 들어왔다.

진수식 때 보았던 느낌과는 전혀 달랐다.

승무원의 안내를 받아 객실에 이르자 16평 넓이의 복층 특실이 차채은 가족을 기다리고 있었다.

"여기 내 자리!"

창문 바로 옆자리의 침대에 드러누운 차채은은 베개에 얼굴을 파묻고 비벼댔다.

한편 베를린 필하모닉은 일찌감치 모여 일정을 확인하고 있었다.

이자벨 멀핀 부장은 각 연주자에게 미리 공지했던 사항을 다시 한번 알리면서 첫 공식 항해가 무사히 치러지길 바랐다.

"내일부터 일정이 시작됩니다. 평소와 다른 만큼 각별히 신경 써주시길 바랍니다. 내일은 밴드가, 모레는 C팀이 예정되어 있습니다. 3일 차에는 일정이 나뉘게 됩니다."

멀핀이 배도빈을 보았고 그가 고개를 끄덕여 긍정했다.

"에든버러에 도착하면 C팀은 저와 함께 극장으로 가시게 됩니다. 밴드는 선상 및 항구에서 일정을 진행해 주시면 됩니다."

푸르트벵글러호의 목적은 베를린 필하모닉의 공연을 보고 싶어 하는 팬들에게 직접 찾아감에 있었다.

그러나 금전적, 시간적 문제로 베를린까지 찾아올 여력이
안 되는 이들에게 푸르트벵글러호는 꿈같은 이야기였다.

그렇기에 베를린 필하모닉은 항해 도중 들리는 기항지에서
의 공연을 마련하였고 그것은 푸르트벵글러호 패키지에 포함
되어 있지 않은 내용이었다.

때문에 C팀과 밴드는 서로의 역할을 나누어 탑승객과 현지
관객을 만족시키는 데 충실해야만 했다.

"그리고 4일 차에는……."

준비한 서류를 확인한 멀핀이 한숨을 내쉬었다.

배도빈도 포기한 듯 고개를 저었다.

미팅실에서도 서로 멀찍이 거리를 두고 있는 가우왕과 찰스
브라움은 서로가 있는 방향으로는 눈길조차 주지 않았다.

바득바득 우겨 기어이 나윤희까지 끌어들인 두 사람의 정신
연령이 의심스러웠다.

"나윤희 악장과 찰스 브라움 악장 그리고 가우왕 수석이 차
례로 독주회를 가질 예정입니다."

진 마르코가 손을 들었다.

"네."

"그럼 나머지 인원은 오프인가요?"

"네. 휴식입니다."

"워허허."

"좋잖아?"

단원들이 환호했다.

가우왕과 찰스 브라움, 나윤희 덕분에 본래 일정에는 없었던 휴식일을 하루 챙길 수 있었다.

"다만 심사위원으로 나서주실 분이 필요합니다. 지원자 있으십니까?"

있을 리가 없었다.

생각지 못한 휴일을 얻었으니 초호화 유람선 푸르트벵글러호를 만끽하고 싶었다.

마누엘 노이어가 손을 들었다.

"이런 건 본인이 정해야 한다고 생각합니다."

그의 말에 다들 기다렸다는 듯 고개를 끄덕였다.

"당연하지."

"그거라면 이의 없다."

"저는 빠지면 안 될까요……."

가우왕과 찰스 브라움도 찬동했고 나윤희가 저항해 보았으나 무시되었다.

"그것도 그렇네. 보스와 가장 어울리는 사람을 뽑는 거니까 보스가 직접 정해야지."

"난 나윤희 악장."

"어? 벌써 거는 거야? 난 찰스 악장."

"고약한 거 생각하면 가우왕이랑도 잘 맞는 거 같은데. 둘이 똑같잖아."

순식간에 시끌벅적해진 미팅실 속에서 배도빈이 한숨을 내쉬었다.

최지훈이 말해주긴 했지만 정말로 이딴 일로 서로 싸울 줄은 몰랐는데, 이제는 나윤희까지 끌어들여 뭐라 하니, 그로서도 어이가 없었다.

'최지훈까지 들어오면 난장판이겠네.'

배도빈은 이 분위기를 어떻게 정리해야 할지 답을 찾지 못했고 그렇게 상황을 돌이킬 수 없게 진행되고 있었다.

잠시 뒤.

혼돈의 미팅을 마친 배도빈은 특별히 마련된 단장실에서 머리를 식혔다.

단원들도 좋아하고 무엇보다 승객들도 가우왕-찰스 브라움-나윤희의 경쟁을 보고 싶을 테니 진행이야 하겠지만 굳이 어울려주고 싶지는 않았다.

그 세 사람은 우위를 가리기 힘들기도 하고 그럴 수 있다 하더라도 그날 컨디션에 따라 결정될 터였다.

찰스 브라움과 나윤희는 서로 지향하는 방향이 달라 비교할 수 없었고.

가우왕은 악기조차 달랐다.

결국 배도빈도 거절하면서 판단해 줄 사람이 없이 미팅을 끝내야만 했다.

'괜찮네.'

배도빈은 창문 밖으로 펼쳐진 어둠을 바라보았다.

날이 밝으면 드넓게 펼쳐진 바다를 볼 수 있었다.

진상 두 사람 때문에 피곤했지만 그래도 오래 꿈꿨던 일을 시작하게 되니 기분이 그리 나쁘진 않았다.

똑똑-

"도빈아, 나야."

최지훈이었다.

배도빈이 문을 열고 형제를 안으로 들였다.

"늦었네."

"응. 거의 마지막에 들어왔어. 생각보다 멀다."

자리에 앉은 최지훈은 곧장 가방에서 악보 뭉치를 꺼냈다.

"이게 뭐야?"

"봐 봐."

최지훈이 빙그레 웃으며 악보를 넘겼다.

의아하게 여기며 그것을 받아 본 배도빈은 이내 집중했다.

치밀하진 않지만 구성력을 갖춘 곡에서 묘한 따뜻함을 느낄 수 있었다.

"너가 만들었어?"

"응."

그렇게 말렸거늘.

크리스틴 지메르만을 스승으로 두고 재활을 하며 작곡을 공부하길 고작 1년.

그럴듯한 곡을 만들어 왔다.

배도빈은 다시 한번 악보를 살폈고 최지훈은 그런 배도빈을 눈에 담았다.

"어때?"

"40점."

배도빈의 말에 최지훈이 두 손을 번쩍 들었다.

"정말?"

배도빈의 점수는 예전부터 짜서 피아노로 80점을 넘긴 것도 3년 전에야 가능했다.

첫 곡으로서는 만족스러운 결과였다.

"어떤 느낌이야?"

"너답네."

연주해 보지는 않았지만 한눈에 알아볼 수 있었다.

따뜻한 주제 속에서 강한 의지가 있어 전개부의 드라마틱한 연출로도 흔들리지 않았다.

정말 최지훈이 만든 곡답다고 생각했다.

"난 너 생각하며 만들었는데. A108 답장으로."

"나?"

최지훈이 고개를 끄덕였다.

배도빈은 다시 한번 악보를 보아도 최지훈의 말을 믿을 수 없었다.

"너무 따뜻하잖아. 난 이렇게 얌전하지 않아."

"그런데?"

배도빈은 최지훈과 악보를 번갈아 보다가 고개를 저었다.

"아니지."

"맞는데~"

가장 가까운 최지훈이 그렇다고 하니 배도빈은 턱을 쓸며 고민을 이어갔다.

그러나 아무리 생각해도 자신과 어울리는 곡은 아닌 듯하여 다시 이야기를 꺼내려다가 문득 아 하고 탄성을 냈다.

"너 아르바이트 하나 할래?"

"갑자기?"

"사람이 필요해."

"그래. 뭔데?"

"심사위원."

♪

가우왕과 찰스 브라움은 헤실헤실 웃고 있는 '베를린 필하모닉배 콩을 차지하라'의 심사위원 최지훈을 노려보았다.

"너 한가하다?"

"네. 히힛."

생각지도 못한 이벤트를 즐기는 최지훈의 대답은 천진난만하여 가우왕은 눈썹과 입술을 꿈틀댔다.

"훙."

가우왕이 콧방귀를 뀌곤 더 이상 말하지 않았다.

할 말이 있으면 거침없이 뱉는 인간이 그러니, 배도빈은 가우왕이 최지훈을 심사위원으로 인정했다고 여겼다.

"난 찬성이다. 단원들은 눈치 보느라 제대로 판단할 수 없을 테고 이 친구라면 소양은 갖추고 있지."

찰스 브라움이 나섰다.

"누난 어때요?"

배도빈이 묻자 이제 자신의 운명을 받아들이기로 한 나윤희도 고개를 끄덕였다.

"미안해. 이런 데 끌어들여서."

나윤희가 최지훈에게 사과했다.

본인도 원치 않은 일이었지만 누구도 바라지 않는 일이었고 최지훈이라면 정확히 봐줄 것 같았다.

"아뇨. 재밌을 것 같아요. 그런데 주제는 뭐예요?"

"도빈이가 만든 곡 중에서 하나 선택하는 거래."

나윤희가 팸플릿을 보여주자 최지훈이 고개를 저었다.

"첫 번째시네요."

"응."

"잠자는 숲속의 공주 연주하면 브라움 씨랑 가우왕 씨 잠들어서 부전승하는 거 아니에요?"

"흐."

나윤희로서는 폭소한 수준이었지만 최지훈은 재미없는 농담에 웃어주는 것으로 느낄 뿐이었다.

"찰스 씨도 가우왕 씨도 너무 대단한 분들이니까. 나는 그냥 창피만 안 당하려고."

한국어를 모르는 찰스 브라움과 가우왕으로서는 그녀가 무슨 말을 하는지 이해할 수 없었다.

'들었으면 또 뭐라 했겠지.'

배도빈은 찰스 브라움과 가우왕이 인기투표에서 자신들을 훌쩍 넘어버린 나윤희의 말을 들었으면 뭐라고 했을지 눈에 선했다.

비대한 자존감과 하늘 높은 줄 모르는 자긍심으로 똘똘 뭉친 두 사람은 나윤희의 말을 도발로 여길 것이 분명했다.

"왜요. 누나도 그럴 사람이잖아요."

최지훈의 말에 나윤희가 고개를 저었다.

그녀의 성격을 잘 아는지라 최지훈도 더는 말하지 않고 배도빈에게 물었다.

"그런데 상은 없어?"

"상은 무슨. 걷어차고 싶은 걸 참는 중이야."

최지훈이 키득거렸다.

"근데 이왕 하는 거 뭐가 걸리면 더 재밌지 않을까?"

"굳이?"

배도빈의 질문에 최지훈이 슬쩍 고개를 돌려 나윤희를 향했다.

누가 봐도 하고 싶지 않은 일을 억지로 하게 된 눈치였다.

배도빈도 최지훈의 눈짓으로 그가 무슨 말을 하는지 알아채고는 고민했다.

'세 명 다 돈을 바라진 않을 텐데.'

배도빈이 세 사람의 재산을 정확히 알 순 없지만 추측할 순 있었다.

20년 가까이 세계 최정상 연주자로 활동했던 가우왕과 찰스 브라움의 재력이야 말할 것도 없었으니.

찰스 브라움은 데이비드 개릭.

가우왕은 막심 에바로트라는 라이벌이 있었을 뿐, 두 사람 모두 콘서트마다 매진을 이어가며 최고의 티켓 파워를 보여 왔다.

가우왕이 중국 내에 있는 재산을 일부 잃었다곤 해도 한순간에 주저앉을 리 없었다.

'나윤희도 지금은 괜찮을 테고.'

나윤희의 경우에는 베를린 필하모닉에 입단하고 나서야 정당한 대가를 받을 수 있었다.

전 소속사가 나윤희가 올린 매출을 불법적인 방법으로 떼고 정산하였기에 입단 전에는 그녀의 통장은 바닥난 상태였다.

이후 그녀에게 임금을 지불하는 입장이 되었으니, 그 일을 재무팀이 담당한다 해도 그녀가 남부럽지 않을 정도로 벌고 있는 정도는 알고 있었다.

더군다나 자존심 때문에 벌어진 행사.

가우왕과 찰스 브라움이 상금에 연연할 거라고는 생각할 수 없었다.

'뭘 상관이야.'

배도빈은 여전히 옥신각신하는 둘을 보고 있자니 관자놀이가 욱신거렸다.

손으로 꾹꾹 누르며 고민해 보니 확실히 나윤희에겐 동기가 없었다.

싸우지 못해 안달이 나 있는 두 사람이야 보상 없이도 괜찮지만 그녀에겐 그저 난감하고 부담스러울 뿐.

가우왕과 찰스 브라움이 반드시 참전해야 한다는 입장을 고수했고, 단원과 직원, 푸르트벵글러까지 재밌을 것 같다며 호응하니 어쩔 수 없이 어울리는 것이었다.

'뭐라도 주고 싶은데.'

배도빈은 원치 않은 싸움에 휘말린 그녀가 무엇을 바랄지 쉽게 떠올릴 수 없었다.

'기왕 이렇게 된 거 도움 되는 게 좋겠지.'

그는 나윤희가 필요로 하는 것이 무엇일지 고민하다가 평소 단원들이 틈만 나면 꺼내는 이야기를 떠올렸다.

"휴가는 어때요? 3일."

"그러든지 말든지."

"상관없어."

인원확충으로 살 만해진 찰스 브라움과 다른 사람에 비해 비교적 널널하게 지내는 가우왕에게는 그리 매력적인 일이 아니었다.

배도빈도 두 사람의 대답 따위는 무시했다.

중요한 건 나윤희의 반응이었는데 그녀도 그리 마음에 들지 않는 눈치였다.

"좋아."

그녀가 의례적으로 대답하자 배도빈의 고민은 더해갔다.

'곡을 만들어주는 건 힘든데.'

2032년 서울 하계 올림픽 주제곡과 대교향곡에 집중하고 싶은 탓에 새 곡을 써 주는 건 무리였다.

여러 곡을 작업하다 보면 작업 기간이 겹치는 일이야 혼하지만, 다음 오케스트라 대전에 맞춰 대교향곡을 준비하고 싶은 탓에 더는 미룰 수 없었다.

'없네.'

아무래도 마땅한 상품이 생각나지 않았던 탓에 배도빈은 직접 물었다.

"가지고 싶은 거 있어요?"

"아무거나 괜찮은데."

"그러지 말고요."

배도빈이 거듭 물었지만 나윤희는 딱히 생각나는 게 없었다.

지금 삶에 만족하고 있고 더욱이 찰스 브라움과 가우왕을 상대로 진지하게 경합을 벌이기 부담스러웠다.

그때 최지훈이 배도빈의 자리에서 티켓 하나를 발견했다.

"데이비드 개릭 콘서트 티켓이네? 로얄석 구하기 어려웠을 텐데."

영화 파가니니의 주연 배우이자 독일 출신의 뛰어난 바이올리니스트 데이비드 개릭이 언급되자 그의 오랜 라이벌이었던 찰스 브라움이 눈썹을 꿈틀댔다.

"보내주더라."

"안 갈 거야?"

"어."

"로얄석인데? 데이비드 개릭인데?"

"시도 때도 없이 보내는데 뭐."

"좋겠다. 나도 초청받고 싶다."

"너 가져."

배도빈이 별일 아니라는 듯 대꾸하곤 고민을 이어나갔다.

귀한 물건이긴 해도 배도빈에게는 수도 없이 빗발치는 초청 장 중 하나일 뿐이었다.

2000년대 들어 가장 많은 음반을 판매한 작곡가이자 세계 최 고의 악단 베를린 필하모닉을 소유함과 동시에 최정상급 지휘자 로 활동하는 그와 함께하길 바라는 사람은 넘치도록 많았다.

데이비드 개릭뿐만이 아니라 유명 음악인은 물론 다른 업계 에서도 그들의 중요행사에 초청장을 보내왔다.

하여 크게 신경 쓰지 않았는데.

"나, 나도 갈래!"

나윤희가 반응했다.

방에 있던 사람 모두 그녀를 보았고 갑작스레 주목을 받은 나윤희는 황급히 말을 바꾸었다.

"아, 아니, 그게. 상품으로 좋을 것 같다는 말이었어. 응. 좋 은 것 같아."

방금까지 내키지 않아 하던 나윤희가 의욕을 불태우고 있었다.

'뭐야.'

배도빈은 그런 상황을 의아하게 여기다가 문득 예전 일을 떠올렸다.

'그러고 보니.'

평소에도 연습벌레지만.

오케스트라 대전을 준비할 무렵, 베를린 필하모닉 B의 제2바이올린 수석을 맡은 나윤희는 부담감을 극복하기 위해 최선을 다했다.

그런 그녀를 위로하고 격려하기 위해 나윤희의 방을 찾았던 배도빈은 장식장을 가득 채운 데이비드 개릭 앨범을 찾을 수 있었다.

"너무, 너무 좋은 거 같아."

배도빈이 반응하지 않자 나윤희가 다급해졌다.

데이비드 개릭 특별 콘서트 티켓을 자꾸만 보며 자신의 입장을 어필했다.

블러드 와인을 만났을 때와 같은 반응.

평소에는 볼 수 없었던 표정이었다.

'주기 싫은데.'

아무것도 아니었다.

나윤희가 바란다면 공연 티켓이야 얼마든지 구해줄 수 있었지만 내키지 않았다.

마침 찰스 브라운이 끼어들었다.

"내가 뭐가 아쉬워서 그놈 티켓을 걸고 경연을 해? 다른 걸로 해!"

솔로 때부터 항상 비교되었던 라이벌의 공연 티켓을 걸고 싸우라니, 그로서는 받아들일 수 없었다.

"이것들이 보자 보자 하니까 지들이 이기는 걸 아주 깔고 말하네? 티켓 보자마자 간다고 하질 않나, 꼴에 라이벌이라고 자존심 상한다고 하질 않나."

"당연하지. 그런데 윤희 너까지 그리 생각할 줄은 몰랐네. 그게 진심이었나?"

"아니 그게…… 아, 아무튼 상품으로 따, 딱 적당한 것 같아요."

가우왕 대 찰스 브라운의 구도에 나윤희까지 참전하면서 배도빈의 머리는 더욱 지끈거렸다.

최지훈이 그에게 다가가 속삭였다.

"힘들었겠다."

"성가셔."

가우왕과 찰스 브라운이 서로를 씹어먹을 듯이 대했고 나윤희도 질 수 없다는 생각에 자기 생각을 또박또박 말하는 끝에.

배도빈이 지긋지긋한 이 상황을 끝냈다.

"이걸로 해요."

배도빈이 데이비드 개릭 특별 콘서트 티켓을 테이블에 놓았다.

"필요 없다고!"

"두 사람은 없어도 할 거잖아요. 신경 쓰지 마요."

나윤희가 뒤에서 고개를 격하게 끄덕였다.

"흐흐흐흥흐흥."

진달래와 차채은은 수영장에서 일광욕을 즐기고 있었다.

끝없이 펼쳐진 바다와 뜨거운 햇살 그리고 일상을 벗어난 여유를 맛본 두 사람은 선베드에서 좀처럼 일어날 수 없었다.

"이러고 있어도 돼?"

"엉. 오늘은 공연 없어."

"있던데?"

"아 세 사람만 나가. 윤희 언니랑 찰스 아저씨랑 가우왕 아저씨."

"이상한 조합이네."

"협주 아니고 경연이래. 도빈이한테 제일 잘 어울리는 연주자가 누구냐고 싸우다가 하기로 했어."

"당연히 지훈 오빠 아니야?"

"지훈이가 심사 본대."

"헐."

늘어져 있던 차채은이 벌떡 일어났다.

"이걸 나만 모르고 있었다고?"

"팸플릿에 적혀 있지 않아?"

북해를 가로지르는 호화 유람에 정신이 팔려 있던 것도 사실이었다.

"오늘 몇 시?"

"7시부터. 어, 가게?"

"이따 봐!"

차채은은 서둘러 카디건을 챙기고는 대충 몸을 씻고 배도빈의 방을 찾았다.

"오빠! 오빠! 배도빈!"

잠시 뒤 배도빈이 졸린 눈을 비비며 문을 열었다.

"문 안 열었으면 야라고 했겠다?"

"잤어? 깼네? 아무튼 그런 게 중요한 게 아니야. 왜 나만 빼놓고 재밌는 거 하려 했어. 빨리 앉아 봐."

차채은이 소파를 팡팡 두드리며 앉기를 재촉했다.

배도빈이 하품을 하며 응해주니 곧장 수첩과 펜을 꺼냈다.

"자, 배도빈 씨. 자신과 가장 어울리는 음악가는 누구라고 생각하십니까?"

"뭐야."

배도빈이 눈썹을 모으자 차채은이 주먹을 쥐고 검지만 들어 올린 채 간청했다.

"요즘 오빠 이야기 뭐 쓸지 고민하고 있었단 말이야. 한 번만 도와주세요."

"……누구긴 누구야. 나지."

배도빈의 대답해 주자 차채은이 질문을 이어나갔다.

"오빠 그런 사람인 거 누가 몰라. 그래도 그중에 누가 제일 어울리는 것 같냐구. 지훈 오빠? 윤희 언니? 찰스 브라움? 가우왕 아저씨? 푸르트벵글러 할아버지? 아! 사카모토 할아버지?"

"왜 이렇게 신났어?"

"내리기 전까지 신나 있을 생각이야."

배도빈이 고민을 이어가다가 대답했다.

"사카모토?"

여러 사람이 있지만 배도빈은 틀이 없이 자유분방한 음악을 추구하는 사카모토와 작업하는 것이 가장 즐거웠다.

서로의 생각은 달라도 결국 음악을 하면 따로 설명이 필요 없을 정도로 죽이 잘 맞는 파트너였다.

차채은이 손뼉을 쳤다.

"호흡 맞춘 지도 오래되었지. 어려서부터 만나서 그런가 보네."

"재밌잖아."

"SNS에 이상한 코스프레하고 올리는 사진?"

"아니. 그건 나도 좀."

차채은이 입을 내밀고 상황을 정리해 메모하였다.

"그럼 가우왕 아저씨랑 찰스 브라운은?"

"좋아. 입만 안 열면."

"학학항항학항학!"

차채은은 한참을 웃은 뒤에야 정신을 차릴 수 있었다.

"근데 좀 의외다. 난 당연히 지훈 오빠라고 생각할 줄 알았는데."

차채은의 말에 배도빈이 잠시 고민하더니 최지훈이 며칠 전 넘겨주고 간 악보를 찾았다.

"이게 뭐야?"

"나 생각하며 만든 거래."

"지훈 오빠가?"

차채은이 악보를 받아 살피기 시작했다.

"볼 줄은 알아?"

"나 요즘 공부 엄청하거든."

차채은이 더듬더듬 악보를 보다가 이내 웃었다.

"히. 연주해 봐야겠다."

그러고는 단장실에 마련된 신시사이저 앞에 앉았다. 그러고는 몇 번 가늠해 보더니 최지훈이 배도빈에게 선물한 '너울'을 연주했다.

별 생각 없이 있던 배도빈은 차채은의 연주에 이끌려 어느 새 곁으로 다가가 있었다.

'정말이었어.'

아무리 큰 재능이 있다 하더라도 노력과 배움 없이 이런 연주가 가능할 리 없었다.

배도빈의 기준으로는 턱없이 부족했지만 초견이라는 걸 감안하면 합격점을 줄 만했다.

"아, 어렵다."

3분 정도의 짧은 연주가 끝났다.

"엄청 따뜻하다. 오빠 같은 느낌인데? 언제 이런 곡을 만들었대?"

차채은의 질문에 배도빈은 미련을 애써 숨기고 말했다.

"나랑은 안 어울려."

"아냐. 딱 오빠야."

배도빈은 최지훈과 차채은이 대체 무엇을 보고 자신과 닮은 곡이라 하는지 이해할 수 없었다.

"이거 연습해 봐야지. 지훈 오빠한테 나도 악보 달라고 해봐야겠다."

"그래."

짐을 챙겨 나가려던 차채은이 아 하고 후다닥 다시 들어왔다.

"윤희 언니는? 윤희 언닌 어떻게 생각하는데?"

"뭘 어떻게 생각해."

"……."

차채은이 배도빈을 노려보았다.

평소와 다를 바 없었지만 뭔가 다른 느낌이었다.

"가우왕 아저씨랑 찰스 브라움 이길 거 같아? 요즘 앙케이트에서도 제일 높잖아."

배도빈이 입을 샐쭉거리더니 무심하게 답했다.

"아니. 3등."

자존심 하나로 황제의 자리에 올라선 남자는 오늘 있을 경연에서 결코 질 수 없었다.

그런 그에게 프란츠 페터가 다가가 공연 시간이 임박했음을 알렸다.

"가우왕 수석님, 이제 자리 옮기셔야 할 것 같아요."

가우왕은 반응하지 않았다.

혹시 못 들었나 싶어 프란츠가 몇 차례 더 부르자 딴소리를 하였다.

"꼬맹이."

"네, 네?"

"너도 피아니스트니 알겠지."

가우왕의 말을 이해하지 못한 프란츠 페터가 혼란스러워했으나 그는 아무렇지도 않게 본인의 말을 이어나갔다.

"배도빈은 피아노를 해야 해. 더 많은 곡을 써야 해. 그렇지?"

"어……. 네. 하지만 형은 바쁘니까."

"그렇지?"

기세에 눌린 프란츠가 고개를 끄덕였다.

"빌어먹을. 대체 몇 년째야. 나는 녀석이 처음 피아노를 쳤을 때부터 기다렸다고."

젊고 열정적이며 동시에 오만한 피아니스트는 자신의 기량을 뽐내기에 현대 작곡가들의 수준이 낮다고 생각했다.

베토벤, 슈베르트, 쇼팽, 리스트, 드뷔시, 라흐마니노프, 스트라빈스키.

위대한 이들이 펼쳤던 찬란한 시대를 그리워할 뿐이었다.

완벽한 연주를 하고 싶었다.

지금까지 없었던, 과거 천재들을 넘어서는 그 무엇인가를 이루고 싶었지만 애석하게도 작곡가로서의 그는 처참했다.

그래서 늘 화가 나 있었다.

저 높은 곳을 향한 갈망과 혼자서는 이를 수 없다는 절망

속에서 스스로를 갈고닦으며 기다릴 뿐이었다.

피아니스트 가우왕에게 어울릴 완전한 곡을 애타게 바랄 뿐이었다.

'빌어먹을.'

기다림이 길어질수록 조급해졌다.

차라리 온전한 곡을 쓸 수 있었다면 이렇게 고통스럽지 않았을 것을, 완벽한 곡을 쓰지 못하는 자신을 원망했다.

자연스레 그의 못된 성격은 더욱 예민해졌다.

그렇게 지쳐갈 즈음 만난 보석과도 같은 존재.

배도빈의 곡을 듣는 순간 가슴이 요동쳤다.

가우왕에게 배도빈은 희망이었다.

현대의 그 누구도 해내지 못했던.

자신이 만들지 못했던 일을 해낼 사람이 나타난 것이었다.

'이 아이와 함께라면.'

할 수 있을 것 같았다.

배도빈과 함께라면 스승조차 이를 수 없었던 저 위대한 경지에 오를 수 있을 것 같았다.

그렇기에 배도빈이 어렸을 적부터 그와 함께 작업하길 바랐고, 그 때문에 웃기지도 않은 경연을 벌였다.

그리고 확신했다.

배도빈이 연주하는 베토벤 피아노 소나타 8번을 듣고는 틀리지 않았다고, 자신의 귀와 눈이 정확했다고 확신했다.

피아노의 신약 성서로 불리는 베토벤 피아노 소나타.

배도빈은 그것을 세상 그 어떤 이보다 완벽히 연주해냈고, 오만한 피아니스트가 나아갈 길을 제시해 주었다.

가우왕은 그제야 납득했다.

'부족해.'

완벽하다고 생각했던 자신의 부족함을 여실히 깨달았다. 배도빈이 협업을 거절한 이유도 이해할 수 있었다.

'그렇다면 해내주지.'

즐거웠다.

막연하기만 했던 그의 길 앞에 그 무엇보다 밝은 빛이 생겨난 것이었다.

오만한 피아니스트는 자신의 한계를 맞이해 좌절하기를 반복, 끝내 벽을 무너뜨렸다.

동시에 배도빈에게서 연락을 받았다.

이것은 운명, 필연, 숙명이다.

배도빈의 두 번째 앨범, '두 대의 피아노를 위한 협주곡은 마치 가우왕의 성장을 기다렸다는 듯이 다가왔다.

대체 어디까지 보여주려는 걸까.

가우왕은 끝없이 나아가는 찬란한 빛줄기를 바라보며 마치 사랑에 빠진 사춘기 소년처럼 가슴 설렜다.

여러 인터뷰를 통해 밝혀왔듯, 진심으로 배도빈이 피아노계로 돌아오길 바랐다.

그랬건만.

"빌어먹을. 피아노곡은 대체 언제 만들고 언제 연주하는데? 취미야? 어? 취미냐고!"

"저, 저, 저는 그만 나가볼게요."

가우왕의 이상행동에 프란츠가 문을 열고 후다닥 도망쳤다.

그러나 이미 그는 프란츠 페터에게 관심이 없은 지 오래였다.

"빼앗길 줄 알아?"

그는 오래전부터 베를린 필하모닉에 배도빈을 빼앗겼다는 생각에 빠져 있었다.

그는 빌헬름 푸르트뱅글러도, 베를린 필하모닉도, 캐논도 모두 싫었다.

유일한 희망을 앗아간 이들로 비칠 뿐이었다.

참아 왔건만.

'세 개의 손을 위한 소나타'를 받고 나서는 더 이상 참을 수 없었다.

오를 데 없다고 생각했던 자신이 배도빈의 곡으로 또 한 번 나아갈 수 있었다.

오래 참아왔던 열정을 억누를 수 없었다.

'그놈이 문제야.'

문제는 베를린 필하모닉.

특히나 가장 재수 없는 찰스 브라움이 걸림돌이었다.

찰스 브라움이 합류하면서부터 배도빈은 베를린 필하모닉에 더욱 열중했다.

심지어 자신보다 먼저 헌정곡을 주기도 했다.

까드득.

가우왕이 이를 갈았다.

그것은 집착이자 광기였으며 음악을 향한 순수한 갈증이었다.

한편.

찰스 브라움 역시 공연에 앞서 몸과 정신을 이완시키고 있었다.

모차르트의 바이올린 협주곡을 들으며 차를 마시던 그는 자꾸만 치미는 분노를 다스려야 했다.

'아니꼬운 놈.'

찰스 브라움은 자신의 견고하고 우아한 성을 망치려 드는 가우왕을 눈엣가시로 여겼다.

소중한 성주를 납치하려는 무뢰배로 보일 뿐이었다.

'배도빈.'

처음에는 그저 건방진 꼬마였다.

그가 스트라디바리우스 파이어버드를 쥐지 않는 순간, 파이어버드를 구하기 위해 노력했던 모든 시간이 부정된 듯했다.

증명해 보이고 싶었다.

자신과 파이어버드의 아름다움을 가르쳐 주고 싶었다.

그 오기로 찰스 브라움은 본인의 한계를 뛰어넘어, 바이올린의 황제로 군림할 수 있었다.

이제 베를린 필하모닉 악장 오디션을 통해 그에게 자신과 파이어버드가 얼마나 아름다운지 알려줄 차례였다.

그러나 그는 순순히 인정했다.

피와 땀으로 일군 지난 몇 년간의 오기가 허탈해지는 순간이었고.

배도빈이라는 남자의 면목을 목도한 순간이었다.

아름답기 위해.

음악이 아름답기 위해 행동할 뿐, 그는 그 이외 일에는 조금도 신경 쓰지 않았다.

이 얼마나 고결한 자세인가.

지독한 나르시스트는 처음으로 타인을 인정하게 되었다.

그뿐만이 아니었다.

유럽으로 유학 온 학생들을 위한 교육 사업에 매진하던 그에게 배도빈은 너무나 고마운 조력자였다.

인터플레이를 비롯한 이들이 그를 압박할 때 손을 내밀어 준 것도.

'찰스 브라움 협주곡'을 넘겨준 것도 모두.

그는 배도빈에게서 왕의 면모를 들여다보았다.

이 자라면 함께할 수 있다고.

배도빈이 만든 견고하고 아름다운 성에서 파이어버드와 함께 가장 고운 소리로 노래하리라 생각했다.

그런데.

불쌍해서 구해준 들개가 성주의 마음을 빼앗고 말았다.

이렇게나 열심히 노래하고 있는데 성주는 들개의 간교함에 빠져, 파이어버드와 자신의 노래를 듣지 못하는 것 같았다.

게다가 그곳에 한눈을 판 사이, 재능이 보여 아껴주었던 후배가 자신을 앞지르고 말았다.

'내 자리다.'

성주의 옆자리.

가장 아름다운 소리를 들려줄 왕궁 음악가는 나라고. 그 자리는 내 것이라고 외쳐야만 했다.

아니, 품위를 잃을 수는 없지.

"그렇지?"

찰스 브라움이 파이어버드를 쓰다듬다가 그의 머리에 입을 맞추었다.

♪

대기실이 부족하여 세 사람을 한곳에 두었더니 지치지도 않고 보자마자 으르렁댄다.

"네 알량한 자존심도 오늘이 마지막이다."

"건방진 콧대 세우지 마. 부수기 딱 좋아 보이거든."

염병들 하네.

창피한 줄도 모르고 떠들어대니 도저히 같이 있을 수 없다.

"아, 나와 계셨군요."

"멀핀."

멀핀이 싱긋 웃으며 다가왔다.

함께 객석으로 향하는데 그녀도 이 말도 안 되는 이벤트에 관심이 많은지 쉬지 않고 조잘댔다.

"정말 흥미롭습니다. 최지훈 씨가 누구를 선택할지는 알 수 없지만, 악단 내에서 가장 인기 있는 연주자 세 명의 경합이니까요. 이승희 수석께서 참가하고 싶다는 걸 말리느라 애먹었습니다."

이승희까지 참가했다면 더 크게 번졌을 것 같다.

"보스께선 그리 마음에 들지 않으신가 보네요."

"쓸데없는 짓이에요."

말 그대로다.

애초에 실력을 겨루는 게 아니라, 누구와 가장 어울리는지 결정하는 자리.

가우왕이고 찰스고 서로를 인정할 리 없다.

현격한 차이가 있다면 또 모를까.

둘 사이에 그런 정상적인 사고가 가능할 리 없으니, 이런 일을 벌인다고 한들 저 둘이 얌전해질 리 만무하다.

"그것도 그렇네요."

불평하니 멀핀이 고개를 끄덕였다.

"하지만 무의미하진 않은 것 같아요. 보스를 두고 다투는 형태이긴 해도 단원들에게는 자극이 되지 않을까요?"

무슨 뜻인지 이해할 수 없어 고개를 돌리자 멀핀이 설명을 이어나갔다.

"투란도트, 오케스트라 대전, 피델리오까지 최근 3년간 베를린 필하모닉은 전과는 비교할 수 없이 성장해 왔습니다. 신입이었던 B팀도 어느새 최고의 오케스트라라는 이름이 부끄럽지 않게 되었죠."

멀핀의 말대로 오케스트라 대전에 막 참가했을 때와 지금은 비교할 수 없다.

"성공만 이어왔으니까요. 게다가 전처럼 일정이 빡빡한 것도 아니니 조금은 느슨해질 수 있지 않을까요?"

'확실히.'

B팀이 위험한 시기에 놓인 것은 맞는 말이다.

대부분 젊은 음악가로 구성된 B팀은 여러 성공을 거두고 개인 기량도 점차 무르익기 시작했다.

주변에서는 찬사만 받고 스스로도 발전했다고 느낄 테니 자만하기에는 더할 나위 없이 좋은 상황.

정신없이 돌아가던 일정에도 여유가 생겼으니 해이해지는 것도 무리는 아니리라.

"셰프께서 악장직을 항상 경쟁시켰던 이유도 그 때문이었다고 들었어요."

니아 발그레이, 케르바 슈타인, 파울 리히터, 헨리 빈프스키 그리고 레몽 도네크 이야기다.

10년 전만 해도 다섯 명 모두 적어도 바이올리니스트로서 찰스 브라움에 밀리지 않았다.

특히 니아 발그레이는 더더욱.

"매년 경쟁을 붙여 그 자리를 지키도록 하다 보니 어느새 그 다섯 명만 남았다고 해요. 악장들이 그렇게 노력하니 나머지 단원들도 당연히 영향을 받았고요."

멀핀은 즐거운 듯 말했다.

"그런데 이번에는 찰스 브라움 악장과 가우왕 수석이 먼저 나서서 해주니, 저는 보스가 복 받은 지휘자 같아요."

듣다 보니 맞는 말 같기도 한데.

서로 죽이지 못해 안달이 난 두 사람이 그런 일까지 신경 쓸 리 없다.

♪

　푸르트벵글러호는 베를린 필하모닉이 자랑하는 세 음악가의 경합으로 잔뜩 부풀어 있었다.

　당일 공연권이 없는 승객들을 위해 배 이곳저곳에 관람할 수 있는 장소를 마련해 둬야만 했다.

　푸르트벵글러호가 자랑하는 호화 콘서트홀 '빌헬름'에 모인 승객들은 저마다 자신이 좋아하는 음악가를 응원하고 나섰다.

　"당연히 가우왕이지! 중국에서 경합한 뒤로 대체 몇 번을 함께했는데."

　"오래 했다고 잘 맞는 게 아니야. 찰스 브라움 협주곡 몰라? 파이어버드의 음색을 가장 잘 표현하는 곡이잖아. 상성과 유니크함을 봐야지."

　"그럼 더더더더 가우왕이지. 세 개의 손을 위한 소나타 연주할 수 있는 사람 가우왕 말고 또 있어? 찰스 브라움 협주곡은 저번에 한스 이안도 연주하더만."

　"다들 너무 쉽게 생각하는데, 나윤희만 한 사람도 없지. 하나의 곡으로 전 세계를 잠재웠잖아."

　"아니지. 아니지. 임팩트가 있어서 그렇지 나윤희 이번에 처음이라고. 솔직히 여기 낄 짬은 아니잖아. 불새도 애초에 찰스 브라움이 하려던 거였고. 역시 브라움이라니까?"

"짬으로 따지면 가우왕이지! 이게 자꾸 말을 바꾸네?"

열렬한 팬들의 대화는 조금씩 감정적으로 흘렀으나 관객 대부분은 그저 하나의 이벤트로 여길 뿐이었다.

한편 '푸르트벵글러호' 특집 기사를 놓칠 수 없었던 '관중석'의 정세윤 기자는 차채은과 함께 만나 이런저런 이야기를 나누었다.

"무슨 이야기 들은 거 없어?"

"알았으면 말했죠."

"그러지 말고 사소한 거라도. 알려주라~"

"으음. 일단 오빠는 진짜 싫어했어요. 무슨 짓이냐고."

"그래? 내가 아는 성격으로는 왠지 흐뭇하게 보면서 더 싸우라고 했을 거 같은데."

"기자님, 진짜 오빠 마왕처럼 생각하는 건 아니죠?"

"아니야?"

차채은은 정세윤 기자의 생각을 고쳐주려다가 작년까지만 해도 앓아 누웠던 단원들을 떠올리면 아주 틀린 말도 아닌 것 같아서 입을 닫았다.

"누가 이길 거 같다고는 말 없었고? 그럼 다음 곡이 뭔지 조금이라도 알 수 있을 것 같잖아."

"그런 말은 없었고 윤희 언니가 꼴찌할 것 같다고는 했어요."

"흐음. 하긴, 두 사람에 비하면 경력이 짧은 편이니까."

차채은과 정세윤이 이야기를 나누는 사이, 오늘의 사회를 자진해서 맡은 마누엘 노이어가 단상에 올라섰다.

저번 방송으로 인해 원형 탈모인 것이 공개되어 이제는 맨질맨질한 두피를 당당하게 드러내고 있었다.

"신사숙녀 여러분, 푸르트벵글러호에 탑승하신 걸 진심으로 환영합니다. 오늘은 기다리고 기다리던 무대, 아름답고 신기한 무대가 준비되어 있습니다."

'서커스야?'

'서커스네.'

어디선가 들어본 저렴하고 친근한 멘트였다.

"이름하야 배도빈을 잡아라! 아니지. 콩을 차지하라! 오늘! 찰스 브라움 악장, 나윤희 악장 그리고 가우왕 수석이 경쟁하여 누가 음악가 배도빈과 가장 어울리는 연주자인지를 가리게 됩니다. 누가 판단하냐고요? 심사위원을 소개합니다. 피아니스트 최! 지! 훈!"

마누엘 노이어의 소개에 맞춰 최지훈이 자리에서 일어나 객석을 향해 인사하였다.

'심사위원이 최지훈?'

사실 누구보다도 참가자에 어울리는 사람이 심사위원이라니, 정세윤 기자는 깜짝 놀라 차채은을 보았다.

"며느리 뽑는 거야?"

"캬핳!"

그녀의 질문에 웃음이 터진 차채은이 다급히 입을 막았다.

마누엘 노이어의 저렴한 멘트와 이벤트의 특성상 즐기는 분위기였기에 웃었다고 눈총받는 일은 없었다.

도리어 누가 우승자가 될지 대화를 나누는 분위기였고 웃음소리도 간간이 나왔다.

찰스 브라움과 가우왕의 싸움에 신이 난 마누엘 노이어는 그러한 분위기를 흡족해하며 진행을 이어나갔다.

"우승 상품은 1년치 두유! 콩으로 만든 우유라는데 생각만 해도 맛없을 것 같네요."

건강식으로 유럽에서도 여러 바리에이션을 두고 판매되고 있었지만 맥주 아닌 음료는 취급하지 않는 마누엘 노이어로서는 이해할 수 없는 상품이었다.

마누엘 노이어가 오만 인상을 쓰며 웩 하자 관객들이 웃고 말았다.

"작정하고 웃기려 하네."

"재밌잖아."

이벤트 내용부터 상품 그리고 진행자까지, 베를린 필하모닉이 오늘 공연을 어떻게 받아들였으면 하는지 분명했다.

배도빈과 가장 어울리는 음악가.

참가자 중 둘은 사생결단할 만큼 진지했지만 적어도 관객들은 재미로 즐겨주었으면 하는 의도가 다분했다.

이승희가 옆에 앉아 있는 료코에게 물었다.

"상품 데이비드 개릭 공연 티켓이라고 하지 않았어?"

"멀핀 부장님이 그런 걸 어떻게 공개 상품으로 내거냐고 했어요."

"아아. 하긴."

찰스 브라움이 격렬하게 반대하기도 했고, 더욱이 베를린 필하모닉 소속 연주자로서는 가장 인기 있는 자들의 경합이었다.

더욱이 '배도빈'이 주제였기에 아무리 웃고 즐기는 이벤트라 하여도 타 음악가의 공연 티켓을 내걸 수는 없는 법이라, 이자벨 멀핀은 상품을 변경했고.

데이비드 개릭의 특별 공연을 보고 싶었던 나윤희를 달래기 위해 공연 티켓은 숨은 상품으로 약속했다.

마누엘 노이어가 대본을 읽어나갔다.

"자, 그럼 첫 번째 연주자를 만나보도록 하죠. 한국대 음대 졸업! 동유럽 순회 공연으로 다져진 기본기! 때때로 대범해지는 베를린의 푸린! 푸린이 뭐야?"

"포켓몬이요."

"뭔 몬?"

"아, 그냥 해요!"

객석에서 웃음이 터졌다.

"나! 윤! 희!"

보조 요원의 재촉에 마누엘 노이어가 힘차게 나윤희를 호명했다.

'으으으'

무대 뒤에서 대기하고 있던 나윤희는 얼굴이 화끈거렸다.

잠자는 숲속의 공주로 큰 성공을 거두었지만 정작 본인은 잠들 수 없었고 더군다나 민망한 별명까지 얻어버렸다.

팬들은 마왕과 푸린이 수마의 저주를 내렸다고 하지만 나윤희는 본인이 저주받은 기분이었다.

관객들의 환호성이 들렸다.

그녀가 마음을 다잡고 무대로 나서서 객석을 향해 고개를 숙였다.

그 모습이 다부졌다.

'어?'

객석에 앉아 있던 이승희와 몇몇 이들이 의아해했다.

어제까지만 해도 출전하기 싫어 했고 더군다나 병적으로 싫어 하는 푸린이라는 별명이 언급된 탓에 단원들은 나윤희가 무척 민망해할 거라 생각했다.

그러나 무대 위에 서 있는 바이올리니스트는 의연할 뿐이었다.

마치 이 이벤트에서 반드시 우승할 거라는 각오를 마친 듯 보였다.

"진지하네요."

료코도 이승희와 같은 생각이었다.

"그러게. 하긴 윤희도 도빈이 많이 좋아하니까."

이승희는 별일이라 생각하며 의자에 등을 기댔다.

그러나 그 순간.

몇몇 장면이 그녀의 뇌리를 스쳤다.

나윤희가 무엇을 궁금해하거나 빤히 바라볼 때 항상 먼저 말을 걸어주던 배도빈.

배도빈이 가장 바쁠 때 항상 먼저 나서서 공백을 채워주었던 나윤희.

'설마. 설마 둘이 좋아해?'

이승희가 두 사람을 의심하기 시작할 때, 연주를 앞둔 나윤희는 각오를 다졌다.

'개릭 보러 갈 거야.'

데이비드 개릭 리사이틀의 특별석이라면 푸린이라는 부끄러운 별명도 가우왕과 찰스 브라움의 닦달도 이겨낼 수 있었다.

그녀는 '배도빈에 가장 잘 어울리는 음악가가 누구인가'라는 질문의 답을 이미 내리고 있었다.

빌헬름 푸르트벵글러.

오케스트라 대전 도중 발표된 차채은의 '베토벤을 계승한 자'를 읽고는 그에 깊이 공감했다.

악성 루트비히 판 베토벤을 닮은 빌헬름 푸르트벵글러와 또 그를 잇는 배도빈.

음악사를 관통하는 세 명의 위대한 음악가의 연결 고리야말로 베를린 필하모닉의 가장 큰 매력이라 생각했다.

그렇기에 이 이벤트는 애초에 그녀의 관심 밖의 일이었다.

만약 두 번째가 있다면 사카모토 료이치.

푸르트벵글러와 배도빈이 서로를 닮았다면 사카모토 료이치는 배도빈과 같이 자유를 꿈꾸면서도 그와는 또 다른 입장에 있었다.

서로 다른 입장에서 같은 곳을 향해 협력하는 두 사람의 일화는 나윤희뿐만 아니라 여러 사람에게 훈훈한 감정을 불러일으켰다.

세 번째가 있다면 최지훈.

실력의 문제가 아니었다.

나윤희는 베를린 필하모닉에 있으면서 배도빈과 최지훈이 서로를 얼마나 깊게 이해하고 있는지 알 수 있었다.

유년 시절부터 함께했던 탓일까.

두 사람은 굳이 말하지 않아도 서로의 마음을 이해했고 그것은 그와 함께했던 몇 차례의 피아노 협주곡 공연으로 증명되었다.

배도빈의 지휘는 최지훈의 다소 얌전한 연주에 이야기를 부여했고 최지훈은 배도빈의 오케스트라에 가장 어울리는 옷을 입혀주었다.

그다음은.

'두 사람 중 한 명일 거야.'

둘 중에 고를 수는 없었지만 나윤희는 그다음 사람을 고르라면 가우왕이나 찰스 브라움을 꼽고 싶었다.

가우왕의 화려함도 찰스 브라움의 고상함도 모두 배도빈의 곡을 만났을 때 빛났기 때문.

생각해 보면 모두 너무나 멋진 하모니를 들려주었다.

그래서.

나윤희는 이번 이벤트에 참가하고 싶지 않았다. 스스로 답을 알고 있는데 굳이 나서서 창피를 당하고 싶지 않았다.

그러나 데이비드 개릭 티켓 쟁탈전이라면 이야기가 달랐다.

데이비드 개릭의 우수에 찬 눈빛과 야성적인 턱수염, 멋진 장발 그리고 마성 가득한 연주에 빠져 산 지 벌써 16년째였다.

나윤희는 많은 이가 정통 클래식에서 벗어난 데이비드 개릭을 비아냥거려도 팬심을 잃지 않았던 골수팬이었다.

과거 변변치 않은 수입과 치열한 티켓팅, 경제적인 여유가 생긴 베를린 필하모닉 입단 뒤에도 시간이 없어 찾지 못했기에.

데이비드 개럭의 연주회에 대한 나윤희의 욕구는 더 없이 부풀어 있는 상태였다.

그것을 얻을 수 있다면 무슨 짓이라도 할 수 있을 것 같았다.

악녀가 되더라도 말이다.

'재울 거야.'

나윤희는 최지훈이 지나치듯 농담으로 했던 말을 떠올렸다.

'잠자는 숲속의 공주'라면 관객들을 재우는 일이야 손쉬웠다.

잠에 빠진 관객들은 뒤에 나올 가우왕과 찰스 브라움의 연주를 비몽사몽간에 들을 터.

집중하면 효과가 덜하다곤 하지만 심사를 맡은 최지훈도 적게나마 영향을 받을 거라 생각했다.

'이길 거야.'

편법을 쓰더라도 이겨내고 싶었다.

나윤희가 블러드 와인을 받쳐 들었다. 잠시 숨을 내쉬고 이내 전 세계를 잠재웠던 저주 받은 곡을 전력으로 연주하기 시작했다.

경쾌한 도펠그리프.

공주의 탄생을 알리는 블러드 와인은 손을 뻗어 관객들의 뺨을 어루만졌다.

그 고혹적인 손길에 천천히 최면에 걸리듯.

관객들은 몽롱한 상태로 빠졌다.

"반칙이잖아!"

대기실에 있던 가우왕이 버럭 소리질렀다.

어느새 꿈뻑꿈뻑 졸고 있던 찰스 브라움이 그 소리에 깨 태연한 척 조롱했다.

"흥. 자신 없으면 꼬리를 내리면 될 뿐이다."

"침이나 닦고 말하지?"

가우왕의 일침에 찰스 브라움이 당황하여 입가를 닦았지만 묻어나오는 침은 없었다.

한편 나윤희의 연주를 듣던 최지훈은 감탄했다.

평소에는 듣다가 졸아서 알지 못했던 부분도 심사를 위해 집중하니, 배도빈이 왜 나윤희에게 '잠자는 숲속의 공주'를 주었는지 알 것 같았다.

단순히 얌전하기만 한 곡이 아니었다.

치밀하게 배열된 화음들이 추위와 공포를 만들었고 그 탓에 주 멜로디가 주는 안락함이 더욱 효과적으로 다가왔다.

그것을 표현하기 위해서는 찰스 브라움의 부드러움도 왕소소의 상냥함도 한스 이안의 날카로움도 아닌, 나윤희의 명석함이 제격이었다.

작곡가의 의도와 곡을 깊이 이해하여 온전히 표현할 수 있는 총명함을 갖춰야 했다.

'졸려.'

최지훈이 눈을 비빌 때에 맞춰 나윤희가 연주를 마쳤다.

지나치게 적었던 박수 소리가 이내 그 소리에 깬 사람들이 합류하여 환호로 이어졌다.

졸고 있던 마누엘 노이어가 보조 요원에게 옆구리를 찔려 행사를 진행했다.

"다음은 한동안 서서 연주했던 사람이죠? 영국 왕립 음악대학 졸업, 오랜 솔로 활동으로 황태자에서 황제로 등극한 찰스 브라움입니다!"

객석에서 웃음 소리가 났다.

오케스트라 대전 이후로도 찰스 브라움은 얼마간 앉아서 연주하질 못했는데 그걸 기억하는 사람들의 반응이었다.

집착을 불태우며 준비하던 찰스 브라움이 흥분하고 말았다.

고귀한 혈통의 자신이 베를린 필하모닉에 들어온 뒤로 자꾸만 우스워지는 것 같았다.

'두고 봐라.'

그가 무대 위에 올라서자 관객들이 박수를 보냈지만 평소와 같이 열렬하지 못했다.

찰스 브라움은 앞서 연주한 나윤희를 떠올렸다.

'이기기 위해서라면 수단과 방법을 가리지 않겠다는 거겠지.'

사자 새끼를 키웠다는 생각을 지울 수 없었다.

그러나 가만있을 수는 없는 법.

성주의 옆자리를 양보할 수 없기에 찰스 브라움은 파이어버드를 어깨에 받쳤다.

어깨를 들어 자연스레 그가 고개를 들었다.

시선을 살짝 위로 향한 그의 콧날과 턱선이 조명을 맞이해 아름답게 빛났다.

그가 자신의 아름다움을 가장 잘 표현한다고 생각하는 각도였다.

그리고.

이번 이벤트를 위해 직접 독주곡으로 편곡한 배도빈 바이올린 협주곡 13번, D장조 '찰스 브라움'을 연주하기 시작했다.

철없는 산새의 사랑.

산새는 단 한 번도 이르지 못한 곳에서 찬란히 빛나는 태양을 연모했다.

산새는 매일 노래했다.

현을 짚은 손가락에 힘을 빼고 활을 움직이자 마치 새의 노랫소리처럼 높은 음이 퍼져나갔다.

태양을 향한 산새의 교태가 숲에 울렸다.

'아아.'

당신은 어쩜 그렇게 밝은가요.

매일 밤마다 어딜 그렇게 가시는 건가요.

나와 같이 놀아요.

찰스 브라움이 현을 마찰할 때마다 퍼지는 청명하고 순수한 멜로디가 관객들을 미소 짓게 하였다.

그러나 분위기는 순식간에 달라졌다.

'악장 오디션을 반복할 순 없지.'

찰스 브라움은 배도빈과 경쟁하기 위해 뛰어들었던 베를린 필하모닉 악장 오디션을 잊지 않았다.

배도빈의 너무나 격렬한 연주 뒤에 얌전한 곡을 연주하면서, 더욱 뛰어났음에도 적은 점수를 받았던 경험.

비극이 시작되었다.

산새는 절망했다.

눈이 부셔 온전한 모습조차 담을 수 없었지만.

너무나 높은 곳에 있어 아무리 날갯짓을 해도 닿을 수 없었지만 그럴수록 산새는 애달파질 뿐이었다.

찰스 브라움이 손가락을 뗄 때마다 파이어버드가 처연히 울었다.

이룰 수 없는 사랑.

산새가 그것을 깨닫는 순간 파이어버드의 음색이 표독스러워졌다.

태양을 만나고 싶어 아무리 날아올라도 결국에는 지쳐 떨어지길 반복했던 날 뒤에.

비장했던 원곡과 달리 집착으로 점철된 비극은 결국 산새의 죽음으로 이어졌다.

날카롭게 우는 목소리.

가질 수 없으면 차라리 죽는 게 낫다고 외치는 파이어버드의 소름 끼치는 절규에 관객들이 아연실색하였다.

기분 나쁜 와중에도 자꾸만 집중하게 되는, 도대체 결말이 어떻게 이루어지는지 궁금할 수밖에 없는 비극.

찰스 브라움이 활을 길게 들어 올리며 끝을 고하자.

"브라보!"

언제 졸았냐는 듯.

관객 모두 빠짐없이 일어나 우레와 같은 박수를 보냈다.

"찰스! 찰스!"

바이올린의 황제를 찬양하는 목소리가 빌헬름 콘서트홀을 가득 채웠고.

심사위원 최지훈은 그의 뛰어난 편곡 능력과 절륜한 연주에 감탄하면서.

'도빈이 곡 아니잖아.'

찰스 브라움 이름 옆에 숫자 3을 적었다.

나윤희: 9점

찰스 브라움: 3점

가우왕:

♪

배도빈의 원곡과 너무나 큰 차이를 보이는 편곡이란 이유로 3점이 부여되었음을 알 도리가 없었기에 관객들은 환호를 이어나갔다.

깊은 감동을 전해준 바이올리니스트에 대한 경의였으며, 그 소리가 크고 길어질수록 나윤희는 절망했다.

'티켓……'

관객이 투표하는 형식은 아니었지만 누가 보아도 최고의 반응이었다.

자리에서 일어나지 않은 사람이 없었고 연주는 말할 필요도 없었다.

찰스 브라움이란 바이올리니스트의 탁월함이 십분 발휘된 공연.

편곡 또한 탁월했다.

협주곡을 독주로 이렇게까지 잘 표현할 수 있을까 싶었다.

찰스 브라움이 오늘을 위해 얼마나 노력했을지를 생각하며,

자신의 안일함을 탓할 뿐이었다.

"역시 이름값은 하네요."

황제를 부르는 목소리가 길게 이어진 끝에 마누엘 노이어가 찰스 브라움을 향해 엄지를 들어 보였다.

우승을 확신한 찰스 브라움은 마누엘 노이어와 관객들에게 손을 흔들고는 무대를 벗어났다.

"다음은 마지막 순서입니다. 옷 더럽게 못 입는 걸로 유명하죠? 중국 중앙음악학원 출신, 2016년부터 3년간 가장 많은 관객을 확보했던 피아니스트! 가우왕입니다!"

"가우왕! 가우왕!"

관객들이 언제나 그러했듯 화려한 연주를 들려줄 가우왕을 연호하며 박수를 보냈다.

더할 나위 없는 환영이었지만 정작 무대에 오르려던 가우왕은 마누엘 노이어의 발언에 발끈했다.

"누구한테 하는 말이야?"

그는 절대로 타협하지 않는 것이 둘 있었는데 그중 첫 번째가 피아노, 두 번째가 패션이었다.

'오늘 의상을 보고도 그런 말을 할 수 있을까.'

자존심에 상처를 입은 가우왕이 당당히 무대에 올라섰다.

그 순간 열렬했던 객석 분위기가 얼어붙고 말았다.

마치 나윤희가 막 연주를 끝냈을 때와 같이 적막만이 감돌

뿐이었다.

'세상에나.'

'또, 또 얼굴 막 쓰네.'

'내 눈! 아악! 내 눈!'

'주여.'

'오.'

관객 중 일부는 아연실색하여 눈을 감기도, 고개를 돌리기도 했고 일부는 눈을 빛내기도 했다.

가우왕이 오늘을 위해 준비한 의상 탓이었다.

그는 단추 없는 실크 셔츠를 입고 있었는데, 문제가 여럿이었다.

가우왕의 셔츠는 앞깊이가 목과 가슴을 지나 허리까지 이어져, 그의 흉근과 복근 일부가 고스란히 드러나 있었다.

과도하게 큰 순금 목걸이가 조명을 받아 빛났고 가우왕이 걸을 때마다 넘실대는 선명한 레드 색상의 셔츠와 호흡을 맞췄다.

더욱이 사자 갈기와 같은 털이 목 주변을 덮고 있으며, 호피 무늬의 부츠컷 진까지.

그 모습이 영락없는 갱스터였다.

아무리 좋게 보려 해도 방탕한 졸부의 양아치 막내아들 같았으니, 격식과 예의를 중시하는 클래식 음악계가 발칵 뒤집힐 만한 일이었으며.

동시에 괴상한 차림으로 유명한 그의 여러 일화 속에서도 가장 악랄한 차림이었다.

'아.'

객석에 있던 왕소소는 오빠의 복장을 보자마자 자리에서 일어나 빌헬름 콘서트홀을 빠져나갔고.

그때까지 그나마 이성을 유지하고 있던 배도빈은 한숨을 내쉬었다.

'내보냈어야 했어.'

가우왕이 앞으로 무려 7개월이나 더 베를린 필하모닉에 남아 있을 거라 생각하니 배도빈은 벌써부터 머리가 지끈거렸다.

더욱이 7개월 뒤의 경연에서 가우왕을 넘어서는 피아니스트가 나오지 않으면 그를 내칠 명분도 없었다.

어찌 그를 내쫓는다고 해도 최지훈이 그것을 받아들일지 의문이었다.

고지식한 성격상 만약 경합에서 우승하지 못한다면 베를린 필하모닉에 입단하려 들지 않을 터였다.

배도빈의 한숨이 반복되었다.

'저 꼬라지를 언제까지 봐야 해?'

그를 가장 즐겁게 했던 피아니스트가 지금은 가장 큰 문젯거리였다.

무대 뒤에 있던 이자벨 멀핀도 머리가 아픈 것은 마찬가지였다.

배도빈으로 인해 베를린 필하모닉과 클래식 업계가 많은 변화를 거쳤다고는 하나 전통적인 규범이 사라진 것은 아니었다.

베를린 필하모닉 본 악단과 달리, 실내악팀인 밴드는 클래식뿐만 아니라 여러 장르를 소화하면서 상대적으로 규제가 적기는 해도, 최소한의 수위는 지켜왔다.

진달래가 스스로 머리를 검게 물들인 일이나 스칼라가 예복이라고 주장하는 누더기를 포기한 것처럼 말이다.

그런데 가우왕이 솔로 활동을 하던 때처럼 행동하니, 이자벨 멀핀은 그를 컨트롤해야 한다고 판단했다.

그렇게 모든 이가 기겁하고 있을 때, 최지훈만은 가우왕을 진지하게 살폈다.

'너무 신선해.'

어려서부터 그를 동경해 왔고 그의 연주회라면 빠지지 않고 즐겼지만 오늘 같은 의상은 처음이었다.

여러 곡을 연주하면서 피아노에 다양한 옷을 입혔던 그로서도 가우왕과 같이 파격적인 시도는 단 한 번도 상상해 보지 못했다.

'어떻게 저런 옷을 입을 수 있지? 소화할 수 있을 거라 생각한 걸까? 그러고 보니 3개의 손을 위한 소나타도 그렇게 시작했다고 했지.'

최지훈이 고개를 끄덕였다.

'역시 가우왕 씨야. 저 셔츠랑 바지는 무슨 의미일까? 도빈이 연주 처음 들었을 때만큼 충격적이야. 아, 그런 이유겠다. 충격. 으음. 그렇다고 의상 때문에 가산점을 줄 순 없는데.'

최지훈이 깍지를 끼고 무대에 집중하자 가우왕이 만족하며 피아노 앞에 앉았다.

'다들 놀라서 말도 못 하는군.'

관객들의 혼을 쏙 빼놓았다고 판단한 가우왕은 이 분위기로 만족할 수 없었다.

관객들이 더욱 놀라고, 자신을 칭송하며 최고의 음악가가 누구인지 똑똑히 이해하길 바랐다.

발표 이후 반년 가까이 흘렀음에도 여전히 그 어떤 이도 감히 연주할 수 없었던 성역.

세 개의 손을 위한 소나타 E단조, '가우왕'.

가우왕이 아홉 개의 건반과 댐퍼 페달을 동시에 내려찍자 초원의 왕이 포효했다.

대지를 압도하는 위세.

단 한 번의 도약으로 저 높은 곳에 이른 사자는 초원을 둘러본 뒤, 사냥감을 향해 뛰어내렸다.

질주하는 사자처럼 투박하고 민첩하게 이어지는 아르페지오.

현존, 아니, 역사상 가장 뛰어난 기교파 피아니스트의 전력이 드러나는 순간이었다.

양손의 아르페지오가 교차하는 순간, 가우왕이 양손을 높이 들었다.

건반이 울부짖었다.

사자에게 목을 뜯긴 얼룩말의 처절한 울음은 이내 힘을 잃고 만다.

뚜둑-

빈틈없이 이어지는 화음들이 긴장감을 더해 숨조차 쉴 수 없게 몰아붙였다.

왕은 이내 얼룩말의 목뼈를 부러뜨리고 만다.

야성.

그 폭력적이면서도 자연스러운 심상에 관객들은 지난 두 차례의 연주를 잊고 말았다.

연주를 이어나가는 가우왕은 이를 악다물었다.

너무나도 격렬한 연주에 그의 이마에 땀이 맺히기 시작했고 손가락은 비명을 질러댔지만 조금도 신경 쓰지 않았다.

세 개의 손을 위한 소나타를 연주할 때면 그는 세상에 오직 피아노와 본인 그리고 배도빈만을 느낄 뿐이었다.

완전한 연주를 위한 집착.

끝끝내 다다를 수 없을 거라는 걸 알지만, 이르고 싶은 순수한 갈증.

동시에 이르고 싶지 않은 경지.

세 개의 손을 위한 소나타로 기교의 한계를 넘어선 가우왕이었지만, 모든 이가 그를 완벽한 피아니스트로 인정했지만 그는 이곳에 머물고 싶지 않았다.

자신은 아직 더 걸을 수 있다고.

분명 더 높은 산이 있을 거라고 확신하며 영혼을 불태웠다.

'더, 더 멋진 곡을 만들어내란 말이다!'

가우왕은 건반을 누르면서도 그와 함께 '이곳'에 있는 오직 한 사람, 배도빈을 향해 외치고 있었다.

가슴이 터질 듯이 벅차오르는 곡을 만들라고, 반드시 연주해 보이겠다고 외치고 있었다.

그 집착이 연주에 고스란히 녹아들었고 마침내 초원의 왕이 괴물을 쓰러뜨리자.

온 초원을 울리는 거친 울음소리가 관객들의 가슴을 관통했다.

연주를 마친 가우왕이 고개를 쳐들었고 송골송골 맺혀 있던 땀방울이 흩날려 조명에 반사되었다.

"브라보!"

이 시대 최고의 피아니스트를 향한 경외의 목소리가 하나 되어 울렸다.

"가우왕! 가우왕!"

앞선 찰스 브라움이 받은 갈채 이상의 반응이었다.

그야말로 신의 경지.

인간이 해낼 수 있을 거라고는 그 누구도 믿지 않았던 기적을 목도한 이들은 그저 감탄할 뿐이었다.

가우왕은 거친 호흡을 감추며 객석에 앉아 있는 배도빈을 노려보았고 최지훈은 고개를 살짝 저으며 미소 지었다.

무려 15분 이상 지속된 연호 끝에 마누엘 노이어가 마이크를 잡았다.

"자, 이것으로 제1회 콩을 차지하라의 모든 순서가 막을 내렸습니다. 심사위원께서는 결과 발표 준비되셨나요?"

최지훈이 고개를 끄덕이자 마누엘 노이어가 그에게 무대 위로 올라올 것을 청했다.

"누굴 거 같아?"

정세윤 기자가 차채은에게 물었다.

"가우왕 아저씨요. 이번이 두 번째 듣는 건데 세 개의 손을 위한 소나타는 진짜 들을 때마다 못 믿겠어요."

"그건 그렇지. 그래도 누가 배도빈하고 어울리는지니까. 나는 찰스 브라움 같은데."

"찰스 브라움은 좀. 뭔가 자기 잘난 맛이 더 강한 거 같아요."

"그럼 나윤희는?"

정세윤 기자의 질문에 차채은이 고민했다.

연주 실력이야 세계가 인정하는 수준이었고 배도빈과의 호흡도 일품이었다.

그러나 오늘 공연에 있어서만큼은 뭔가 빠진 듯한 기분이었다.

"오늘 컨디션이 안 좋았나 봐요."

"으으으음. 어렵네."

정세윤 기사처럼 다들 누가 마계의 중전 자리를 차지할지 알 수 없었다.

기대감이 잔뜩 부풀어 있을 때.

최지훈이 마이크를 잡았다.

"오늘 심사를 맡은 피아니스트 최지훈입니다."

관객들이 박수로 그를 맞이했다.

"정말 대단한 분들이라 제가 감히 평가하는 게 옳나 싶지만, 도빈이가 일을 떠맡겨 어쩔 수 없네요."

소소한 농담으로 분위기를 푼 최지훈이 공연을 들으며 작성한 심사표를 들었다.

"심사 기준은 세 개였습니다. 연주의 완성도 3점, 작곡가 배도빈의 의도를 얼마나 잘 재현했는가 3점. 마지막으로 도빈이를 얼마나 좋아하는지가 4점. 총 10점 만점이었습니다."

"잠깐. 미스터 최?"

마누엘 노이어가 나섰다.

"앞의 두 개는 이해할 수 있지만 마지막은 어떻게 판단할 수 있죠?"

"연주를 들으면 알 수 있어요."

잠깐 멈칫한 마누엘 노이어가 고개를 끄덕였다.

"그렇다고 합니다."

그 말에 관객들은 끝까지 한 번 더 웃고 말았다.

"자, 그럼 3등, 아니죠. 꼴찌부터 발표하겠습니다. 배도빈과는 만나면 안 됐다! 헤어져라! 미스터 최가 뽑은 최악의 조합은?"

마누엘 노이어의 과장과 함께.

준비된 스크린에 찰스 브라움의 얼굴이 떠올랐다.

"뭐, 뭐라고!"

무대 아래에서 여유롭게 지켜보고 있던 찰스 브라움이 벌떡 일어났다.

"연주의 완성도는 만점이었지만 바이올린 협주곡 찰스 브라움의 원곡과는 너무 다른 편곡이었어요. 게다가 찰스 브라움 씨는 자신이 얼마나 대단한 바이올리니스트인지를 알리고 싶었던 것 같아요. 사실이었고요. 하지만 도빈이를 얼마나 좋아하는지는 느낄 수 없었어요. 좋은 조건이라 해도, 도빈이의 옆자리를 줄 순 없어요."

"햨햨햨캬햨햨햨"

최지훈이 말을 끝내기도 전부터 차채은은 웃느라 숨이 할딱할딱 넘어갈 지경이었다.

공연 시작 전 정세윤 기자의 질문과 겹쳐 웃음을 참을 수 없었는데, 그녀가 한술 더 보탰다.

"하긴. 조건이 중요하긴 해도 그것만 보고 만나는 건 아니지."

차채은이 정세윤 기자의 무릎을 치며 죽으려 할 때, 관객들의 반응도 별반 다르지 않았다.

오직 한 사람, 찰스 브라움만이 주춤주춤 뒷걸음질 치다 소파에 걸려 풀썩 주저앉았다.

'호, 혹시.'

나윤희는 꺼졌던 희망을 불태웠고.

가우왕은 세상 고소하다며 찰스 브라움 앞에서 빈정댔다.

"자, 경합 의의를 무시했던 나르시스트가 탈락한 가운데, 나윤희 악장과 가우왕 수석만이 남았습니다. 우승자, 바로 공개해 주시죠!"

마누엘 노이어의 말과 함께.

스크린에 가우왕의 얼굴이 비쳤다.

"그렇지!"

오직 나윤희만이 절망했고.

모두들 '배도빈과 가장 어울리는 음악가' 타이틀을 거머쥔 가우왕을 향해 축하의 박수를 보냈다.

"우승자 가우왕 씨는 무대 위로 올라와 주시기 바랍니다."

가우왕이 마치 사자와 같이 당당한 모습으로 무대 위에 올라섰다.

최지훈이 심사평을 시작했다.

"연주의 완성도도 곡의 재현도 더할 나위 없이 완벽했습니다. 도빈이에 대한 마음은……. 조금 위험해 보이지만 괜찮다고 생각했어요. 축하드립니다."

"아주 공정한 심사위원이었어."

가우왕이 흡족해하며 최지훈의 손을 잡아끌어 어깨를 토닥였다.

곧 그에게 1년 치 두유를 증정한다는 증서와 상장이 부여되었고.

즐거운 이벤트의 막바지가 훈훈하게 끝나갈 무렵, 마누엘 노이어가 마이크를 한 번 더 잡았다.

"자, 그럼 본인 이야기를 안 들을 수 없겠죠. 배도빈 악단주를 모시겠습니다."

예정에 없던 일이었다.

그러나 모두 마누엘 노이어의 진행을 반가워하며 배도빈의 이름을 외쳐댔다.

그때까지 잔뜩 지쳐 있던 배도빈은 어쩔 수 없이 무대로 올라서 넋이 나간 찰스 브라움과 절망하는 나윤희 그리고 의기양양하여 상체를 그대로 드러내고 있는 가우왕을 둘러보았다.

"하아."

마이크를 타고 배도빈의 길고 깊은 한숨이 퍼져나가자 관객들은 그마저도 즐거웠다.

작은 웃음소리 뒤에 배도빈이 입을 열었다.

"뭐, 축하합니다. 이게 뭔 의미가 있는지는 모르겠지만 아무튼요. 다만 오늘 가우왕 수석의 복장은 그냥 지나칠 순 없네요."

배도빈이 다시 한번 숨을 뱉곤 말을 이었다.

"무대 위의 미풍양속을 해친 가우왕 수석에게 근신을 내리겠습니다. 오늘부터 4주간 무대에 서는 걸 금합니다."

가우왕의 눈이 튀어나왔다.

동시에 찰스 브라움의 넋이 이승으로 돌아왔고 관객들은 배도빈의 발언을 그저 개그로 받아들여 웃을 뿐이었다.

"뭔 소리야! 이런 말은 없었잖아!"

"그건 그동안 가우왕이 선을 넘지 않았고, 넘을 거라고 생각도 못 했기 때문이죠."

"아무리 그래도 근신이라니! 대체 미풍양속이 뭐야! 어? 뭐가 문젠데?"

모두가 뭐가 문제인지 알고 있었다.

"그 이야기는 4주 뒤에 하도록 하죠."

배도빈이 마이크를 내려놓고는 빌헬름 콘서트홀을 빠져나갔다.

92악장
이름

[행복을 전하는 항해]

　지난 8일, 함부르크에서 베를린 필하모닉의 대형 크루즈 푸르트벵글러호가 출항했다.

　〈피델리오〉 아시아 투어 때의 이벤트를 제외하고 공식적으로는 첫 출항이었기에 많은 이가 기대했고 나 또한 마찬가지였다.

　아니나 다를까. 배 옆면에서 황금빛 찬란한 조명으로 빛나는 빌헬름 푸르트벵글러라는 이름과 거대한 크루즈를 마주한 순간 숨이 턱 하고 막혔다.

　그 설렘 탓인지, 아니면 푸르트벵글러호의 위용 탓인지 승선신고서를 제출하고 배에 오르자 마치 다른 세상에 온 듯하여 어지러운 것도 잠시.

　선상에 준비된 야외 뷔페와 어딜 가도 들리는 베를린 필하모닉의 명곡들 그리고 항구에서 쏘아 올리는 폭죽에 푹 빠져버리고 말았다.

선수에는 대형 풀장과 야외 극장, 그리고 주류를 포함한 드링크바, 작은 무대가 있었다.

작은 무대에서는 베를린 필하모닉의 실내악팀 또는 일부 연주자가 매일 저녁 짧게 공연을 하여 9박 10일 내내 사람이 가득했다.

선상을 둘러보며 충분히 놀랐다고 생각했지만 객실로 들어서자 또 한 번 감탄하지 않을 수 없었다.

푸르트벵글러호의 객실은 특실을 제외하고 여덟 등급으로 나뉘는데, 창문 여부와 발코니 여부, 방 크기 등에 따라 달라졌다.

가족과 함께 머문 특실은 킹 베드 하나와 더블 베드 세 개, 고풍스러운 목제 가구로 채워져 있었다.

거실과 작은 방이 따로 있고 복층 구조라 가족 단위의 승객도 여유롭게 지낼 수 있었다.

푸르트벵글러호의 여러 소개 문구 중 WH호텔과 동일하게 꾸며졌다는 말 그대로 고급스럽고 안락한 느낌을 물씬 풍겼다.

푸르트벵글러호는 대체 어디까지 놀라게 할 생각일까.

다음 날, 쇼핑을 마치고 산책을 나왔다. 특별한 장소가 있다고 안내받아 이른 곳은 투명 유리로 된 바닥을 걸으며 그 아래 펼쳐진 바다를 내려다볼 수 있는 헤븐 덱.

어머니와 함께 덜덜 떨며 40미터 위에서 바다를 즐긴 뒤 18층에 위치한 선 덱으로 발길을 옮겼다.

자유롭게 이용할 수 있는 미니 스파와 선베드가 줄지어 있었고 앞쪽에는 파티션이 있어 공간을 독립적으로 활용할 수도 있었다.

그러나 그 모든 것이 베를린 필하모닉의 공연을 마음껏 즐길 수 있는 기회보다 중요할까.

이번 여행의 가장 큰 장점은 바로 베를린 필하모닉이 자랑하는 세 명의 비르투오소가 펼치는 경합이었다.

출항 4일 차, 악단주 배도빈과 가장 어울리는 연주자가 누군가 하는 주제로 시작된 이벤트.

참가자는 바이올린의 황제 찰스 브라움과 피아노의 황제 가우왕 그리고 푸린 나윤희.

현재 가장 뛰어난 역량을 발휘하는 세 사람이 연주하는 배도빈은 승객들의 마음을 사로잡기에 충분했다.

세 사람은 각자 배도빈에게 헌정 받은 곡을 차례로 연주했다.

나윤희 악장의 '잠자는 숲속의 공주'는 왜 그것이 최근 1달간 세계에서 가장 많이 연주된 곡인지 다시 한번 증명해냈고.

찰스 브라움 악장은 직접 편곡한 '찰스 브라움 협주곡'을 홀로, 훌륭히 소화해냈다.

가우왕은 여전히 아무도 연주할 수 없는 '세 개의 손을 위한 소나타-가우왕'을 완벽히 연주하여 우승과 근신을 차지하였다.

웃음이 끊이질 않았던 관객들의 반응으로 보나, 개인적 감상으로 보나 그들이 악단주이자 작곡가인 배도빈을 얼마나 아끼는지, 또 그들의 끈끈한 유대를 알 수 있는 즐겁고 꿈같은 시간이었다.

이 글을 읽는 분들께선 행복을 싣는다는 제목을 다소 식상하게 느낄 수 있을 것 같다.

그러나 에든버러의 관객들이 느끼기에 푸르트벵글러호는 그야말로 꿈을 싣고 온 배였다.

베를린 필하모닉은 첫 항해 일정을 활용, 영국 에든버러에서 하루간 오전과 오후 두 차례 공연을 가졌다.

모두 매진되었다고 하니, 영국인들이 얼마나 기뻐했을지 현장을 방문하지 못한 것이 아쉬울 따름이다.

베를린 필하모닉을 향한 사랑이 더할 수 없이 부푼 지금, 여건상 그들의 연주를 찾아들을 수 없는 이들의 아쉬움은 누구나 공감할 것이다.

앞으로도 베를린 필하모닉은 푸르트벵글러호를 운용하여 세계 각지를 직접 찾아다닌다고 한다.

악단주 배도빈과 그 단원들의 항해에 축복이 깃들고 그들의 연주를 직접 듣는 행운이 이 글을 읽는 여러분과 함께하길 바란다.

-차채은(칼럼니스트)

베를린 필하모닉의 첫 공식 항해가 성공적으로 마무리되고 세 연주자의 경합은 큰 화제를 낳았다.

선상에서의 공연 영상이 베를린 필하모닉 디지털 콘서트홀에 뒤늦게 등재되면서 해당 이벤트를 확인한 팬들은 절망하는 찰스 브라움과 눈이 튀어나온 가우왕 그리고 그 어느 때보다도 우울해하는 나윤희를 보며 즐거워했다.

그러나 두 가지 사실에는 짓궂은 팬들도 안타까움을 감추지 못했는데.

하나는 민망한 차림 때문에 가우왕이 악단주로부터 직접 근신을 지시받은 것과 3점이라는 치욕적인 점수를 받고 분에 못 이긴 찰스 브라움의 중요 부위가 재발한 일이었다.

덕분에 순식간에 두 명의 간판스타가 강제 휴가를 떠났으며.

최근 얼마간 계속해서 시끄러웠던 베를린 필하모닉 내부는 평화를 되찾을 수 있었다.

'좋구만.'

하루도 빠짐없이 싸우던 두 사람이 없어지자 배도빈은 그 고요함을 즐기며 작업에 몰두할 수 있었다.

그랜드 심포니.

모든 악기를 사용하겠다는 오만한 발상으로 시작한 대교향곡은 동양풍의 1악장과 배도빈 특유의 격정적인 2악장이 완성된 상태였다.

목관과 금관이 주 멜로디를 노래하는 3악장은 주제만을 이루고 있었다.

천재적인 악상 전개 능력으로 200년 이상 세계를 놀라게 했던 배도빈이지만 1악장과 2악장의 자연스러운 흐름을 이어나가고 싶다는 욕심으로 다소 정체되어 있는 것도 사실이었다.

그렇게 여름이 지나고 가을이 다가올 즈음, 배도빈에게 한 통의 서신이 날아들었다.

똑똑-

"보스, 계신가요?"

"네. 들어오세요."

이자벨 멀핀이 문을 열고 배도빈의 집무실에 들어섰다. 평소와 같이 여러 서류를 들고 있었는데 아니나 다를까 각 단체에서 보낸 초청장 또는 사업요청서였다.

"루드 캣에서 또다시 제안을 보내왔습니다. 이번에도 제임스 터너 디렉터시네요."

그리운 이름이다.

사카모토와 함께 호우 속에서 사투를 벌이는 장면을 어떻게 더 실감 나게 녹음할지 고민했던 기억이 떠오른다.

그러고 보니 함께 녹음했던 클래식 기타의 명인 롤랑 리옹도 오래 연락을 못 했다.

잘 지내고 있는지 모르겠다.

지금 생각해 보면 그때도 그리 여유롭진 않았던 것 같은데, 지금과 달리 하나의 작업만 해도 되었으니 그때가 좋았던 것 같기도 하다.

'하지만.'

영화든 게임이든 오페라든 이야기가 있는 일에 음악을 입히는 것도 즐겁지만, 지금은 내 이야기를 하고 싶다.

최근 몇 년간 다른 사람이나 독립된 이야기를 주제로 곡을 만들었기에 지금은 대교향곡이든 짧은 곡이든 내 이야기를 담고 싶다.

계속 거절하여 미안하긴 해도 내키지 않는 일을 하고 싶진 않다.

"정중히 거절해 주세요."

"네. 그렇게 하겠습니다. ……더 퍼스트 오브 미 후속작과 메트로펑크까지 두 차례 거절하셨는데도 이렇게 나오니, 작은 성의 정도는 보여주시는 게 어떨까요? 제임스 터너 디렉터와 친분이 있으신 걸로 알고 있습니다."

"어떻게요?"

"루드 캣의 사업 제안서를 보면 신곡 작업 이외에도 베를린 환상곡을 사용하고 싶다는 내용이 포함되어 있습니다. 라이센스 허가 정도야 어려운 일이 아니니까요."

"좋은 생각이네요. 그렇게 해주세요."

이자벨 멀핀이 미소 지었다.

"다음은 월드 디자인 뮤직 그룹과의 일입니다. 내년 개봉 예정인 플래닛 워즈 시리즈의 녹음 작업입니다. A팀이 두 차례 나섰으니 이번에는 B팀이 어떨까요?"

인터플레이의 영향으로 베를린 필하모닉이 잠시 재정적 문제를 겪었을 때, 월드 디자인 컴퍼니는 베를린 필하모닉에 10년간의 업무 협약을 제시하였다.

그로 인해 안정적인 수입을 올릴 수 있었던 베를린 필하모닉은 오케스트라 대전을 거쳐 과거 전성기를 훨씬 웃도는 거대 오케스트라로 거듭날 수 있었다.

현재 큰 도움이 되지 않는다고 해서 소홀히 할 수는 없는 일이었다.

"좋네요. 케르바 슈타인과 B팀에게 맡겨주세요."

"그리고."

"네."

"파울 리히터 악장이 개인 면담을 신청하였습니다."

이자벨 멀핀의 표정이 그리 좋지 않았다.

파울 리히터를 기다리며 그의 이력을 살폈다.

1968년생으로 올해 만 56세.

18세가 되자마자 하노버 국제 콩쿠르 우승을 비롯해 만하임 국립 음악대학을 수석으로 졸업할 때까지 숱한 대회에서 우승을 차지했다.

1993년 대학 졸업과 동시에 베를린 필하모닉에 입단하여 1996년 악장으로 취임한 이래, 베를린 필하모닉에서만 총 32년간 재직한 그는 푸르트벵글러가 가장 아꼈던 다섯 악장 중 하나였고.

지금도 여전히 베를린 필하모닉에서 없어서는 안 될 인물이다.

멀핀의 말에 따르면 본인이 마음을 정한 듯하여 잡아야 할지, 보내줘야 할지 갈피를 못 잡고 있다.

"안에 있느냐."

"네."

푸르트벵글러의 목소리다.

문을 열고 들어온 그는 역시나 그리 좋은 얼굴이 아니었다. 조금의 서운함과 분노 그리고 슬픔으로 가득 차 있었다.

소파에 깊이 앉은 푸르트벵글러가 짧게 숨을 뱉더니 입을 열었다.

"어찌 생각하느냐."

"일단 들어봐야죠. 보내고 싶지 않다고 해서 강요할 순 없잖아요."

푸르트벵글러가 납득한 듯 고개를 끄덕였다.

다시 파울의 이력서를 살피는데.

"아니지!"

노인네가 목청도 좋다.

갑자기 소리를 쳐 깜짝 놀라 쳐다보니 평소 그대로다.

"나도 작년부터 지휘봉 내려놓는다고 하지 않았느냐! 왜 취급이 달라?"

"푸르트뱅글러는 안 돼요."

"안 되긴 뭐가 안 돼! 요즘 허리도 아프고 숨도 가쁘고 아주 죽겠단 말이다!"

너무나 건강한 모습을 지그시 쳐다보니 본인도 말이 안 되는 걸 인지하곤 고개를 돌린다.

팔짱을 낀 채 소파에 등을 파묻고는 아쉬움을 담아 말했다.

"너도 그 녀석이 악단 내에서 어떤 일을 해왔는지 알 게다. 온갖 궂은일은 도맡아 하면서 용케 꾸려왔지. 집사장이나 마찬가지였어. 특히나 레몽이 떠난 뒤로는 더더욱. 나만큼이나 베를린 필하모닉에 필요한 사람이야."

푸르트뱅글러의 말에 공감하며 커피를 마시는데 노크 소리가 났다.

파울 리히터다.

"어서 와요."

"하하."

어색한 웃음 뒤에 파울이 자리에 앉았다.

푸르트뱅글러와는 물론, 나와도 격 없이 지냈던 그가 이러니 정말 마음을 굳힌 듯하여 못내 아쉬웠다.

커피를 타 가져다주었다.

"아, 고마워."

"안 돼."

그가 잔을 들기도 전에 푸르트벵글러가 엄포를 놓았다.

"내 눈에 흙이 들어오기 전에는 안 돼. 나가려거든 나 죽고 나서 해."

"셰프."

그가 허튼 말을 하지 않는다는 걸 누구보다도 잘 아는지라 파울 리히터가 난감해했다.

"장례식까지 10년도 더 남은 것 같은데 너무하시잖아요."

"뭐, 뭐!"

"하하하하하하."

파울 리히터가 웃어서 나도 작게 웃었다.

"은퇴하려는 거예요?"

푸르트벵글러는 이 자리 자체가 못마땅한 것 같아서 먼저 말을 꺼냈다.

"그럴 리가. 은퇴하기엔 팔팔하다고. 단지, 이제 베를린 필하모닉의 악장이란 이름을 내려놓고 싶어."

"……일이 힘들어서 그렇다면."

파울 리히터가 고개를 저었다.

"아니. 도리어 너무 즐거워. 몇 년 전만 해도 관객은 자꾸만 줄고, 다른 악단들이 치고올라오는 통에 죽을 맛이었는데. 요즘엔 옛날 생각도 나고 정말 좋아."

"그럼 뭐가 문제냐!"

푸르트벵글러가 끼어 들었다.

파울 리히터는 스승을 향해 미소 지으며 대답했다.

"이제는 바이올리니스트로 살아가고 싶어요."

그의 말이 무엇을 뜻하는지 금방 이해할 수 있었다.

베를린 필하모닉의 악장으로서 활동한 지 32년.

'푸르트벵글러의 아이'였던 그는 바이올리니스트나 파울 리히터로서의 삶을 살지 못했다.

니아 발그레이는 그나마 나은 편이지만 파울 리히터만 한 연주자가 바이올리니스트로서의 명성이 낮은 것은 따지고 보면 베를린 필하모닉의 악장으로 있었기 때문.

만약 그가 솔로로 활동했더라면 지금의 찰스 브라움이나 데이비드 개릭 못지않은, 어쩌면 더 큰 명성을 쌓을 수 있으리라 생각했다.

다른 일도 아니라 음악가로서 본인의 자아를 찾고 싶다는 말에 나도 푸르트벵글러도 그를 잡을 수 없었다.

너무나 당연한 이야기였으니까.

"받아주는 곳이 있을지 모르겠지만 기획사도 찾아서 투어도 다녀보고 싶고 앨범도 내고 싶어요."

파울 리히터는 우수에 찬 눈으로 스승을 바라보았고 푸르트벵글러는 검지와 엄지로 눈 주변을 훑으며 애써 그 시선을 피했다.

32년을 함께한 두 사람 사이에 얼마나 많은 일이 있었을까.

서로 다른 길을 가더라도 서로를 향한 애틋한 마음만큼은 결코 변하지 않을 것이다.

이야기 나눌 것이 더 없는 것 같아 입을 열었다.

"은퇴식은 거창하게 치를 거예요."

"이거 기대되는데?"

파울 리히터가 사람 좋게 웃었다.

"흐아아."

악보를 검토하던 프란츠가 한숨을 길게 내쉬었다. 그러고는 팔을 쭉 뻗어 엎드리기에 지쳤나 싶다.

"잠깐 바람 쐬고 와."

"아, 괜찮아요."

이탈리아에서 된통 당한 뒤로는 필요한 것을 말한다든가, 의사 표현을 확실히 하게 되어 신경 쓰지 않고 깃펜을 들었다.

대교향곡 작업이 아무래도 신통치 않다.

'9번도 11년이나 걸렸으니까.'

급하게 생각해서 될 일이 아니기에 3악장의 전개를 어떻게 풀어나갈지 느긋하게 여겼다.

하여 2032년 서울 올림픽 주제가를 잡고 있던 중.

여러 생각 끝에 오리지널로 가기로 했다.

아리랑을 편곡할까도 생각했지만 지역마다 다르기도 하고 또 여러 음악가가 편곡하기도 하여 식상한 탓에 기각.

다만 민요가 공통으로 보이는 박자, 특히 한국 특유의 싱코페이션을 활용하고자 했다.

풍류를 즐길 줄 아는 민족답게 참으로 흥미로운 템포라 작업 속도가 나기 시작한다.

"역시 이해할 수 없어요."

집중하던 차 프란츠가 다시 입을 열었다.

"뭐가?"

"32년을 함께한 악단에서 나가서 새로운 도전을 하다니. 정말 대단하지 않아요? 저는 겁부터 날 것 같아요. 어떤 생각인지 궁금하고."

파울 리히터 이야기다.

"음악가니까."

프란츠가 자세를 잡아 관심을 보이기에 좀 더 풀어서 설명해 주었다.

"피아노 칠 때 무슨 생각해?"

"으음. 무슨 의도였을까? 하고요."

"그럼 지금은."

얼마 뒤에 처음 발표할 곡을 준비 중인 녀석에게 물었다.

"어떻게 하면 멤버 분들의 개성을 잘 살릴까 생각하고 있어요."

"그래."

잘 이해한 것 같아 다시 깃펜을 들었다.

"그게 뭐예요! 형은 너무 어렵게 설명해요!"

아닌가 보다.

"연주할 때 작곡가의 의도를 살핀다고 했지?"

"네."

"그건 네 생각이지. 너와 작곡가가 나눈 대화야. 곡을 쓰는 것도 마찬가지고. 연주자를 생각하며 그들의 개성을 살리고 싶은 것도 너고."

"……."

"음악을 한다는 건 결국 본인이 근본이 된다는 뜻이야. 자기 이야기를 해야 비로소 음악가고 그렇지 않다면 아무리 노력해도 이류일 뿐이지."

"아."

"파울도 본인을 찾고 싶은 거야. 지휘자에 따르는 게 아니라 본인만의 이야기를 펼치고 싶으니까. 그러니까 나가려는 거야."

"조금 알 것 같아요."

음악을 구성하는 요소는 여럿 있지만 완성시키는 것은 단 하나.

아이덴티티다.

자아가 없고서야 아무리 노력해도 기계를 흉내 낼 뿐이고 무엇보다 그런 행위가 즐거울 리 없다.

나는 배도빈으로서.

베를린 필하모닉의 악장은 파울 리히터란 이름으로서 자신만의 음악을 펼치려 할 뿐이다.

마왕이니 희망이니 신이니 하는 수식어 따위, 아무리 좋게 붙인다 해도 배도빈이라는 이름을 대신할 수 없는 이유다.

나뿐만이 아니라 모든 음악가가 같은 생각을 하리라 믿는다.[1]

"하지만 자기 이야기만 하는 사람은 좋은 음악가가 아니라고도 하셨잖아요."

"아니. 그건 네가 잘못 이해한 거야."

녀석이 다가와 책상 앞에 손을 걸쳐놓고는 나를 빤히 올려

----

1) 왜 곡을 쓰는가.
내 마음속에서 샘솟는 것이 세상 밖으로 나와야만 하기 때문에 나는 곡을 짓는다.
루트비히 판 베토벤

다본다.

"자기 이야기에 흥미를 가질 수 있게 말하는 법이 기량이지. 기분 나쁜 멜로디와 엉망인 연주를 좋아할 사람이 어디 있겠어."

깃펜으로 프란츠의 이마를 쿡 누르며 말했다.

"사람들이 네 말을 들을 수 있게 해. 공감할 수 있는 이야기를 하는 것도 좋아. 즐겁게 들을 수 있다면 더더욱. 최고는 관객들의 가슴에 불을 지르는 거지."

"오늘 형 되게 멋있는 거 같아요. 안 하던 말도 막 하시고."

파울 리히터가 떠난다고 하니 나도 감상적이게 된 모양.

"쓸데없는 말 말고 돌아가."

"히히."

웃음이 많아져 보기 좋다.

"어? 이게 뭐예요? 못 보던 건데."

녀석이 데이비드 개릭 공연 기념품으로 산 바이올린 미니어처에 관심을 보이기에 다그쳤다.

"집중해. 얼마 안 남았잖아."

"넵!"

녀석이 다시 자기 자리로 돌아가 펜을 드는 모습을 보곤 나도 모르게 살짝 웃었다.

몇 시간이나 흘렀을까.

문득 주변을 둘러보니 노을이 창문을 통해 들어와 방을 채우고 있었다.

프란츠가 있던 자리가 잘 정돈되어 있었는데, 아마 나간다는 소리도 못 들었던 모양.

슬슬 돌아갈까 생각하며 짐을 정리한 뒤 복도로 나서자 북소리가 들렸다.

별다른 것 없이 일정한 간격을 두고 나는 소리라 무심코 지나치려다 고개를 돌렸다.

마치 메트로놈처럼 정확하다.

의아하여 좀 더 정확히 확인하기 위해 시계를 꺼내 헤아려 보니 정확히 5초마다 한 번씩 울린다.

아무래도 수상해서 잠자코 있으니 10분째, 한 치의 오차도 없이 북소리가 유지되었다.

'디스카우인가?'

많은 음악가가 뛰어난 박자 감각을 가졌지만 이만한 시간, 간격을 두고 조금도 틀리지 않는 건 드문 일이다.

메트로놈을 두고 연주하지 않는 이상 조금씩 틀릴 수밖에 없는데, 타악기 수석 디스카우라면 가능할지도 모르겠다.

오랜만에 같이 슈퍼 슈바인에 가자고 할 요량으로 소리를 따라갔다.

'뭐야.'

어린이 타악 교실.

창문으로 안을 들여다보니 타마키 히로시와 산타 웨인 둘만이 있었다.

타마키는 산타와 시계를 번갈아 볼 뿐이고, 디스카우라고 착각할 만큼 놀라운 박자 감각을 보인 어린 드러머는 입을 쭉 내밀고 집중했다.

그렇게 또 얼마간.

산타가 채를 내려놓자 타마키가 팔을 쭉 펼쳤다.

"신기록이야! 20분 동안 박자 유지하기! 대단한데? 진짜 대단해!"

"흐헷."

정말 대단한 일이기는 하지만, 한편으로는 의도를 알 수 없는 측정이다.

그러나 타마키도 산타도 즐거워하고 있으니 그것으로 되었나 싶다.

베를린 필하모닉 공식 홈페이지 메인에 32년간 자리를 지킨 역사의 악장, 파울 리히터의 사진이 게시되었다.

이자벨 멀핀의 설득으로 베를린 필하모닉의 홍보 담당 직원으로 섭외된 전 언론인 에드가 린센과 알롱 앙리는 파울 리히터에 관한 이야기를 많은 지면을 활용해 소개하였다.

그를 통해 베를린 필하모닉의 오랜 팬들, 특히나 베를린 시민들은 파울 리히터와의 추억을 회상할 수 있었다.

그에 대해 잘 알지 못했던 이들도 파울 리히터란 인물을 새롭게 인지하며 해당 게시물을 받아들였다.

ㄴ지금 보니 부모님과 같이 처음 봤던 베를린 필하모닉 공연이 파울 리히터가 악장을 맡았던 무대였구나. 그 공연을 잊을 수 없지. 이후로 베를린 필하모닉의 팬이 되었거든.

ㄴ최근 들어 빌헬름 푸르트벵글러나 배도빈, 케르바 슈타인의 빈자리를 채워 지휘단에 오르는 걸 보고 더 많은 곡을 지휘했으면 했는데.

ㄴ그는 베를린의 영웅이야. 한때 무너질 수도 있었던 베를린 필하모닉을 잘 지켜내 줬어.

ㄴ정말 이보다 훌륭한 세대교체는 없었지. 그에게 경의를 보낸다.

ㄴ마찬가지야.

ㄴ사실 나는 그에 대해 잘 알지 못해. 베를린 필하모닉의 연주를 듣게 된 건 배도빈 때문이거든. 하지만 홈페이지에 게시된 글을 읽으니, 그가 얼마나 악단에 헌신했는지 알 것 같아.

ㄴ다음 주부터 파울 리히터가 두 차례 A팀을 지휘한대. 이럴 때는 시즌 티켓을 구하지 못한 게 너무 아쉽다.

└헤르베르트 폰 카라얀 거리에는 이미 파울 리히터의 포스터가 줄지어 게시되어 있어.

└최고의 예우네. 좋아. 그는 그런 대우를 받을 만한 사람이야. 헌신적이었고 유능했지.

└스승과 동료 그리고 팬들은 나 몰라라 하고 영국으로 튀어버린 누구랑은 참 달라.

└레몽 도네크 말이라면 나도 공감해. 무엇이 그를 압박했는지 몰라도 그가 파울과 같이 행동했다면, 아마 지금과 같았을 거야.

└그에게는 그만의 길이 있었어. 나는 레몽 도네크를 용서하진 않지만 그렇다고 그의 선택이 잘못되었다고도 생각하지 않아.

└그건 파울 리히터도 마찬가지야. 두 사람에 대한 평가가 다른 이유를 생각해 봐.

└한 시대가 저물고 있구만.

팬들이 받아들이는 것과 같이 2025년, 클래식 음악계에 세대가 교체되는 움직임이 드러나고 있었다.

80년대부터 90년대까지 베를린 필하모닉의 전성기를 이끌었던 파울 리히터의 소식이나.

살아 있는 전설, 마술사 아르투로 토스카니니가 지휘봉을 내려놓고 그 후임자로 레몽 도네크가 선정된 것.

20세기 최고의 피아니스트로 칭송받았던 글렌 골드의 은퇴까지 구세대와 신세대가 함께하던 시기에서 점차 시간이 흐르고 있음을 시사했다.

여전히 강력한 기성세대로 군림하는 찰스 브라움, 데이비드 개릭, 가우왕, 막심 에바로트, 밀스 베레조프스키.

그 뒤를 맹렬히 추격하는 나윤희, 니나 케베리히, 최성신, 엘리자베타 툭타미셰바 그리고 잠시 휴식에 들어간 최지훈.

사카모토 료이치를 초빙하여 개혁을 단행한 빈 필하모닉.

레몽 도네크 체제 아래 복고주의를 펼친 런던 필하모닉.

또 한 명의 천재 아리엘 얀스를 중심으로 기반을 다진 로스앤젤레스 필하모닉과 밀로스 발렌슈타인과 같이 신인들의 성장과 함께 힘을 비축하고 있는 전통의 강호 체코 필하모닉까지.

클래식 음악의 최대 축제, 오케스트라 대전의 양상이 어떻게 될지 주목될 수밖에 없었다.

시대의 변화를 느낀 여러 음악가는 평소와 같이 본인의 위치에서 최선을 다했고.

그것을 분석하고 팬들에게 전달하는 차채은과 같은 글쟁이들은 바삐 움직여야 할 때였다.

"끄아아아아."

기사를 살피던 차채은이 앓는 소리를 냈다.

쏟아지는 소식들 속에서 도대체 무엇부터 다뤄야 할지 알 수 없었다.

당장 반년 뒤에 제2회 오케스트라 대전 예선이 시작되는데 너무 많은 변화가 있다 보니 정보를 취합하는 일로도 벅찰 지경이었다.

"과제 너무 많아아아."

더군다나 올해 입학한 대학도 소홀히 할 수 없었고 거기다 조금씩 피아노를 연습하다 보니 하루가 부족하게 느껴졌다.

알 수 없는 억울함에 사로잡힌 차채은은 여러 잡지를 훑어볼 뿐이었는데 그중 하나의 칼럼이 신경을 거슬리게 했다.

'매너리즘에 빠진 아리엘 얀스. 제2의 배도빈조차 못 된다?'

직접적인 교류는 없었지만 그의 음악성을 익히 알고 있었다. 더욱이 진달래를 통해 겉으로 드러나는 것처럼 미친 사람만은 아니라는 걸 알았기에 차채은은 이 평론가가 어떤 헛소리를 하는지 주의 깊게 살폈다.

내용은 오케스트라 대전 이후 세 개의 곡을 발표한 아리엘 얀스는 첫 발표곡 '봄의 여신' 이후 비슷한 곡만을 만들어내고 있다는 것.

'엉망이잖아.'

세 곡 모두 들어봤던 차채은은 이런 말을 할 수 있는 사람을 과연 평론가라 할 수 있는지 의문이었다.

세 곡은 모두 우아한 풍조를 보였지만 전개 방식, 구성 모두 달랐으며 장조였던 '봄의 여신' 이후로는 모두 단조곡이었다.

풍조가 비슷하다고 비난받을 일이 전혀 아니고 도리어 아리엘 얀스라는 음악가가 가진 아이덴티티가 더욱 확고해지는 과정으로 보는 것이 타당해 보였다.

"이런 인간 글은 묻히겠지."

차채은은 진달래가 이 글을 보지 않길 바라며 페이지를 넘겼다.

to be continued